crucero de otoño

Esta obra ha sido **Finalista** del **Premio Primavera 2008**, convocado por Espasa Calpe y Ámbito Cultural, y concedido por el siguiente Jurado:

Ana María Matute,
Ángel Basanta,
Antonio Soler,
Ramón Pernas
y Ana Rosa Semprún.

Luis del Val

CRUCERO DE OTOÑO

ESPASA

ESPASA NARRATIVA

Diseño de cubierta: José Ángel Morato

Depósito legal: M. 12071-2008
ISBN: 978-84-670-2761-7

Espasa, en su deseo de mejorar sus publicaciones, agradecerá cualquier sugerencia que los lectores hagan al departamento editorial por correo electrónico: sugerencias@espasa.es

Impreso en España/Printed in Spain
Impresión: Mateu Cromo Artes Gráficas, S. A.

Editorial Espasa Calpe, S. A.
Vía de las Dos Castillas, 33. Complejo Ática - Edificio 4
28224 Pozuelo de Alarcón (Madrid)

A Clara de Otto, que mira
la vida con una sonrisa

Preludio

El agua tiene tres sonidos: el agua sobre la tierra, el agua sobre la piedra y el agua sobre el agua. Se lo dijo el viejo Abu Azham en su jardín de Bosnia, antes de que comenzara la locura. Pero se olvidó de otros dos sonidos: el agua sobre la quilla del barco y el agua arremolinada tras acariciar la popa.

Acaba de dejar la estela blanca, cuya albura se aleja a medida que se retira el barco, como una vía láctea en la galaxia del mar, y ha bajado al camarote. Son casi las cuatro de la madrugada y nota un extraño sosiego, una calma tan intensa que le ayudará a dormir, a pesar de que acaba de matar a un hombre.

Puede que las situaciones más terribles, cuando se viven, resulten más sencillas que al imaginarlas. O puede que el odio o la eficacia profesional transformen cualquier acto, por perverso que pueda parecer a los demás, en un acto de rutina.

También duermen los jueces después de condenar al acusado, y los militares tras ordenar una acción en la que morirán miles de personas, y los científicos, luego de advertir que de sus investigaciones ha salido un veneno aéreo que, con una ampolla rota en la avenida principal de una ciudad de cien mil habitantes, puede acabar con la vida de la cuarta parte de la población. Duermen con placidez los políticos que han ordenado eliminar las ayudas que salvaban de la ruina física y moral a un puñado de sus compatriotas, y se trasponen y bostezan, tras la exquisita comida, los gurús de la economía, luego de que hayan decidido sancionar con la hambruna a varios millones de personas, que han tenido la mala suerte de nacer en el seno de media docena de países situados en una dictadura antipática.

Pero estas consideraciones de manual, tan aburridas como empalagosas, tan fatigosas como ineficaces, son para los que quieren transformar el mundo, o, mejor dicho, para los que quieren transformar su situación personal y calmar su ego con un poco de admiración ajena. Él nunca ha manejado ese pringoso ideario. A él lo que le gustaría es explicarle a Abu Azham que hay otros dos sonidos: el del agua sobre la quilla del barco y el del agua sobre la popa cuando se revoluciona y se altera, como si le costara despedirse. Pero a Abu Azham, con los dos destornilladores clavados en los ojos por su vecino, ya no le podía contar nada. Ni siquiera se acercó a quitárselos, no por un acto de piedad, sino de estética. Sabía que estaba muerto. Lo sabía antes de saltar la tapia medianera del jardín, porque la atrocidad se había apoderado de cualquier otro sentimiento.

Ni siquiera se da cuenta de que la litera de encima está vacía. Se desviste con cuidado, con la pulcritud de quien conoce los engorros del planchado, y se tumba desnudo en la cama, cubriéndose con la sábana hasta la cintura.

Hace calor en el camarote a pesar del aire acondicionado. Y, sobre todo, hace ruido, a pesar de que no es uno de los peores camarotes de interior. Los que están al lado de la sala de máquinas son insufribles. Fue una vez a recoger unos gemelos para el esmoquin, que había perdido en el comedor y que le recogió una de las camareras, y se espantó del apelotonamiento de las cuatro literas y del ensordecedor atronamiento que hacía vibrar las paredes. Hay casi trescientos camarotes de esa índole repartidos en las plantas inferiores, bajo la línea de flotación. Todo un ejército que desaparece por las noches, como las cucarachas, hacia los sótanos, y reaparece antes del alba con la misión de preparar los comedores para el desayuno.

Es fácil arrojar a un hombre al mar. Y, aunque al caer desde la cubierta del séptimo piso, alguien, observando sobre las ventanas o los ojos de buey viese una especie de mancha cruzar unas décimas de segundo, pensaría que había sido una alucinación o alguna de las aves del mar o alguna prenda caída por el viento. El peligro estaba en las terrazas de los camarotes de lujo. Eran lo suficientemente amplias como para que cualquiera, sentado en una hamaca, pudiera observar de qué se trataba el bulto que caía, y existía la posibilidad de asomarse a la barandilla para comprobar la sospecha. Por eso estuvo un rato atento, mirando hacia abajo. Nadie se asomó. El cuerpo se arrastraría hasta popa y o bien sería atraído por las potentes hélices, o bien se iría sumergiendo con un lento vaivén, hasta que dentro de dos o tres días el pudrimiento de las vísceras provocara la suficiente cantidad de oxígeno como para que el cuerpo hinchado fuese impulsado hacia la superficie, lo que era difícil que ocurriera, porque los peces predadores no iban a desaprovechar un cebo tan abundante.

Recordaba el sonido del agua sobre la tierra, esa lluvia fina que empapaba y oscurecía los campos antes de labrarse, o que encontraba un mullido acomodo sobre las plantas y la hierba del jardín. O el pequeño rumor medido y cadencioso del surtidor al caer sobre la laguna del plato, agua sobre agua. O el estruendo de la catarata golpeando la roca, desbastándola con tanta lentitud como eficacia.

Cuando comprobó que nadie de las terrazas o los balcones que había bajo él estaba asomado, se encaminó hacia la segunda cubierta de popa y estuvo un rato largo sin pensar en nada, con la mirada entretenida en el reflejo que las luces del barco producían en la estela blanquecina. Fue en el camino de vuelta, al atravesar la parte lujosa dedicada al pasaje, cuando se acordó de la frase del viejo Abu Azham, de sus ojos oscuros que parecían prometer amistad, de sus destrozados ojos que reventarían con dos destornilladores, de aquella reflexión hecha en una tarde de verano, sentados en dos sillas de plástico en su escuálido jardín.

Se subió la sábana hasta el cuello, no porque tuviera frío, sino por un ancestral instinto de protección. Y, tal como había supuesto, se durmió envuelto en una reconfortante sensación de paz.

1

Sotirios Tremonti salió del despacho-camarote del capitán con dos líneas marcadas en el entrecejo, esas dos líneas que se ahondaban cuando estaba preocupado y que su mujer sabía que indicaban irritación y tensiones. Dentro de la carpeta que llevaba bajo el brazo estaba la lista del pasaje de los vips, y había un asterisco al término de uno de los nombres que ya se había aprendido de memoria y que intuía que le podía traer complicaciones. El nombre correspondía a uno de los más importantes accionistas de la compañía de navegación, y aunque Tremonti estaba acostumbrado, como director de hoteles de lujo, a sortear príncipes herederos, primeros ministros, actores famosos y cantantes célebres en cualquier parte del mundo, incluidos esos emires que se hacían carrozar el automóvil de plata auténtica, no le gustaban los accionistas. Eran más imprevisibles que los tenores que viajaban con sus cocineros, más caprichosos que los rockeros que exigían toallas para dos meses aunque fueran a dormir dos noches, más incongruentes que las herederas de las grandes fortunas capaces de poner boca abajo a toda la conserjería, solicitando algo que luego se olvidarían de utilizar. La experiencia de Tremonti, que, antes de cumplir los cuarenta ya había tenido la responsabilidad de la dirección de un Sheraton en Hong Kong, le recordaba que había dos grandes clases de accionistas: los discretos, que ni siquiera querían que se supiera su condición, y los paternalistas, que se daban a conocer enseguida y se mostraban proteccionistas, como si el futuro profesional del director del crucero fuera a depender de ellos. Estos últimos eran los peores, porque su fanfarronería y su exhibicionismo les llevaba a inesperadas reacciones, sobre todo si estaban acompañados de amigos. Naturalmente, el accionista que iba a embarcarse venía acompañado de amigos y ocupaban dos suites en la sexta cubierta.

Cuando Tremonti llegó a su despacho, abrió la carpeta y volvió a repasar la lista de los vips; luego dio instrucciones al coordinador de sobrecargos, un colombiano con el que se entendía mitad en inglés, mitad en italiano, y se sumergió en el vértigo de la jornada, porque, a partir de las 12 a.m., comenzaba el embarque en el *Cosmopoly,* una nave cuyas diez cubiertas parecían un edificio de apartamentos surgido de repente sobre las apacibles aguas de aquella zona apartada del puerto de Civitavecchia.

En la explanada portuaria, frente al buque, se habían instalado varias jaimas y entoldados que preservaban del sol o de la posible lluvia a los despistados viajeros que llegaban algo cansados desde el cercano aeropuerto de Fiumicino. En los mostradores, las azafatas y auxiliares repasaban las listas de pasaje, y los maleteros, uniformados, aguardaban tras cada mostrador, en respetuosa fila, la llegada de los primeros viajeros.

El capitán había informado a Tremonti de que el tiempo iba a ser bueno durante los dos primeros días de travesía, pero que posiblemente habría una borrasca a partir de la cuarta o quinta jornada. A Tremonti no le gustaban los cruceros de otoño por el Mediterráneo, precisamente porque el otoño era la temporada de lluvias en esta parte seca de Europa, y el pasaje, sin poder salir a pasear por las cubiertas, sin la posibilidad de acomodarse en las hamacas, aunque fuera bien abrigados, comenzaba a sufrir los síntomas de la claustrofobia. A los encargados del casino les venía bien, porque la gente se ponía a jugar por aburrimiento, pero en el auditorio había demasiada afluencia para asistir a los espectáculos y, al suspenderse las excursiones previstas y acortarse la visita a las ciudades, se multiplicaba el trabajo en el barco, y ni eran suficientes los ordenadores para la demanda de urgidos que deseaban revisar su correo electrónico, ni el personal de recepción daba abasto con las peticiones más peregrinas, ni en los gimnasios había suficientes aparatos para tantos aspirantes a fortalecer músculos, surgidos a causa del temporal, ni en las tiendas de ropa o de regalos se podían mover con facilidad las dependientas, acostumbradas al ritmo parsimonioso que solía imponerse sobre las horas anteriores y posteriores a los dos turnos de la cena.

Faltaban dos horas para que comenzara el embarque, pero todavía había que descargar un camión que venía de Sicilia con dieciséis toneladas de naranjas, y que llegaba con retraso. A una proporción de dos naranjas por pasajero, salía una media de cuatro mil seiscientas naranjas exprimidas cada mañana, y que en diez días conformaban una cifra cercana al medio millón de naranjas. Si en los próximos treinta minutos no estaba en el puerto, habría que aplazar la descarga a la noche, lo que provocaría una innecesaria discusión con el capitán, que quería levar anclas a las 23:00 horas.

Llamó al sobrecargo, que acababa de marcharse, para insistirle en el problema del camión, pero el sobrecargo había desconectado el teléfono, cosa que a Tremonti le extrañó. Y era extraño porque sólo sucedía en circunstancias extraordinarias. La situación era extraordinaria: el sobrecargo tenía bajo su cuerpo a una joven de veinte años, colombiana como él, de nombre Juanita, hermana precisamente de su mujer. Una confusa idea de que su esposa tenía la culpa por haber insistido en que empleara a su hermana en el barco le pasó por la mente, de manera muy leve, porque la mente estaba entregada a los sentidos del acto que estaban llevando a cabo de común acuerdo los dos, y satisfactoriamente por ambas partes, si nos atenemos a los gruñidos de placer del sobrecargo y los grititos agudos de ella, cada vez más altos, hasta el punto de que el sobrecargo puso una almohada sobre la boca de ella para evitar que se escucharan por el pasillo, y todo ello sin dejar de atender la tarea principal, lo que demostraba su dominio de la situación, incluso cabría colegir una cierta experiencia. Por experiencia había elegido aquella hora, porque noventa minutos antes del embarque todo el mundo tendría que estar en su puesto, y atento a obviar cualquier inconveniente de los que surgen en el momento de la acomodación.

Tremonti no insistió y optó por revisar las dos suites de la cubierta sexta, comprobar si las flores, las botellas de champán, los pequeños obsequios, habían sido colocados en su lugar adecuado, y, si era el caso, alertar sobre el cambio de hielo en las cubetas, aunque la temperatura en el interior estaba constante a veintidós grados Celsius. Mandó a la gobernanta de la planta que le abriera e inspeccionó los albornoces, la disposición de las butacas en las terrazas, incluso volvió a leer la nota escueta y amable que él mismo había escrito de su puño y letra, dando la bienvenida a Mr. y Mrs. Coldwood. Miró el reloj y calculó que serían las cuatro de la madrugada en Miami, llamaría más tarde para que una de sus amigas, que estaba en la secretaría del consejo de la sociedad, le informase de las rarezas, vicios y cualidades de Mr. Coldwood.

Al ir camino de los ascensores le pareció escuchar unos gemidos dentro de uno de los camarotes, pero no quiso complicarse la vida. La estancia del personal era muy tensa, trabajaban más de doce horas diarias, estaban sujetos a muchas tensiones y no deseaba inmiscuirse en otros problemas que los suyos.

Segundos después de que Tremonti tomara el ascensor, el sobrecargo se retiró desfallecido del cuerpo medio recostado en la cama, miró el reloj, posó un beso fugaz sobre la mejilla de su cuñada y le dio instrucciones para que investigara el estado del pasillo. Juanita se subió las bragas con rapidez, como si se despertara de un sueño, cumplió las instrucciones y el sobrecargo salió rápido, no sin antes tener unas palabras con su compañera de arrebato:

—Cambia las sábanas y que todo quede como si el camarote fuera a inaugurarse hoy.

Juanita asintió con rutina, no porque le decepcionara la ausencia de cualquier romanticismo, sino porque el sobrecargo siempre decía, en la charla a las trabajadoras, previa al comienzo de la travesía, que los camarotes debían quedar «como si el viajero los estuvieran estrenando».

~

Otras bragas, pero éstas más finas, de la última colección de Victoria's Secret, subían dos horas más tarde por las piernas de Mrs. Coldwood, de soltera Patty Degrasse. Su dueña se las puso frente al espejo del baño, se colocó de perfil para inspeccionar con rigor no sólo el ajuste, sino la suave curva del vientre, y, una vez dado el visto bueno, salió al amplio dormitorio para elegir el resto de la ropa con que iba a vestirse.

Su marido no estaba en el dormitorio. Se encontraba en el saloncito de recibimiento hablando por el móvil con uno de sus colaboradores en Nueva York. Allí eran las cinco y media de la madrugada, pero trabajar con Mr. Coldwood comportaba cobrar un buen sueldo, así como renunciar a los horarios. Si Mr. Coldwood estaba en Civitavecchia y eran las once y media de la mañana, en Nueva York eran también las once y media de la mañana, pese a que el reloj, con esa fría persistencia de los relojes, marcase las cinco y media.

Mr. Coldwood pertenecía a una saga cuya fortuna comenzó en la Union Pacific, y no había dejado que el paso del calendario mermara los beneficios obtenidos del ferrocarril. Instalada en Boston, de aquel pasado oscuro de carbón y hierro sólo quedaba un retrato al óleo de Arthur Coldwood, vicepresidente del consejo de administración de Union Pacific, uno de los hombres que vivió el encuentro entre los diez mil obreros de la Union Pacific que salieron en diciembre de 1865 de Omaha al encuentro de los doce mil de la Central Pacific, que habían partido en enero de 1863 de Sacramento. La ansiada reunión tuvo lugar el 10 de mayo de 1869 en Promontory Point con el último remache de oro que el presidente Grant clavó con esta oración: «Ojalá siga Dios manteniendo unido a nuestro país como este ferrocarril une los dos grandes océanos del globo». El remache de oro lo fue también para los intereses económicos de los Coldwood, que, a partir de entonces y tras instalarse en Boston, no fueron ajenos a ninguno de los emergentes elementos tecnológicos, desde el cine al aire acondicionado, desde los alimentos precocinados hasta la telefonía móvil.

Mr. Coldwood vio pasar en bragas a su mujer, con no demasiada indiferencia a pesar de sus setenta y un años cumplidos, pero continuó hablando con su colaborador sobre la conveniencia o no de desprenderse de un paquete de acciones de una empresa en situación complicada.

La señora Coldwood era mucho más joven que su marido, sólo tenía cuarenta y dos años, aunque ella confesaba treinta y seis, y se había casado tras pasar por el dormitorio de uno de los socios de su marido, que se convirtió, sin querer, en su mejor propagandista.

En las reducidas partidas de golf —Mr. Coldwood prefería el campo pequeño de ocho hoyos— su socio comenzó a hablarle de las excelencias de Patty, de lo bien que le organizaba la agenda, de cómo demostraba ser mucho más inteligente que la mayoría de sus ejecutivos, hasta que, debido a la larga enfermedad de su esposa, Patty comenzó a acompañar al socio de Mr. Coldwood a algunas reuniones, algunos viajes, algunas cenas y, al cabo del tiempo, compartieron también algunos dormitorios.

—Desengáñate, Thomas —le decía el socio tras enviar la bola peligrosamente fuera del green—, aquello de que las chicas bobas son las mejores para la cama es eso, una bobada. Porque si la chica es inteligente, lo demuestra en cualquier lugar. Y ésta lo demuestra en cualquier lugar.

—Si pretendes darme detalles para que me ponga nervioso y vaya a dar un golpe tan malo como el tuyo, estás equivocado. Voy a cumplir setenta años y he optado por la castidad.

—Te aseguro que con esta chica el casto José se replantearía su decisión. Y no conocí a la mujer de Putifar, pero ésta le daría mil vueltas.

Y tantas fueron las referencias y el entusiasmo, que, sin quererlo, se avivó una cierta curiosidad en Mr. Coldwood, una curiosidad bastante superficial, y que se hubiera diluido de no haber sido por la convención de una de las empresas, que tuvo lugar en Los Ángeles y a la que se vio obligado a asistir. Allí coincidió con su socio, y allí, en el vestíbulo del Hotel Sheraton Universal, su socio le presentó a Patty, que a Mr. Coldwood le pareció una mujer elegante y atractiva, pero no mucho más que otras que había visto aquella misma mañana. Sucedió que, tras los aburridos discursos de clausura, su socio le propuso que les acompañara a San Diego, a Rancho Valencia, donde había reservado dos bungalós para unos amigos que no podían desplazarse. No había estado nunca allí, pero le habían hablado de un lugar paradisiaco con campos de golf, pistas de tenis y pequeñas villas diseminadas en unas veinte hectáreas. Era el mes de febrero, y en Boston el mes de febrero no es demasiado excitante, así que, entre la perspectiva de volver a Boston y enfadarse con sus colaboradores y la de pasar un par de días o tres jugando al golf, envuelto en el reconfortante clima de San Diego, optó por aceptar.

También contribuyó al acercamiento un pequeño incidente, uno de esos lances tontos que cambian las previsiones, y fue que, al salir de la piscina, el socio de Mr. Coldwood se resbaló, metió el pie entre el peldaño de la escalerilla y las baldosas de la pared y se torció el tobillo. Allí mismo, mientras contemplaba la incidencia en una de las grandes hamacas estampadas en tonos marrones y cremas, que formaban unas cruces grandes y aparatosas, y de unas dimensiones que más parecían tronos, allí se percató de cómo

Patty, enfundada en un elegante traje de baño negro, se dirigió ágilmente hacia la escalerilla, lo ayudó resuelta a salir, se dio cuenta enseguida de lo que había pasado, lo tumbó sobre el césped bajo su toalla, que había llevado consigo, y comenzó a dar órdenes con una seguridad y una energía que a Mr. Coldwood le despertaron admiración.

Más tarde, durante la cena, mientras el socio se miraba melancólico el tobillo izquierdo, enfundado en una venda que le había obligado a calzarse unas zapatillas, Mr. Coldwood le dijo que había apreciado sus dotes de mando.

—Dirigí una agencia de azafatas en Nueva York. Eso es más duro que dar órdenes en un hotel de lujo, siendo el cliente.

Pero lo dijo sin afectación, sin asomo de pedantería, como una explicación natural y lógica en la que no había asomo de presunción alguna. Porque ésa era otra de las cualidades de Patty, al menos desde el punto de vista masculino de Mr. Coldwood, y es que cuando estaba con su pareja renunciaba a cualquier protagonismo, a no ser que fuera requerida para ello, y procuraba que los demás se encontraran cómodos.

Experimentado en dos esposas —autoritaria la primera, bastante ufana la segunda— y acostumbrado a la suficiencia de hijas y nueras, que regresaban de la universidad como si en lugar de conseguir una licenciatura hubieran logrado un penacho de alguna rara ave del paraíso y, al poco tiempo, se les notaba tan abundantes en seguridad como ayunas en humildades, la manera de actuar de Patty le pareció poco sólita, y, al menos, interesante.

Como el socio apenas podía moverse, al no poder jugar al golf ni pasear, Thomas y Patty mataban parte del tiempo en el *spa,* y, entre el acunamiento de las burbujas del *jacuzzi,* los vapores del baño turco o el árido calor de la sauna finlandesa, conversaban, o, mejor dicho, hablaba Mr. Coldwood y Patty escuchaba. Saber escuchar no es hacerse el tonto. Saber escuchar es como la pesca, y hay que soltar sedal y estar atento, y seguir dejando que el sedal se desenrolle, pero es preciso saber de qué va la pesca, y en las pocas ocasiones en las que intervenía Patty, a Mr. Coldwood siempre le parecían inteligentes sus observaciones.

En la mañana en que iban a regresar, mientras su socio pagaba la cuenta, Mr. Coldwood le pidió el teléfono a Patty y ésta le tendió una tarjeta con la siguiente observación:

—Llámame si quieres, pero no vas a follar conmigo.

Mr. Coldwood se quedó doblemente sorprendido: primero de la perspicacia de ella, y, luego, de la manera tan osada de expresarse.

—No te lo he pedido.

—No, pero lo has pensado. Conozco a los hombres. Y me gustan. Pero sólo me los como de uno en uno. Soy incapaz de traicionar.

Es probable que, de vuelta en Boston, embrollado de nuevo en las turbulencias de los negocios, se le hubiera olvidado el encanto de Patty, la cortesía de sus modales, sus destellos de inteligencia y la gracilidad de una figura cuidada y encantadora, pero aquellas palabras de despedida no eran fáciles de olvidar. Y Mr. Coldwood, que era capaz de marginar el despido de unos cientos de trabajadores, el cierre de una fábrica o la compra de otra, evocó en más de una ocasión aquella bizarra despedida y aquella negativa *non petita,* pero con un innegable fondo de verdad. ¿Para qué iba a llamarla? ¿Para preguntarle por el estado del tobillo de su pareja, en lugar de llamar a su socio personalmente? ¿Para pedirle consejo sobre una fusión bancaria? Aunque tal como salían ahora los nuevos economistas, a lo mejor Patty tenía mejor criterio que ellos. Ella sabía lo que significaba la petición del teléfono. De la misma manera que él estaba seguro de que no la iba a llamar para proponerle un puesto en el consejo de administración de una empresa.

No de manera obsesiva pero muy a menudo —cuando el chófer le llevaba hasta el despacho, en las tediosas reuniones sociales, cuando vislumbraba la figura de una mujer a la que encontraba cierto parecido con Patty—, Mr. Coldwood intentaba buscar un efugio para llamarla por teléfono, una excusa convincente que le apartara de la ridiculez del viejo ligón. Como entre las muchas cosas de las que había hablado Patty le había sorprendido con sólidos conocimientos sobre pintura y, en particular, una cierta preferencia por Willem de Kooning, recordó que conocía a alguien que tenía un cuadro suyo, pero no sabía quién. Habló con su secretario —un maduro y exquisito ejemplar humano que llevaba ya con él varios años, desde que la separación de su segunda mujer vino acompañada de un ataque de misoginia— y el secretario le informó de que seguramente los Goldwin tenían no uno, sino dos cuadros de De Kooning. A Mr. Coldwood el viejo Goldwin le caía tan mal como el segundo *martini,* pero convirtió la necesidad en virtud y le llamó por teléfono. Cuando le expresó su pretensión de ir a ver los De Kooning con una amiga con la que tenía cierto compromiso, debido a unos futuros negocios, la voz aguardentosa de Goldwin inquirió, sin demasiada cortesía, si es que se la estaba tirando. Estuvo a punto de colgarle, no porque perteneciera a una de esas familias puritanas que habían contribuido a la fundación y crecimiento de la ciudad, sino porque no soportaba la manera directa y neoyorquina del parloteo de Goldwin. Un bostoniano no lo habría dicho así, pero Goldwin vivía más tiempo en Nueva York que en Boston, y eso tenía sus inevitables consecuencias.

—Son meras relaciones públicas. Pero si te va a ser de mucha molestia la llevaré al museo a ver los Stuart.

—Si le gusta De Kooning, Stuart le va a parecer agua mineral. Nuestro jodido museo sólo sirve para atiborrarse de menudencias asiáticas. Venid cuando queráis, aunque lo más probable es que yo no esté. Dejaré dicho que vas a venir. Acude abrigado. La colección buena está en el ala norte y allí no se enciende la calefacción para que no sufran los lienzos.

A partir de ese momento se recriminó a sí mismo que estuviera buscando una excusa que le permitiera decirle a Patty que viniera a Boston. Nunca había sido un tipo apasionado, ni enamoradizo, pero hacía años que al estar con una mujer no sentía esos atisbos de vanidad, esos barruntos de una energía que parecía haber estado de vacaciones durante demasiado tiempo. Pero no hubo necesidad de encontrar un efugio. Una mañana le dijo su secretario, con demasiada imperturbabilidad para ser sincero, que la señorita Patty quería hablar con él.

—Le he dicho que no estaba en el despacho. Si usted me lo indica así, puedo no encontrarlo.

—No, no. Has tenido suerte y me has encontrado.

Le gustó escuchar su voz, y le sorprendió que le dijera que quería hablar con él. Se sintió a gusto. Últimamente no se sentía a gusto con casi nadie, y aunque no apreciaba ninguna percepción de culpabilidad, ni le preocupaba lo que pudieran pensar los demás, encontró grata aquella charla que discurría con fluidez, sin que en ningún momento se atisbara la razón por la que ella le había llamado. Por fin Patty le preguntó si no sentía curiosidad por el hecho de haberle telefoneado.

—No, no. En todo caso, la satisfacción supera a la curiosidad.

—Mientes con elegancia —dijo ella.

—Una mentira sin elegancia es una chapuza o una grosería.

La escuchó reír complacido. Fue entonces cuando eligió el momento para anunciarle que había dos De Kooning en casa de un amigo. A pesar de que Boston se encontraba a poco más de una hora en avión de Nueva York, estuvieron sopesando fechas durante un buen rato hasta que ella le propuso ir al día siguiente. A él le pareció bien, y le pareció mejor que rechazara que la fuera a recoger un automóvil, bajo el pretexto de que así ella tenía libertad de tomar el vuelo que mejor le conviniera.

—En todo caso, antes del almuerzo —sugirió Mr. Coldwood.

—Por supuesto.

—Entonces almorzaremos en Dom's.

A Mr. Coldwood no le gustaba la comida italiana, pero le gustaba Dom's. Puede que fuera de los pocos restaurantes de Boston que podía presumir de permanecer abierto desde hacía más de un cuarto de siglo, y le agradaba el personal, que resultaba eficaz, sin servilismos excesivos.

Almorzaron en Dom's. Él pidió un *dry martini* con un entusiasmo que anuló los temores al posterior ardor, y ella le acompañó. Luego, descubriría que a Patty no le gustaba el *dry martini,* pero era una mujer sabia que conocía la satisfacción con que los hombres, durante los primeros encuentros, reciben la solidaria complicidad en los pequeños vicios.

Eligieron un *rack of lamb* con un toque de queso y una guarnición de *risotto* a la milanesa, y lo acompañaron con un tinto que Marcello, el sumiller, les recomendó para la ocasión.

El calorcillo del *dry martini,* la excitación del alcohol y su efecto en la flora estomacal, que suscitaba una cierta sensación de hambre, inundaron a Mr. Coldwood de un optimismo casi olvidado. Patty llevaba bajo el abrigo un Chanel de color crema y una blusa verde que armonizaba con sus ojos de color miel. Le gustó que, antes de ponerse a leer la carta, sacara sin embarazo unas gafas de apoyo. Aborrecía a esas mujeres acomplejadas que arrugaban los ojos y alargaban el brazo y concluían por dejarse aconsejar para disimular las dificultades que causaba un cristalino cansado. Y, aunque él hubiera preferido un buen filete de vaca o un *steak,* le supo bueno el cordero, y hasta se atrevió a extraer de la panoplia de salsas una pizca de *putanesca.*

Tras llevarse el primer bocado de carne a la boca, Patty le anunció como si fuera un trámite:

—Estoy libre. ¿No te ha contado nada tu socio?

—Es socio en un par de empresas —aclaró Mr. Coldwood para distanciarse, es decir, para aparecer también él como un hombre libre—. Y no nos vemos tan a menudo como pudiera parecer.

~

Tras desdoblarlo, miró el contrato que guardaba en la chaqueta y leyó la denominación de su trabajo sin sentir compasión de sí mismo y también sin humor: *gentleman of dance.* Michael Osborne García, nacido en Jerez (España) el año 1938, en plena guerra civil, y educado en Cambridge entre 1955 y 1960, en plena guerra fría, observó las estrechas dimensiones del camarote, situado muy lejos de las zonas nobles, y decidió ocupar la litera de arriba, porque no soportaba los despuntes de claustrofobia que le causaría la visión del somier de su compañero, y se dispuso a colocar la ropa en un lado del armario. Sujetó con mimo el esmoquin y el conjunto de *blazer* azul marino y pantalón gris, que serían sus uniformes de trabajo, y los colgó sujetos de las propias perchas con las que contaba su portatrajes.

El *gentleman of dance* estaba obligado a prestar servicio de ocho a once y media de la noche. Debería ser discreto, educado, buen bailarín y, sobre todo, de avanzada edad para evitar celos y recelos de maridos y acompañantes. Su misión consistía en sacar a bailar a las aburridas damas que, emparejadas con caballeros artrósicos o prostáticos —sin que esas cualidades fueran excluyentes las unas de las otras—, observaban con envidia a las otras parejas que, a pesar de su edad, se animaban cuando sonaban las notas de las piezas famosas de Glenn Miller o Cole Porter.

Era un buen bailarín. Y discreto. Y no tenía intención de flirtear con nadie. ¿Cuánto hacía que no flirteaba? Lo había hecho por vez primera en Sevilla y en Jerez, pero algo más en serio en el camino que hay en Cambridge entre la verde pradera frente al King's College y el río Cam, con aquella pecosa cuyo nombre y facciones se habían borrado de su memoria, aunque no se le borraron los ochenta kilómetros recorridos en el automóvil de su hermano, una escapada a Londres que le costó una amonestación del tutor del Downing College y una pequeña cicatriz por su primer accidente de carretera.

Vuelve a doblar el contrato y lo guarda entre dos jerséis. No es hombre proclive a inventarios vitales y demás actividades tan estomagantes como inútiles. Pero aquella pecosa de cuyo nombre no puede acordarse fue la que le llevó a pertenecer a la Downing Dramatic Society. No le importaba el teatro, estaba mucho más interesado en los pechos de la pecosa, pero una cosa llevó a la otra, y allí apareció el extraño profesor Leroy Skelton, si es que ése era su verdadero nombre, con su afabilidad de predicador escondido, que enseguida adivinó que bajo aquella hosca soberbia el acompañante de la pecosa de busto prominente escondía la típica desorientación juvenil. Y el profesor Leroy, con astucia, con artes precisas de embaucador, se encargó de apuntalar las vacilaciones con afirmaciones demasiado generosas sobre sus cualidades para el teatro. Era cierto que tenía cualidades. Y que sentía algo especial cuando interpretaba a otro personaje, y que recibía con halago satisfecho las admiraciones de Leroy, sin saber que le iba a encaminar a una carrera de fingimientos que todavía no había terminado.

Primero, fueron reuniones en su apartamento con otros muchos estudiantes. Les escuchaba, les hablaba de Estados Unidos, dirigía el coloquio con maestría, sin apenas intervenir, en fin, actuaba como esos jugadores profesionales de póquer que están dispuestos a dejarse ganar las diez primeras partidas con el objeto de descubrir la manera de jugar de cada uno de los contrincantes, de ahondar hasta qué punto son amarradores o faroleros, en qué momento un nervio de la comisura de los labios, o un hieratismo excesivo, denuncia que están tensos y expectantes.

Luego hubo reuniones a solas. Se interesaba por España, o fingía interesarse, y le preguntaba por las vacaciones, por su familia, las relaciones que allí tenía, las amistosas y las sentimentales. Nunca habló de política de una forma explícita, y, sobre todo, cuando había una docena de estudiantes y alguno hablaba de la Unión Soviética en términos elogiosos, jamás se le escuchó una opinión manifiestamente en contra, es cierto, aunque de manera sutil sacaba a relucir los refugiados rusos que se encontraban en Estados Unidos y no pensaban volver, o el caso de algún profesor al que no le daban permiso para viajar a un congreso internacional.

Sin saber cómo, llegó una etapa en la que estaba más interesado en hablar con Leroy, en estar en compañía de Leroy, que en recorrer los ochenta kilómetros que le separaban de Londres, un fin de semana, para ver al natural las dos maravillas que escondía la pecosa bajo los jerséis de cachemira.

Un día, sin venir a cuento, a solas con él en su casa, después de haber cenado un bol de sopa y unas croquetas de carne picada, le mostró su gran preocupación y sacó un mapamundi.

Desde que había concluido la Segunda Guerra Mundial eran cada vez más los países que caían bajo la dictadura de los comunistas y, una vez instalados, jamás tenía aquello visos de convertirse en una democracia. Michael Osborne sabía que fue en 1960, porque acababa de cumplir veintidós años. Y recordó también una profecía, que se cumpliría al cabo de pocos meses, y era que Fidel Castro iba a instaurar el comunismo a las puertas de Estados Unidos.

—¿Y habrá otra guerra? —preguntó el joven con ingenuidad.

—No creo —respondió Leroy con rostro serio—. Pero si hubiera una guerra entre Rusia y Estados Unidos, sería la última, porque se emplearían armas nucleares.

Los días siguientes Michael recibió una lección muy extensa de geopolítica. El profesor era tan convincente, tan noble, parecía tan preocupado, que tras escucharle daban ganas de aportar algún esfuerzo para intentar paliar la situación del mundo. Más aún: Michael se quedaba asombrado de que todo aquello le hubiera pasado inadvertido, mientras intentaba estudiar una obra de Aristófanes o asistía, deslumbrado, a la aparición de dos montañas blancas y suaves, tapadas por un casto sostén.

~

Sonaron dos golpes en la puerta y, a continuación, entró un hombre alto, de porte elegante, vestido con un jersey negro de cuello cisne y pantalones también negros. Tendió a Michael una mano fuerte que le apretó la suya con energía, cuando correspondió al saludo, mientras se presentaba a sí mismo:

—Dusan Tripkovic.

Entonces le miró a los ojos, unos ojos entre el acero gris y la nieve azulada, esos ojos que a las mujeres en general les atraen, pero que a Michael le dieron la inquietante impresión de que podían ser los ojos de un asesino.

—Espero que tengamos un crucero tranquilo —deseó el serbio.

—Estoy convencido de que será así —respondió Michael con la expresión bondadosa que su arte teatral le ayudaba a conseguir.

Y añadió con recelo:

—¿Es fumador?

—No, no fumo —contestó Dusan.

~

No todo el pasaje es gente mayor y madura. Hay también parejas jóvenes, la mayoría de ellas en viaje de luna de miel, y son las más excitadas durante el simulacro de naufragio que el personal pone en marcha, antes de zarpar, a media tarde. Durante una hora lo advierten por los altavoces, y los mozos de camarote lo recuerdan de viva voz: «Cuando suene la sirena, hay que ponerse los chalecos salvavidas y acudir a la cubierta que se indique, según el camarote ocupado». De pronto, como si fuera el primer día de colegio, jóvenes y viejos corretean por las escaleras o se arremolinan frente a la puerta de los ascensores para congregarse junto a los grandes botes. Se comparte la excitación de la novedad junto a la tranquilizadora consciencia de que no existe ningún peligro. Infantilizados, estimulados por la circunstancia, comienzan a intercambiarse las primeras aproximaciones, los primeros tanteos de una amistad que será tan duradera como el viaje, bajo el leve orgullo de estar viviendo una situación privilegiada.

El ritual no dura demasiado, y aunque la tripulación no posee el aire cansino de las azafatas aéreas cuando proporcionan las instrucciones en caso de amerizaje, e insisten desde sus impolutos uniformes blancos en que todos comprendan que se trata de un simulacro importante, los pasajeros retornan a sus camarotes con cierta sensación de haber asistido a un espectáculo del que se esperaba algo más de emoción, una cierta decepción que todos se empeñan en disimular, y es tanto el esfuerzo del conjunto, que cada uno de ellos cree que su decepción es tan subjetiva como equivocada.

No todos los pasajeros han obedecido las órdenes. Algunos italianos y españoles, bien por experiencia, bien por rebeldía, se han quedado en sus camarotes. Los mediterráneos no comprenden del todo a los anglosajones, esa facilidad que tienen para la disciplina y para formar una cola, en tanto que los anglosajones desconfían de unos tipos reacios a la obediencia.

Mr. Coldwood y su esposa son anglosajones, pero se han quedado en el camarote. El propio Sotirios Tremonti se lo ha sugerido por teléfono, advirtiéndoles de que se trataba de un acto tan multitudinario como inútil. Mr. Coldwood le ha dado las gracias y Patty se ha quedado decepcionada.

—¿Te desilusiona no estar con las masas? —le pregunta irónico su marido.

—No creo que nos hubieran devorado. Son seres humanos —replica ella con un leve enfado.

—Sí, son seres humanos —acuerda conciliador—. Pero muchos y apretados.

Cuando Patty se enfada, pero no quiere admitirlo, sus ojos de color miel brillan con más intensidad, y a Mr. Coldwood le divierte, siempre y cuando no pasen a la segunda fase: la de los silencios hoscos y la indiferencia, pero una indiferencia demasiado afectada para ser tomada en serio.

Dusan Tripkovic también se ha quedado en el camarote, ha vaciado la maleta y la ha introducido bajo la litera de su compañero. Luego, tras comprobar las luces de lectura, se ha puesto a leer un ensayo en serbio.

Michael no hará ningún comentario sobre los libros en árabe, en serbio y en inglés que amontona su compañero en la repisa de la litera superior. De los tres libros serbios observará que uno está escrito en alfabeto latino y, otro, en cirílico.

Dusan Tripkovic tampoco es muy hablador. Desde las aletas de la nariz hasta la comisura de los labios bajan dos hondos surcos que suscitan un antiguo y familiar cansancio, como si el desaliento fuera una engarzada costumbre. Esas dos líneas se han profundizado con el tiempo, pero aparecieron allí al término de la juventud, tal que un anticipado regalo de madurez, cuando era un entusiasta seguidor de Tito y estaba convencido de que Yugoslavia sería la tercera vía que vendría a salvar al mundo de los excesos del capitalismo y de los atropellos del comunismo. Fue fiel a esa idea cuando resultaba sospechoso criticar la invasión de Praga y hablar de Dubcek, a quien los tanques no sólo retiraron de la presidencia del partido, sino que le despojaron de sus privilegios de profesor y le condenaron a ganarse la vida como guarda forestal. Los elementos más inmovilistas de la universidad comenzaron a apartarse de él, intuyendo a un futuro apestado, y hasta su mejor amigo, con quien le parecía que lo compartía todo, le dijo una tarde por Lenjinv Bulevard, después de atravesar el puente sobre el Sava, que posiblemente estaba equivocado, y que las direcciones de los partidos se ven obligadas a tomar decisiones que no son comprendidas por la mayoría.

—Es difícil de entender que envíen a Checoslovaquia veinte veces más tanques de los que mandaron a Hungría en el cincuenta y seis. ¿Qué van a hacer? ¿Los van a matar a todos? —le preguntaba y se preguntaba Dusan.

—No seas ingenuo, detrás de todo eso están los agitadores, los que se aprovechan de nosotros.

—Es decir, que Husak y Svoboda son dos buenos chicos obedientes a las consignas y Dubcek, un agente de la CIA.

—No es necesario que recurras a la hipérbole. Es típico de la dialéctica burguesa.

—Mira, Zoran, estoy hasta los cojones de que cuando en una discusión aportas argumentos que son incontestables la gente me diga que se trata de un truco de dialéctica burguesa.

Lo peor de todo no era el sentimiento de rabia y de impotencia, sino que los ojos de Zoran expresaban un convencimiento que podía ser sincero, podía, aunque no estaba seguro ni lo estaría años más tarde, cuando se produjera el desastre y se iniciara la carrera del transformismo.

Si en 1969 sus convicciones se encontraban en el lugar adecuado y no sólo no recibió ninguna represión en la universidad sino que, poco a poco, notó cortesías y amabilidades por parte de los miembros del Partido que se traducían en conferencias e invitaciones a escribir artículos, todo ello debidamente remunerado, treinta años después su escrupuloso alejamiento del comunismo y del nacionalismo le condujo al ostracismo y a la miseria. Los comunistas abandonaron rápidamente el comunismo, pero como si obedecieran a una consigna secreta pero compartida, la mayoría de ellos reaparecieron con el traje del nacionalismo. Se acostaron comunistas de la tercera vía, entusiastas de la internacional de los países no alineados, y se levantaron a la mañana siguiente convencidos de que Serbia había nacido para ser grande e imperial.

Goran Filipovic, ya jubilado entonces, tan escéptico como viejo, vecino no del mismo edificio pero sí de la misma manzana, le contestó ante sus indignadas observaciones que no se asombrara, que la historia siempre se repetía.

—Al día siguiente de entrar los aliados en París, no hubo un solo francés que no hubiera colaborado con la resistencia. Y, en Italia, desaparecieron los cientos de miles de seguidores de Mussolini y aparecieron cientos de miles de partisanos que se habían pasado la guerra tomando café. Como aquí. Y, en España, la manifestación gigantesca que hubo tras el fracaso del golpe de Estado en mil novecientos ochenta y uno, podía haber sido tan gigantesca o más a favor del golpe, si éste hubiera triunfado.

—No me diga que soy un ingenuo, Filipovic.

Filipovic, como si no le hubiera oído, prosiguió.

—Cuando la Unión Soviética invadió Afganistán estaban todos los miembros del Comité callados como putas asustadas, hasta que el camarada Josip Broz Tito dio su opinión. Entonces, todos se pusieron a criticar a los rusos. Bueno, es una manera de sobrevivir. Sin dignidad. Como dice el personaje de *Pigmalión,* un pobre no se puede permitir el lujo de tener dignidad.

—Los del Comité no eran pobres, precisamente —comentó Dusan, malhumorado.

—Se habrían convertido en pobres si se hubieran arriesgado entonces a opinar algo diferente a lo que opinaba el presidente perpetuo.

Y añadió con una risita hacia dentro, como si se le carcajearan los bronquios:

—Tan perpetuo, que ya se ha muerto.

—No era un mal tipo.

Goran Filipovic lo miró como si dudara en la respuesta, y simplemente dijo:

—Por hoy ya basta. Añadir más información dañina a tu disgusto podría resultar barroco.

~

Sotirios Tremonti está satisfecho de su tacto y delicadeza. Ha dudado si llamar o no llamar a Mr. Coldwood —los millonarios son mucho más imprevisibles que las sopranos—, pero ha atinado en advertirle de que no acudiera al simulacro, porque el agradecimiento que ha escuchado a través del teléfono sonaba sincero.

Entra el sobrecargo con aire ceñudo, tras dar un toque protocolario a la puerta, tan ritual que jamás aguarda una contestación, y le anuncia que el camión de naranjas ha llegado a tiempo y que se ha podido descargar, lejos de la zona de embarque. A Tremonti, al principio, le sobresaltaba el aire ceñudo del sobrecargo, como si fuera a anunciar una catástrofe, hasta que descubrió que se muestra ceñudo cuando todo va bien, como si la normalidad le dejara perplejo y aguardara impaciente por dónde iba a surgir la inevitable y desagradable sorpresa. Recuerda el año pasado, en el Caribe, cuando se estropeó uno de los hornos y había que comprar pan cuando atracaban en algún puerto, después de largas negociaciones porque no se puede desembarcar, dirigirse a la primera panadería y pedir barras de pan para tres mil personas. Al anunciarle que habría jornadas en que tendrían que servir pan del día anterior, lo hacía con una expresión seráfica, sosegada, como si la anormalidad le tranquilizara y fuera lo natural.

Tremonti lo aprecia, porque es incansable, pegajoso con el personal, machacón y desconfiado. Prefiere ganarse el aburrimiento de la dotación que aceptar que algo no se ha llevado a cabo por falta de explicaciones. Es reiterativo hasta el límite de la huida, pero la experiencia le ha demostrado que en la babel de lenguas en la que se mueven —inglés, principalmente, pero también español e italiano— no hay que dar nada por sabido ni instrucción por comprendida.

Hubo un pequeño problema al principio, un confuso mensaje de un proveedor, que llevó a Tremonti a sospechar sobre la posibilidad de un cobro de comisiones y que atajó de manera rotunda.

—Usted compre donde quiera y aténgase al presupuesto y a la satisfacción de nuestros clientes. Si está usted en este puesto es porque posee la suficiente inteligencia como para saber que la admisión de la más pequeña cantidad es una traición a la empresa. Cualquier regalo que reciba que no se lo pueda comprar usted sin ningún esfuerzo económico, devuélvalo.

A la semana siguiente entró con un pequeño paquete en cuyo interior había una televisión portátil.

—Lo ha enviado el proveedor de la vajilla.

—Devuélvalo —ordenó Tremonti.

Jamás volvieron a tocar el asunto.

—Me ha dicho el capitán que dentro de tres días puede haber temporal —le comenta el sobrecargo, dejando atrás el aire ceñudo y psicológicamente preparado para lo peor.

—Sí —corrobora Tremonti—, parece que se trata de la maldita gota fría que siempre nos encontramos en el Mediterráneo. Eso es lo malo. Lo bueno es que ya tenemos experiencia.

~

Patty no tiene experiencia en grandes cruceros. Ha viajado por California y por Miami, pero siempre dentro del ambiente amistoso de los pequeños yates, y le molesta no dominar por completo la situación. Por eso, lejos de su costumbre, le pregunta a su marido cómo se van a vestir para la cena.

—Creo recordar que en estos viajes los caballeros llevamos siempre chaqueta, chaqueta con corbata cuando la cena es formal, y esmoquin cuando es de etiqueta. Un vestido de calle será suficiente.

Patty duda entre un vestido de calle y uno de cóctel y, cuando ya ha tomado la decisión, se acuerda del senador y su mujer.

—Creo que debería llamar a la mujer de tu invitado para ponernos de acuerdo. Aunque, excepto en el avión, siempre la he visto con un echarpe por encima de los hombros.

—Me había olvidado de nuestros invitados —cae en la cuenta Mr. Coldwood—. Si hablas con ella, sugiere que el senador no acuda a cenar en camisa.

El senador por Massachusetts Ayrton Hotbush Junior —hubo un Ayrton Hotbush Senior, ya fallecido, padre del actual— está indignado porque ha descubierto que el pedicuro de Boston le ha dejado la uña del dedo gordo del pie derecho sin cortar. Lo cierto es que había ordenado al pedicuro que se diera prisa, le llamaron por teléfono varias veces, le pidió en un par de ocasiones que le dejara solo —hay conversaciones confidenciales que requieren intimidad— y entre las entradas y salidas y sus urgencias, se había quedado esa uña escandalosamente larga, terriblemente visible, una uña que había que cortar antes de exhibirse en las piscinas de cubierta.

—Nena, me tienes que ayudar.

La nena, es decir, la señora Hotbush, ya ha cumplido los cincuenta, pero mantiene una figura delgada gracias a un régimen alimenticio en el que las grasas y los hidratos de carbono son considerados tan peligrosos como los fundamentalistas para su marido.

Nacida en el seno de una familia amiga de los Coldwood, se casó con el senador en contra de la opinión de sus padres, que no veían en aquel hijo de un constructor, que se dedicaba a levantar viviendas unifamiliares en una de las zonas de expansión de Boston, un partido recomendable para su segunda hija. Los Oldman, como seguramente pensaban los Coldwood, apreciaban a quienes se dedicaban al trazado de autopistas y a levantar grandes edificios, pero desconfiaban de un pequeño constructor, de aspecto malicioso, que seguramente engañaría a sus compradores de clase media con tuberías de bajo presupuesto y tejados frágiles que requerirían arreglos constantes. Pero Nancy Oldman se enamoró del hijo del constructor debido a su afabilidad, su comprensión, su dulzura y —aunque nunca se lo confesó a sí misma— su resistencia sexual. Los retozos que había mantenido hasta entonces

—excepto una aventura de verano con un mulato encargado de los caballos de un rancho de uno de sus tíos— no le habían causado deslumbramiento alguno. Pero cuando durante un largo fin de semana —aprovechando la coartada de que se quedaba a dormir en casa de una amiga— pasó día y medio con el hijo del constructor, comprendió que los chicos que había conocido hasta entonces eran seres tan olvidables como frágiles, y que aquel muchacho tan dulce poseía en su interior una energía que parecía inagotable. Tan inagotable que, al lunes siguiente, la despertaron unas carcajadas colectivas y un toque en el hombro que le hicieron comprender que se había quedado dormida en clase. Ni siquiera en la etapa en que formó parte del equipo de jóquey, con los duros entrenamientos a los que la sometía un entrenador llegado de Nueva York, había sentido tan enorme cansancio, una lasitud cercana al desmadejamiento, ni siquiera en los días de esquí en Bristol Mountain, después de permanecer en las pistas ocho horas. Además, ésta era una flojedad satisfecha, un cansancio halagador. Para Nancy fue como descubrir, de repente, las posibilidades del teléfono tras haber pasado años comunicándose a través del correo, o como hacerse adulta de verdad. Y eso fue lo que le impelía a observar a sus compañeras de clase con cierta compasión y a los chicos que remoloneaban tras ellas con alguna lástima. Se sentía tan superior, después de haber descubierto que las experiencias que había tenido hasta entonces habían sido pálidos reflejos de lo que acababa de descubrir, que se atrevió a plantear a sus padres que iba a casarse con Joss, dijeran lo que dijeran, y que si no tenía su autorización se escaparía.

Los Oldman comprendieron que había que intervenir con rapidez y la trasladaron a un colegio suizo. Pero se olvidaron de despojarla de la American Express y, a la semana siguiente, recibieron una llamada telefónica de Nancy explicándoles que se iba a quedar embarazada y que luego se casaría, por ese orden. Insistió en explicar la secuencia, porque sabía que a los Oldman les espantaba la idea de admitir a una hija soltera y en avanzado estado de gestación. Los Oldman, que en fondo eran gente razonable, y la gente razonable sabe enseguida cuando se ha perdido una partida, organizaron una boda sencilla, sin alharacas, casi en la intimidad, y así fue como Nancy Oldman se convirtió en la señora Hotbush.

Claro que de todos estos acontecimientos habían pasado varios años, en el transcurso de los cuales sucedieron algunos acontecimientos reseñables. Primero, el ardoroso y joven Hotbush, el rey de la cama, el atleta sexual que dejó deslumbrada a Nancy, fue ganando peso y perdiendo energía. Segundo, la dedicación a la política era un cometido imprevisible y constante, lo que fue motivo de fricción social. Puede que cualquier otra muchacha estuviera deslumbrada por ser la esposa de un senador, pero a una Oldman no le admiraba cenar con el presidente, en compañía de unas treinta o cuarenta personas, cada dos o tres años, porque eso ya lo había vivido en su casa. La consecuencia de todo ello fue que Nancy construyó su vida social un poco al margen del senador, excepto en campañas electorales, donde aparecía junto a su esposo y sus hijos, sonriente, feliz y como un ejemplo de lo que debe ser una esposa americana. Y, tercero, y puede que eso fuera lo fundamental: Nancy ya no estaba enamorada del senador. No lo odiaba, por supuesto, y sentía por él ese aprecio que suscitan los criados que llevan mucho tiempo en casa, puede que algo más —sí, en efecto, Nancy reconocía que algo más—, pero no lo suficiente como para correr a por unas tijeras, agacharse bajo la barriga del senador, cogerle del tobillo, grueso como una mazorca, ponerse el pie en el regazo y cortarle la uña del dedo gordo.

—Las tenacillas están en mi estuche de manicura.

—Nena, me tendrás que ayudar, no puedo agacharme.

—Si bebieras menos whisky e hicieras más ejercicio, no te verías en esa situación.

—Nena, por favor…

Si algún miembro del equipo de Ayrton Hotbush, con su fama de hombre duro y autoritario, hubiera tenido la oportunidad de escuchar el tono de súplica del senador, habría creído que se trataba de un engaño, de un acto de ilusionismo o bien que se trataba de otra persona.

—¡Ah! He hablado con Patty y a la cena debes ir con chaqueta.

—¿Qué hago con la uña?

Nancy le dice que cuando termine de elegir su ropa entrará en el baño, pero la soberbia de Ayrton le impulsa a rebuscar en el estuche de manicura, asir las tenacillas y, después de sentarse en el inodoro, tratar de alcanzar el dedo gordo que está terriblemente lejos, allá en el suelo, incomprensiblemente distante, y le obliga a un esfuerzo incómodo y humillante. Cuando logra atraparlo con la mano izquierda, acerca las tenacillas, empuñadas con la derecha, introduce la punta por un extremo de la uña, aprieta fuerte y suelta un aullido estremecedor al notar que las pinzas han mordido la carne.

—Eres un torpe —comenta Nancy sin perder la atención en la elección de los vestidos que cuelgan del armario.

Es en momentos como éstos cuando Ayrton comprende que algunos homicidios deben contemplarse con sus correspondientes atenuantes.

Nancy, ajena a los soterrados odios que provoca en su marido, se concentra en la elección de un atuendo que le agrade a Patty. Al principio, tras el súbito anuncio de la boda, Nancy recibió la presencia de la nueva mujer de Coldwood con reparos semejantes a los de todas las esposas, que reprochaban íntimamente a la recién llegada su juventud porque las sometía a agravios comparativos. Además, albergaban la duda de que pudiera seducir a sus respectivos esposos, y, encima, como *outsider,* en su presencia tenían que esforzarse en prescindir de aquellas referencias temáticas que la hicieran sentirse incómoda. Pero ninguna de ellas se esforzaba. Antes bien, las más displicentes se empeñaban en conversar sobre las experiencias comunes de años atrás con objeto de dejar bien claro a la recién llegada su condición de forastera, de persona admitida con reticencias.

Nancy también había actuado así al principio y se había mantenido vigilante, pero la discreción de Patty con los maridos ajenos era llamativa, hasta el punto de que si, en algún momento, notaba un entusiasmo excesivo, enseguida reclamaba la atención de la esposa del galanteador para evitar, más que situaciones incómodas para la propia Patty, desconfianzas de sus nuevas compañeras de gineceo social. Asimismo, la capacidad para halagar a todas y cada una de ellas en sus habilidades características había logrado derrumbar los temores de la mayoría, aunque siempre quedaban esposas irreductibles que seguían viéndola como una enemiga.

Una tarde, después de una cena en la que el senador había sido la estrella invitada, Patty le dijo a Nancy que le gustaría maquillarla porque creía que no sacaba suficiente partido a sus facciones. Y, ante la mirada un punto desconfiada de Nancy, añadió con una sonrisa encantadora que creía que se podía subrayar de manera más acusada la belleza de sus ojos y el juego de sombras de los pómulos.

Quedaron una tarde en casa de Nancy y Patty acudió con un pequeño maletín de maquillaje y un portatrajes cuyo contenido intrigó a la mujer del senador, pero no se atrevió a preguntar.

Entraron en el cuarto de baño y Nancy se sometió a unos masajes faciales, previos a la aplicación de polvos y cremas, que la relajaron hasta tal punto que lo que había comenzado como una cháchara continua de las dos mujeres se fue convirtiendo en una silenciosa reunión. Los dedos de Patty recorrían con suavidad y delicadeza el cuello y la papada, las sienes y las mejillas, la frente y la nuca, y una tranquila evanescencia se apoderó poco a poco de ella, como si su piel se fuera diluyendo en las yemas de los dedos de Patty, y, a la vez, le permitiera percibir mucho más intensamente las sensaciones, pero como si ella, la masajeada, lo contemplara todo desde una altura superior, al mismo tiempo que el perfume de Patty la inundaba en su cercanía —tendría que preguntarle qué marca era— y notaba deseos de prolongar el momento. Obedeció con docilidad cuando le ordenó que irguiera la cabeza, y se dejó hacer, sin abrir los ojos, mientras notaba que brochas y pinceles, dedos y lápices, se deslizaban por los labios, las pestañas y las mejillas. Abrió los ojos cuando se lo ordenó, pero no quiso mirarse al espejo hasta que todo hubo terminado. Y se quedó asombrada. Los labios estaban cubiertos con un tono rosado mucho más suave que el que ella empleaba; en las mejillas, un trazo vago y bermejo hacía resaltar los pómulos y le proyectaba a la expresión una dulzura firme, exenta de blandenguerías. Pero era en los párpados, en la combinación de azulados y verdes, donde, en efecto, había conseguido que sus ojos glaucos se erigieran en protagonistas de su rostro. Le salió con sinceridad un comentario exento de malicias.

—Eres maravillosa.

—No, no —rechazó Patty—, tu cara es maravillosa.

Y, a continuación, Nancy descubrió el secreto del portatrajes, cuando vio cómo ella extraía un traje sastre en tonos agrisados y rosas.

—Espero haber acertado con la talla.

Nancy, sin conocer las causas, se sintió pudorosa cuando se tuvo que desprender de la falda y quedarse en bragas y medias para ponerse la falda del Chanel. Y todavía más cuando Patty le ordenó que se cambiara la blusa de color perla, porque no destacaba, por otra más oscura, y ambas entraron en el dormitorio y Nancy parecía una adolescente en ropa interior mientras su amiga le estiraba la blusa por detrás, le ajustaba la cinturilla de la falda, le ayudaba a meter las manos en la chaqueta, iba detrás y le subía los hombros o se ponía por delante y le cerraba la chaqueta, oprimiéndole los senos con el dorso de sus manos largas y espatuladas, o le decía que tenía el pecho más abundante de lo que parecía, y Nancy se turbaba como si fuera una adolescente.

Patty se concentraba en la parte de las caderas y pasaba las manos por la zona superior de las ancas para asegurarse de que no se formaba una arruga o un maligno pliegue, y Nancy, cada vez más nerviosa, deseaba que acabara la sesión a la vez que notaba una sensación morbosa cuando las palmas de Patty se paseaban por la superficie de la tela, y se sentía esculpida y suave, arcilla de carne en manos de aquella maga joven y seductora.

Nunca más volvió a tener un momento de tanta intimidad. Ni coincidían en el mismo gimnasio en el que eran socias, ni Patty frecuentaba el campo de golf al que solía ir Nancy. Pero delante del armario, mientras el senador reclama su ayuda, intenta concentrarse porque no quiere defraudar a Patty, porque desea agradarla, como si viviera aquellos lejanos tiempos en los que se arreglaba para ir al encuentro de alguno de los chicos del *college*.

~

El sobrecargo está enfadado con su mujer porque se empeñó en que empleara a su hermana Juanita en el barco y él ya sabía que no era muy buena idea, y la prueba de que no era muy buena idea ha sido lo que ha ocurrido esta mañana, confiar en la discreción de una mujer es como confiar en el mar, no quiere problemas, cada día tiene que arreglar docenas de problemas, y una mujer indiscreta puede ser el más grave de los problemas.

La cantante del dúo Diamond's Brothers se cruza con él y le dice que los micrófonos de la sala Venus no funcionan, y el sobrecargo, sin perder la compostura y aguantándose los deseos de mandarla a pasear por el puerto, le dice que hable con el director artístico. La mujer es muy guapa, y si se pone a pasear por el puerto a estas horas, es posible que no vuelva.

Los Diamond's Brothers no son hermanos, sino pareja, y no son ingleses ni estadounidenses, aunque sólo canten melodías en inglés, sino españoles. María —Mary para el público— maneja el teclado, y su novio, Ricardo —Richard para las carátulas del cedé—, toca el saxo tenor y el clarinete. María, o Mary, es la cantante, y Richard, o Ricardo, hace la segunda voz, cuando no requieren sus esfuerzos el clarinete o el saxo.

El teclado de María es un piano electrónico que lleva incorporada la percusión e incluso la imitación de otros instrumentos, como el violín, de tal manera que los Diamond's Brothers, aunque sólo sean dos, suenan como si fueran una nutrida orquesta.

María parece furiosa por el problema de los micrófonos, pero en realidad está enfadada consigo misma. Hace dos años Ricardo la convenció para incorporarse a la compañía de cruceros, y no parecía muy mala idea porque el contrato no estaba mal económicamente, prometía un empleo estable, les evitaba el peregrinaje errabundo por hoteles de playa y, según dijo el representante, un crucero de lujo era una oportunidad para ellos, porque se embarcaban gentes relacionadas con el *show business,* y tendrían oportunidad de ser escuchados por personas que les podrían ayudar en su carrera. En el último año y medio, la única persona que han conocido relacionada con el *show business* ha sido un salchichero de Munich que celebraba sus bodas de oro y era proveedor del restaurante de la ORT (Radio y Televisión Austriaca). ¡Ah!, y un fantasma de una agencia de publicidad de Barcelona convencido de que redactar textos para *spots* de televisión era lo mismo que ser guionista de Spielberg.

María se ha enterado de que Marilyn Monroe murió a los treinta y seis años, y ella acaba de cumplir treinta y seis años y teme que dentro de poco será lo mismo que las señoras posmenopáusicas que acuden por la noche a la sala Venus a la espera de que uno de los *gentlemen of dance* las saque a bailar, pero en versión pobre, es decir, sin dinero para poder embarcarse en un crucero y con una pareja mucho más borracha, porque Ricardo, cada día que transcurre, tiene más afición a la ginebra.

Se conocieron hace cinco años en Puerto de la Cruz. Ella había ido a hacer una sustitución y él acababa de romper con un pequeño grupo de jazz. Hablaba de jazz como un teólogo de Dios, y decía que no había que hacer concesiones. A María le sorprendió su entereza y se convirtieron en pareja de una manera natural. Pero aquellas convicciones tan firmes, expresadas de manera tan contundente como apasionada, se quebraron a través de un vertiginoso proceso de regresión, y, en un par de años, se habían convertido en todo lo contrario: un dúo comercial que se especializaba en canciones pop de los años sesenta, carne de hoteles de cuatro estrellas ubicados sobre playas turísticas, menú musical de un tenedor para el ocio de los rebaños que iban y venían —siete días, seis noches— pastoreados por los operadores mayoristas de *tours*.

María se vigila todos los días en el baño el contorno de los ojos y los pechos, o los pechos y el contorno de los ojos, según el ánimo, y, aunque no sale insatisfecha de la inspección, sabe que el calendario marcha en su contra, y que los productores discográficos buscan niñas para empaquetar y lanzar, y que los descubridores de talentos ni están en los hoteles de playa ni en los cruceros, y que Ricardo, antes, cuando se conocieron, aún cogía una guitarra y un papel pautado y componía alguna canción, pero ahora en su bagaje lo único que lleva es el álbum de *100 boleros inmortales*, *La vuelta al mundo en fox* y *Partituras de jazz para los que no entienden de jazz*, editados por Galimusic; por cierto, hay que comprar ejemplares nuevos, porque los cuadernillos comienzan a presentar esa sobada suciedad de los papeles usados.

María imita a cualquier cantante de moda y la felicitan muchas veces, una voz dúctil, que se adapta a cualquier estilo, y esa cualidad es también su limitación porque indica que carece de una personalidad propia, y por eso, en las dos ocasiones en que la han sometido a una prueba, ha salido insatisfecha y confusa al encontrarse en la situación camaleónica de que —hasta donde puede— pone voz de

Streisand o de Vaughan, o de Madonna o de Billy Holiday, pero ya no sabe cuál es su voz propia, cuál es su sello, su singularidad, si es que la tiene.

Cuando entra en el camarote, Ricardo está preparándose un *gin tonic*, a pesar de que tiene la bebida gratis en la sala y de que está prohibido entrar botellas de alcohol.

—¿Ya has arreglado lo de los micrófonos? —le pregunta Ricardo.

—Vete tú con la botella, a ver si los haces funcionar.

Lo malo de este camarote interior es que es muy pequeño, así que María entra al cuarto de aseo, cierra la puerta, baja la tapa del retrete y se sienta encima con una íntima sensación de fracaso, por ella, por ese antiguo sacerdote del jazz que ahoga sus frustraciones con la bebida y porque, aunque tiene treinta y seis años, si ahora mismo se suicidara no le importaría absolutamente a nadie.

~

El capitán ha decidido desatracar tras el segundo turno de la cena. Dadas las condiciones del buque se podría llevar a cabo la maniobra en cualquier momento, pero el director del crucero puede tener problemas y no hay que olvidar que es el primer día, y una bandeja volcada sobre un traje puede ser fuente de una larga cadena de molestias.

Tremonti ha mantenido media docena de conversaciones con otros tantos pasajeros que han pasado la batería de filtros dispuesta para quejosos, bien porque el reclamador era demasiado impertinente, bien porque tenía razón. Hay un jubilado de Montana a quien su agencia de viajes ha engañado claramente, o bien el jubilado intenta engañar a Tremonti, pero a Tremonti no lo engaña ni un armenio, que son los únicos capaces de engañar a los griegos. Hay un fallo en el aire acondicionado de un ala de la cubierta cuarta, pero el equipo de mantenimiento está en ello, y dos adolescentes que se han colado en el sollado y el padre se ha indignado por la forma en que los han expulsado. Tremonti le ha pedido disculpas y ha insistido en que la mayor preocupación del personal es la seguridad, y los chicos se encontraban en una zona peligrosa.

—Prefiero que se enfade usted con nosotros a que les suceda algo a sus hijos —dice Tremonti con un cinismo que domina a la perfección, mientras pone semblante apesadumbrado y calcula la hostia que le daría a uno de los dos adolescentes que ha acompañado al padre como testigo de cargo.

—He comprado seis pasajes para tener unas vacaciones tranquilas. No me he gastado un montón de dólares para discutir.

—Le aseguro que tendrá unas vacaciones inolvidables y, por nuestra parte, vamos a hacer todo lo posible para que así sea. Es nuestro trabajo.

—Casi quince mil dólares, sin contar los billetes de avión.

El padre de los dos adolescentes se ha quedado sin argumentos ante la habilidad de Tremonti y se siente frustrado, porque venía dispuesto a discutir y a que viera su hijo lo bien que discutía su padre.

—Es mucho dinero —repite, porque no encuentra otra consideración más apropiada, un poco para sí mismo, y, a través de esas asociaciones espontáneas que surgen en la mente, calcula la cantidad de excavadoras que tendrá que vender, cuando vuelvan de vacaciones, para que las comisiones mitiguen el mordisco que supone el crucero.

Tremonti hace un gesto imperceptible y se acerca una de las recepcionistas que saluda al reclamador por su nombre, porque para eso ha estado consultando la ficha.

—Señor Fischer, quería entregarle este vale para usted y la señora Fischer. Le permite utilizar gratuitamente nuestros servicios de masaje. Sólo tiene que llamar para reservar hora. Estoy segura de que a usted y a la señora Fischer les encantará.

El señor Fischer no esperaba este golpe bajo y considera que eso le enaltece delante de su hijo, así que extiende la mano, como si tras una grave ofensa se sintiera generoso, y se la tiende a Tremonti para indicarle que se considera resarcido.

Tremonti le acompaña hasta el ascensor, le da también la mano al adolescente, calculando en qué carrillo encajaría mejor una bofetada, y se deja la sonrisa de reglamento hasta que se cierran las puertas del ascensor.

—Gracias, Silvia —le dice a la recepcionista.

—Prueba superada, señor director.

Tremonti esboza ahora una media sonrisa sincera, personal, y se dirige a los comedores para hablar con los *maîtres*, antes de que comience el primer turno, porque siempre hay problemas con las mesas. Los italianos, por ejemplo, necesitarían mesas de dieciséis o veinte plazas; los ingleses se sienten incómodos al sentarlos en una mesa de seis junto a personas que no conocen; los alemanes no protestan; los franceses se quejan de la comida; los españoles hablan más fuerte que los italianos, y los estadounidenses pueden asistir de esmoquin o con una camisa estampada de manga corta, ellos, y ellas en traje de noche o con unas sandalias playeras.

~

Michael y Dusan se han calzado los zapatos negros de charol y se han puesto sobre las camisas azules sendas americanas blancas con botonadura dorada. Ellos no cenan ni en el primer turno ni en el segundo, sino un poco antes, en el gran comedor donde, al día siguiente, se servirá el bufé del desayuno, atendidos por un silencioso camarero filipino que se desliza como un felino entre el montacargas de platos que comunica con la cocina del piso superior y la mesa a la que se han sentado los dos caballeros de baile.

Los dos hablan de sí mismos a manera de cortés presentación y los dos mienten con gran aplomo. Dusan se presenta como un profesor jubilado que se ve obligado a llevar a cabo este trabajo por la falta de una adecuada paga de jubilación. Michael también hace mención a un lejano pasado pedagógico, pero que abandonó para dedicarse a unos negocios con un socio, y el socio le arruinó. También está aquí por un objetivo tan razonable como el dinero. Dusan no hace ninguna mención a los años del horror, como si no hubiera vivido nunca en Serbia, como si jamás hubiese tenido familia en Croacia, y Michael no cuenta que cuando terminó la operación en Afganistán, con aquellos expertos que ya no hacían ninguna falta y que habían sido entrenados para sabotear al ejército ruso, a muchos de ellos los fueron colocando en Montenegro, en Bosnia, no porque la Agencia tuviera las ideas claras, sino porque eran musulmanes y fundamentalistas y había que asignarles alguna misión, aunque fuera ficticia. Introducir a algunos de estos elementos en los Balcanes no pareció una mala idea, porque a unos tipos a quienes has entrenado para que hagan saltar por los aires un tanque ruso, y se juegan la vida no por dinero sino por Alá, no los puedes reconvertir en guardias de tráfico.

Ambos se muestran sumamente gentiles el uno con el otro y se escuchan con un interés complaciente, aunque no se creen nada de lo que el otro les cuenta.

Michael no suele refocilarse en un pasado del que no está satisfecho, pero le ha parecido ver en un pasillo una melena semejante a la de quien podría considerar su último puerto femenino, aquella chica llamada Patty, obligada a colaborar, renuente y astuta, que estuvo a punto de engañarle, a pesar de aquellas penúltimas noches de amor. Sobre la mentira de él se superpusieron las mentiras de ella, y de la mezcla de falsedades es muy difícil establecer la base de una relación. Dicen los judíos que lo malo de la manía persecutoria es que quien la padece, en el fondo, suele tener razón. De la misma manera, el desconfiado patológico corrobora que lo que parece una exageración es mera prudencia precautoria.

Incluso ahora tiene que fingir que es un maestro de baile. La gente se cree que la vida de los espías es emocionante, pero sucede como con la vida de los periodistas, y puede que los corresponsales de guerra pasen algún apuro en los hoteles donde los estabulan los estados mayores, o les extravíen alguna maleta, pero descontando esos pobres cámaras que pierden la vida, la mayoría de ellos envejecen imprimiendo noticias de agencias que aparecen en el ordenador y criticando lo que hacen los medios rivales, o calculando las dietas cuando salen fuera. Como los espías. Pasada la etapa romántica, tras el periodo de adiestramiento, en vísperas de que le encargaran la primera misión, le advirtió el profesor Leroy Skelton:

—Olvídate de todo lo que has leído en las novelas y lo que has visto en el cine. Éste es un trabajo muy importante, pero te pasarás la mitad del tiempo aburrido y casi la otra mitad intentado justificar los gastos. Si nuestros agentes fueran la mitad de escrupulosos que nuestros contables, seríamos mucho más eficaces.

Creyó que era una broma, pero tenía razón. Al término de cada encargo debía aportar tiques de taxi, facturas de hoteles y largos y prolijos informes para justificar la ausencia de recibos. Eso, y la fragmentación de las misiones, convertían el trabajo en una especie de sinsentido.

En una de las primeras ocasiones le ordenaron que, durante unas vacaciones en España, ocupara el tiempo en seguir con evidencias a un encargado de la Casa Americana, en Madrid. La Casa Americana se dedicaba a repartir la revista *Life*, proyectar documentales e intentar captar entre los estudiantes universitarios simpatías hacia Estados Unidos. Ni era un nido de espías ni tenía una relación directa con los agregados militares de las embajadas. Le insistieron en que debía olvidar lo que le habían enseñado y mostrarse torpe y poco hábil para que el funcionario se diera cuenta. Lo hizo muy bien. Tanto que le detuvo la policía franquista porque el funcionario de la Casa Americana había denunciado que le seguían, y lo retuvieron en los calabozos de la Puerta del Sol acusándole de comunista. Al día siguiente, el mismo tipo que le había atizado con una porra en la espalda le pidió disculpas y le dijo que se marchara. Volvió al pequeño hotel donde se alojaba, en una bocacalle de la Carrera de San Jerónimo, y se encontró con que el recepcionista le observó con suspicacia en cuanto le vio regresar, a la vez que le preguntaba si se iba a marchar. Al entrar en su habitación y ver el equipaje revuelto se explicó los escrúpulos del recepcionista. Si la policía había estado registrando su habitación era porque se trataba de un cliente poco recomendable. Decidió quedarse, pero le entregaron un sobre. Contenía un billete de la Pan Am con destino a Miami para una semana después. Tenía el tiempo justo de bajar a Sevilla y estar unos pocos días con la familia.

Y es que la profecía que le había hecho Leroy hacía dos o tres años se había cumplido. A Miami llegaban muchos refugiados cubanos y la Casa quería saber qué hacían los batistianos y, sobre todo, si entre los furibundos anticastristas no se les colaba algún agente de la KGB o del incipiente servicio secreto que ya había comenzado a organizar el comandante revolucionario.

—Están buenas las berenjenas —comenta Dusan.

Michael, que siente por las berenjenas el mismo entusiasmo que por agarrarse los dedos en una puerta y que ha apartado los trozos de berenjena a un lado del plato con la intención de no probarlas, corrobora sin renuencias:

—Sí, sí, están muy buenas. Y son muy energéticas.

Dusan lo mira fijamente ante la duda de iniciar una fastidiosa disertación gastronómica, pero quedan muchos días por delante para aburrirse y prefiere no apostillar.

~

—Y no es muy amigo tuyo —recalcó Patty, mientras su mirada intentaba retratar el ambiente del comedor de Dom's.

—Bueno, es un amigo —añadió receloso él—. ¿Por qué lo dices?

—Porque los amigos no se suelen criticar.

—Parece que es el vicio de nuestro tiempo —comentó resignado Coldwood.

—Capítulo concluido —decidió ella—. Dicen que los sabios hablan de filosofía; los inteligentes, de cosas, y los vulgares, de personas. No diré que seamos sabios, pero afirmo que no somos vulgares.

—De acuerdo. Capítulo cerrado.

Tras el almuerzo fueron a contemplar los cuadros de De Kooning. A Patty le agradó el Cadillac de color crema, que conducía un chófer negro, y le hubiera contrariado encontrarse con un Rolls Royce o una de esas limusinas que tanto proliferaban en Nueva York y Los Ángeles. A Coldwood le satisfizo el elegante y discreto atuendo que ella llevaba, y el gesto de bajarse el borde la falda sobre las rodillas después de sentarse, sin remilgos y con la naturalidad de una honesta dama para la cual eso forma parte de los hábitos naturales. No estaba Goldwin, lo cual era un alivio, y una especie de ayudante, secretario o servidor de amplio espectro les guio hasta la zona de la galería.

En efecto hacía frío. Mr. Coldwood pensó que no sólo los óleos se debían de conservar perfectamente con aquella temperatura, sino que podría habilitarse cualquier parte de esa ala norte para almacenar marisco.

Había muchos cuadros de gran tamaño, que se encontraban entre el *graffiti* y la experimentación, y que a Patty no le entusiasmaron, pero de los dos De Kooning le gustó especialmente el de una figura de mujer sugerida entre vendas, como maniatada, un resultado inquietante que desazonaba e impelía al auxilio. El hombre que les acompañaba, ante su silencio, demostró que no era un criado al uso, porque comentó que aquel cuadro, más que clasificarlo en la *Action Painting*, tenía algo de expresionismo. Entonces Patty comentó que era normal porque De Kooning venía de Holanda, llegó a Estados Unidos cuando ya había cumplido los veintidós años y tenía que estar familiarizado con el expresionismo francés de la época. Mr. Coldwood ni era un entendido ni se consideraba un lego, pero le desconcertaban las inesperadas modas pictóricas, las absurdas obras que contemplaba en algunas exposiciones, y confesaba que le había costado mucho salir de la pintura flamenca y que a lo más que había llegado era a Van Gogh y al impresionismo. Y, en lugar de sentirse marginado en la conversación en que Patty se había enzarzado con el guía, notó una satisfacción que, a la vez, le produjo algo de inquietud, porque eso significaba que asumía la satisfacción del dueño de la yegua ante la muestra de sus habilidades, y la yegua todavía estaba suelta. Y, en tanto la pareja hablaba de Pollock y del *splashing* o el *dripping*, se censuró a sí mismo por la deriva ganadera de sus pensamientos, más digna de un grosero como Coldwin que de un refinado miembro de la saga de los Coldwood.

De aquella satisfecha jornada no fue lo menos agradable que ella rechazara la invitación para pernoctar en su casa. Patty le informó de que había reservado habitación en el Hotel Eliot Suite, y a Mr. Coldwood le pareció una elección adecuada, un hotel de los años veinte situado en la zona que hubiera preferido cualquier persona relacionada con las Bellas Artes.

No cenaron juntos. Después de un paseo por la avenida de la Commonwealth y de tomar un té en un híbrido de cafetería y restaurante rápido, cerca del Eliot Suite, Patty alegó que estaba cansada y se acercaron a pie hasta su hotel, luego de que Mr. Coldwood llamara por teléfono al chófer para que lo recogiera allí. Y allí estaba, de pie, departiendo con el portero del hotel, cuando llegaron.

—Mañana tengo que regresar temprano a Nueva York. Así que hasta la vista —dijo ella.

—¿Cuándo te volveré a ver?

—Cuando quieras —respondió Patty con una cordialidad natural, exenta de picardía.

Se dieron un casto beso en la mejilla y Mr. Coldwood no entró en el coche, cuya puerta posterior mantenía el chófer abierta, hasta que la figura de la mujer se desvaneció por el fondo de ascensores.

Mr. Coldwood no estaba enamorado en la acepción tradicional del término, porque cuando se han cumplido los sesenta años y hay detrás un bagaje de dos esposas y varias amantes, es muy difícil volver a sentir los inocentes temblores del amor, ese ataque de enajenación mental que edulcora a la persona amada y cubre de praliné la realidad circundante. Pero Mr. Coldwood se sentía solo, los hijos vivían sus independientes vidas tal como habían hecho siempre y él había dispuesto, y los nietos, salvo la última, la de su hija pequeña, le parecían bien como alegría intermitente, de vez en cuando, cada dos semanas, pero no era hombre que fuera a llenar su existencia con la presencia de unos nietos.

Lo que sí experimentaba con esta mujer de personalidad indiscutible y de inteligencia evidente era ilusión, y una excitación que, desde hacía años, únicamente asociaba a esas operaciones complicadas, esos gambitos de retirada de una empresa, aparición en otra de la competencia para, de nuevo, volver a intervenir la primera, o las farragosas maniobras en las que se necesitaba la colaboración de esa clase correosa, difícil y necesaria formada por los políticos. Jugador de ajedrez en sus tiempos de universidad, más que las ganancias le atraía la pasión de aplicar las tácticas a una determinada estrategia, y de tener que cambiarlas, porque, igual que sucedía en el ajedrez, había movimientos impensables que obligaban a cambiar los procedimientos previstos.

Patty podía ser un negocio. No la necesitaba como amante. Precisaba más bien de compañía, de alguien que le fuera a buscar al aeropuerto y que fuera una persona distinta al chófer; alguien que le esperara en casa y no fuera el secretario; alguien que le acompañara en un viaje y no resultara ser un miembro del mismo consejo de administración. Tampoco necesitaba una esposa. Anticipaba en su imaginería mental las caras frías de las nueras, la bobalicona y permanente sonrisa de su yerno, los fruncimientos de los dos hijos... La única que se alegraría por él, si él estaba alegre, sería su pequeña, pero los demás sospecharían de los posibles bandazos de una herencia apetecible y tratarían por todos los medios de hacerle entrar en razón. Solamente por eso casi merecía la pena mover el peón, pero no quería precipitarse. Antes de hacerle una propuesta como ayudante personal tenía que saber con quién iba a aliarse. Por eso, aquella noche, antes de acostarse, hizo dos cosas: llamar por teléfono a Patty para desearle buenas noches y encomendar a su secretario que abriera un dosier confidencial a nombre de Patty Degrasse.

~

Patty Coldwood, de soltera Patty Degrasse, pulveriza sus muñecas y su cuello con Dune, un perfume creado por Christian Dior en 1992 y que tiene un resultado fresco, a pesar de que está formado por una mezcla de ámbar, alhelí, azucena, almizcle y vainilla.

Le gustan los perfumes. Su madre, incluso en los momentos de mayor necesidad, cuando se quedaron solas y las acogió la señora Stoner en aquel pequeño apartamento de Midtown y calzaba unos zapatos agrisados que habían sido blancos y que en invierno resultaban patéticos, e intentaba protegerse vanamente del frío con aquel abrigo de paño Burdeos que de tantas veces como había pasado por la tintorería presentaba brillos en los bordes y en las solapas, incluso en aquellos momentos, Patty recordaba que su madre se ponía unas gotas de un frasquito que tenía escondido en el fondo de la maleta.

En realidad, el cuarto era tan pequeño que la mayoría de la ropa de ella y parte de la de su madre se encontraba en la maleta.

—No me importa —decía la madre de Patty—, eso quiere decir que, en cualquier momento, nos vamos a marchar. Lo único que me alegra de esta mierda provisional es ver la maleta.

En realidad fue un alivio que se fuera su padre, porque cuando vivía con ellas tampoco tenían dinero y, encima, se oían a todas horas gritos, portazos, amenazas y el sonido de algún objeto que se caía al suelo. Patty tenía siete años y no le gustaba aquel hombre al que le decía papá, pero que no era su papá. Su madre se lo confesó cuando ya hacía tiempo que ella lo había descubierto, cuando la inocencia se fue quedando tan lejana como las obligadas austeridades, mucho después de que la señora Stoner descubriera sus cartas, poco a poco, y convenciera a su madre de que la única habilidad que tenía era intentar alegrarle la vida a los hombres, y ella conocía a muchos hombres, personas formales, de toda confianza, honrados padres de familia que no vivían en Midtown, no, sino en los barrios residenciales de Chicago y que estaban dispuestos a ayudar a mujeres como ella, a quien los empleos le duraban una semana, y eso en las etapas de mayor contención.

La señora Stoner no tuvo que desplegar grandes habilidades, porque la madre de Patty tenía experiencia. El hombre con el que habían vivido los últimos cinco años, además de la tendencia a abusar del alcohol, vicio que compartía con ella, poseía también la pasión por el juego, y no se puede decir que fuera un ganador. En más de una ocasión, y en más de dos, la madre de Patty tuvo que hacer visitas confidenciales para saldar deudas de juego. Hubo un efecto entrópico en el chulo, porque no era un chulo auténtico, y una especie de adaptación en la explotada mujer, que, tras las dos primeras e incómodas experiencias, concluyó que aquello no era tan largo ni tan repugnante.

Cuando decidió acceder a las pretensiones de la señora Stoner notó que, mientras en la etapa anterior no recibía directamente ningún tipo de recompensa, aquí la señora

Stoner le pagaba puntualmente, y de manera inmediata, tras concluir el servicio.

Así que mientras Patty era acogida en un centro que recibía la influencia del Midtown Sport and Cultural Center, una iniciativa del Opus Dei que había cambiado la cara de aquella parte oeste de Chicago, donde mexicanos e italianos, sector marginado, intentaban que no todos los hijos se convirtieran en camellos, su madre ayudaba a pecar a miembros de familias estructuradas y sin problemas. El yin y el yang, la luz y la sombra. Patty recibía instrucción y educación católicas, y su madre saciaba la lujuria de metodistas, protestantes, bautistas, judíos, evangelistas y, naturalmente, católicos.

La mayoría de las mujeres que se dedican a alguna modalidad de la prostitución suelen ocultar su actividad a los hijos con especial cuidado, temiendo que el conocimiento de tal actividad perjudique gravemente su educación. La madre de Patty, en cambio, o no lo consideró oportuno o ni siquiera llegó a planteárselo. En realidad pensaba que llevaba a cabo una tarea normal, e incluso en algunos casos se consideraba una terapeuta beneficiosa, y cuando se encontraba con personas con dificultades para la relación, debidas a falta de belleza, mutilaciones físicas e incluso psíquicas, no sentía menor satisfacción que el otorrinolaringólogo que acaba de recuperar un tímpano maltrecho, o el traumatólogo que se enfrenta a la rotura de un peroné. Uno de los contactos de la señora Stoner, una chica joven a quien le habían quitado la custodia de sus dos hijas, sentía aversión a lo que se veía obligada a hacer y cayó en las drogas. Para procurarse el dinero que le costaba, cada vez tenía que dedicar más tiempo a lo que le resultaba repugnante y, por tanto, cada vez necesitaba más droga. Una noche casi mata a un cliente, y el prestigio de la señora Stoner se tambaleó durante varias semanas a pesar del esfuerzo de personas tan formales como la madre de Patty, que, por cierto, sin el estímulo del chulo a su lado, había dejado de beber.

Dado que el trabajo de la madre de Patty tenía lugar en una habitación contigua a la que ambas ocupaban, no era raro que, al salir la niña a por un vaso de agua a la cocina, o volver de la escuela, o bajar a la calle a por la cena a la tienda de pollo frito que había en la manzana siguiente, se encontrara con los clientes, señores de aspecto severo que no miraban a los ojos y tenían el aire huidizo o precavido, como si sospecharan que alguien los fuera a sorprender en un lugar poco recomendable. De la misma manera, al principio porque era pequeña y parecía que no se enteraba de nada, después porque Patty ya había alcanzado una edad en la que disimular hubiese resultado ridículo, ni la señora Stoner ni su madre dejaban de referirse a aspectos puntuales o anecdóticos de su trabajo. Y así, había clientes rápidos, capones de difícil contentamiento, simpáticos, avaros, generosos, bordes e invitados, estos últimos generalmente los policías, que solían venir sin uniforme.

Cuando Patty cumplió los catorce años, su madre decidió completar los conocimientos que seguramente nunca le iban a ofrecer en la escuela tutelada por el Opus Dei. En el Midtown de Chicago de los años ochenta, cualquier adolescente poseía amplios conocimientos relacionados con el sexo. Las circunstancias de Patty no eran tan excepcionales, y las otras chicas de su edad tenían experiencias suficientes como para escribir un tratado, en el caso de que hubiesen sabido redactar. Patty sabía redactar y podía agradecer no tener que convivir con un padrastro borracho que la persiguiera por la casa, o un hermanastro lujurioso, o un vecino, o un dueño de una tienda con deseos de mostrarse generoso.

La madre de Patty, con una intención objetivamente pedagógica, fue mucho más allá de las habituales precauciones para evitar embarazos y la instruyó sobre las búsquedas masculinas, sus sueños, sus quimeras y la posibilidad que cualquier mujer medianamente avisada poseía para simular que los podían alcanzar. Patty no recuerda que le chocaran aquellas clases discrecionales, que ni tenían horario ni programa y en las que las experiencias profesionales de la madre iban pasando a la hija de la misma manera que un frutero va instruyendo a su hijo sobre los entresijos de un negocio del que un día le tocará responsabilizarse, o el gran financiero que introduce al que será su heredero en los entresijos de su imperio.

Patty ni desdeñaba ni rechazaba ni se planteaba un futuro semejante al de su madre. Sí tenía seguro que deseaba estudiar y formarse, que sentía deseos de saber y que entre sus objetivos —puede que secretos dado el ambiente de Midtown— estaba el de acudir a la universidad.

De una manera nada traumática y gradual Patty fue descubriendo el influjo que podía llegar a tener en los hombres, desde sus compañeros de clase hasta sus profesores. Descubrió temprano en las profesoras una especie de cautela, y la misma sonrisa, exactamente la misma, que servía para que un profesor perdiese diez minutos, después de terminada la clase, en ampliarle información sobre alguno de los asuntos explicados, esa misma actitud generosa se volvía renuente y un punto desconfiada en ellas. Asimismo, ya sabía desde muy temprana edad que cuando iba al colmado de los Matteni no debía comportarse de la misma manera si se encontraba sólo el señor Matteni o estaba acompañado de su mujer. Cuando el señor Matteni estaba solo y no había demasiados clientes esperando, le preguntaba sobre sus estudios y le regalaba un par de caramelos. Si se encontraba presente la señora Matteni, parecía como si estuviera enfadado, la atendía deprisa y no hacía ninguna observación de carácter personal. Y la peor combinación de todas era que quien se encontrara sola en la tienda fuera la señora Matteni. Refunfuñaba por lo bajo, a veces le decía con descaro que no tenía lo que le estaba pidiendo, por no tomarse la molestia de entrar en la trastienda, y, en algunas ocasiones, si había señoras, hacía comentarios sobre el estado de su madre, por qué no venía ella y otras observaciones que suscitaban la sonrisa de las demás mujeres, y que, tras cerrar la puerta acristalada, cuando ella se iba, provocaban risas y comentarios cuyo sentido Patty conocía a la perfección.

En general, en aquellas mujeres que llevaban una vida repleta de renuncias y necesidades había demasiada frustración acumulada como para pasar por alto la oportunidad de elevarse moralmente sobre una vecina. La madre de Patty era la referencia que justificaba sus sacrificios, abrillantaba una existencia tan gris en lo económico como en lo afectivo, porque salvo la cohesión entre madres e hijos hasta la adolescencia, existían pocos motivos de satisfacción. En Midtown, la sociedad era tremendamente machista. Las mujeres pasaban de la autoridad del padre a la autoridad del marido, como si en lugar de vivir en un barrio de Chicago habitaran en Tijuana o en Regio di Calabria. La mayoría de ellas se convertían en trabajadoras y amas de casa, la combinación más terrible, porque ni eran independientes como asalariadas ni recibían ningún tipo de ayuda en las cansinas, monótonas y exigentes tareas domésticas. Las había que lograban salir del barrio, marcharse a vivir a otra parte de Chicago o trasladarse al Este o a California, pero muchas de ellas seguían allí, afrontando los mismos problemas que habían acompañado a sus madres, y eso en el corazón de Estados Unidos.

Estaba la prostitución y la droga, o la letal combinación de ambas, que estropeaba la vida de las adolescentes, casi niñas, abrazadas a un deterioro en el que una de las facetas reanimaba a la otra hasta la destrucción final. Y el sueño dorado, acariciado, imaginado y poetizado del príncipe azul que llega no en un caballo, sino a bordo de un coche europeo, un BMW o un Mercedes deportivo, y se enamora de la doncella, y la rescata, y la lleva lejos de allí tras el fuerte sonido de las campanas de boda. Había sucedido con una de las hijas de los Matteni. El cuento de hadas lo protagonizó un chico de Houston que recorría con un amigo Estados Unidos y se perdió por Midtown. Entraron en la tienda de los Matteni y allí estaba la hija mayor de los Matteni, a la hora del mediodía, sustituyendo a sus padres, que se habían marchado a una consulta médica, leyendo aburrida una lección de Historia. Puro azar. Patty sabía que el azar era compañero inseparable de la vida, por esa madurez anticipada que produce la necesidad y la observación, y que al azar había que ayudarlo. Por eso estudiaba. Por eso se prometía a sí misma que entraría en la universidad.

~

Sotirios Tremonti se ha acostado temprano. Desayuna a las seis de la mañana y, a las siete, cuando se abren los comedores para el *breakfast,* él ya está correctamente vestido y con dos cafés, a punto de tomar el tercero. De madre griega y padre italiano, Sotirios ha sentido una especial reverencia por el café. Lo puede tomar a la turca, aguado como los estadounidenses, *espresso* como los italianos, con leche como los franceses o incluso cortado como los españoles, pero necesita que la cafeína le sacuda la modorra muy temprano y mantenga su nivel a lo largo del día. No ha llamado a la oficina de la compañía naval para conocer más detalles de Mr. Coldwood porque, amén de no ser la hora apropiada, le ha tranquilizado el tono sosegado y el agradecimiento mostrado por el vip. Sí ha llamado a su casa, a Atenas, y no le ha respondido nadie. Tremonti no es celoso, está acostumbrado a vivir con su esposa en hoteles de lujo y apenas verla a lo largo del día, pero cuando no es así le intranquiliza que nadie le responda al teléfono de casa y que ella tenga el móvil apagado. Mañana será una jornada tranquila, porque desayunarán en Nápoles y pasarán allí todo el día. Lo peor será dentro de setenta y dos horas, cuando se dirijan a Santorini y haya llegado la borrasca. Santorini es una isla muy bella, pero necesita sol. Bajo la lluvia es un traje de novia mojado, un merengue deshecho.

El sobrecargo trabaja a gusto con Tremonti, pero no capta, a veces, ciertas sutilezas en su manera de hablar que le dejan desconcertado y descontento. Al despedirse, le ha comentado que tenían una avería en el sistema de lavadoras, y Tremonti le ha dicho que esperaba que no hicieran un trabajo sucio. Ahora comprende que es un juego de palabras, pero el término «sucio» le ha alarmado porque no desea que el director tenga la menor sospecha de su comportamiento en el área de las compras y en la política con el personal.

A Nancy el personal le parece muy atento. La cena en una mesa de cuatro, situada en la popa, frente a la orquesta y junto al gran panel de cristal, que permite contemplar el panorama exterior, tal que si se encontraran en una inmensa terraza, ha sido deliciosa. Su marido y Mr. Coldwood han hablado de política y, aunque al principio Patty ha sido requerida por su marido para dar su opinión sobre un par de cuestiones, después la charla se ha dividido claramente y ellas han hablado de asuntos distintos a los de ellos. Patty le ha explicado que el perfume que lleva es Dune, de la casa Dior, y que si le gusta le puede regalar un esenciero. Nancy se siente tan complacida como asustada, tan alegre como intimidada, y presiente que algo puede suceder a pesar de que no quiere reflexionar sobre lo que podría suceder. La mujer arrojada que se escapó de un internado suizo y se enfrentó a la familia para casarse con el modesto hijo de un contratista y convertirse en la señora Hotbush, o la aguerrida dama que llega la primera a la sede del cuartel electoral y no pone ningún inconveniente a las agotadoras presencias que ha dispuesto la sección de prensa, algunas superficiales y vanas, sin necesidad de ninguna demostración, parece otra en presencia de Patty.

Parece otra mujer Juanita, distinta a la que embarcó. Su confusión no es de la misma naturaleza que la de la mujer del senador, pero también posee contradicciones intrínsecas que van del gozo al remordimiento. Le parece mal haber accedido a acostarse con el marido de su hermana, pero teme que esté deseando que vuelva a suceder; nota un remordimiento por lo que cualquiera de la familia censuraría, pero no puede evitar una exaltación que la impele a estar más alegre que ayer.

Dusan no está más alegre que ayer, ni posiblemente más triste que mañana. Dusan Tripkovic se siente como un muerto al que no han admitido en ningún infierno después de haber vivido en uno de ellos. Se viste en silencio, antes de que llegue Michael. Considera ridículo lo que va a hacer, pero consideraría igual de ridículo dar clases en Belgrado, o explicar filosofía en Sarajevo o en Zagreb. Vivía en un mundo imperfecto, sobre el que instalaron uno mucho más tormentoso y deforme.

Michael hace tiempo que llegó a la conclusión de que el mundo es deforme y tormentoso. Se demora en una de las tiendas para no tener que regresar al pequeño camarote y verse obligado a cambiarse de ropa al mismo tiempo que su otro ocupante, y ve una melena castaña que le vuelve a sobresaltar y que le obliga a censurarse a sí mismo, porque no está seguro de que Patty haya acompañado a su marido.

La señora Fischer acompaña a su marido a todas partes. Y los dos adolescentes Fischer también, desde que su padre les ha ordenado que no se escapen, porque le ha impresionado la seriedad con que el capitán le ha dicho que había peligro en el barco. Los abuelos Fischer, en cambio, van a su aire. El señor Fischer no distingue entre el capitán y el director del crucero, y a Tremonti le llama «el capitán», y Tremonti no le corrige, porque es una equivocación tan frecuente que se pasaría media travesía explicando que una cosa es dirigir la navegación y otra dirigir el inmenso hotel flotante.

Suenan potentes las sirenas y el *Cosmopoly* comienza la tarea de levar anclas. Ya ha terminado el segundo turno de la cena y la mayoría de los pasajeros se agolpan en las cubiertas para presenciar la maniobra. Hay leves movimientos, tan leves que apenas se notan, mientras desde tierra, con sus luces brillantes y su altura, parece una enorme verbena que hiciera amagos de marcharse.

En el puente de mando todos los oficiales y el capitán se concentran en la tarea más difícil y complicada. Navegar es sencillo, pero extraer una manzana de edificios del puerto y lograr llevarla hasta las aguas abiertas sin causar extraños vaivenes ni arrojar olas a las pequeñas embarcaciones, como si se tratara de sacar un autobús de un aparcamiento, no es fácil. Son hombres experimentados, marinos mercantes con un buen historial profesional, acostumbrados a responsabilizarse de un montón de millones de dólares sobre el agua. Algunos de ellos echan en falta las largas travesías en grandes petroleros, y, otros, el cabotaje industrioso de los cargueros repletos de contenedores, pero saben que el gran paquebote es uno de los últimos puertos, y no está mal pagado.

Con desplazamientos casi imperceptibles, como un monstruo luminoso y enorme que comenzara un lento desperezo, el *Cosmopoly* se separa poco a poco de la linde del malecón. A bordo, el sistema de equilibrios flotantes logra que se amortigüen los vaivenes y apenas se perciban los desplazamientos, lo que no quiere decir que no se produzcan con más rapidez de la aparente, porque basta una leve conversación, unos segundos de distracción con un mensaje telefónico o la atención puesta en cualquier detalle para que el pasajero, cuando vuelve la vista al exterior, note que ha cambiado la perspectiva y que el ángulo de visión ya es distinto.

Desde tierra, un paseante observa la maniobra. Le parece majestuoso el deslizamiento suave, tan gradual y escalonado como un adagio de luz. El *Cosmopoly* no posee la sorpresa maravillosa del gran paquebote que se aparece en la noche, frente a los ocupantes de la pequeña barca, el *Amarcord,* el contrapunto fulgente de lujo y presentidas maravillas en contraste con la vida provinciana. Aquí es más bien una magnificencia sosegada que hace mutis de manera tan inapreciable como cierta. Es más: produce la impresión de que se han soltado las amarras sin que lo supiera nadie y el barco se deslizara debido a las pequeñas corrientes portuarias, como si tampoco nadie estuviera bajo su mando. Pero el capitán y su equipo lo dirigen con tino seguro y profesional hacia la bocana del puerto. Y, traspasada ésta, alejadas las luces del puerto de Civitavecchia, disueltos los grupos de cubierta, aunque algunos optan por quedarse todavía unos minutos, porque la noche de octubre es agradable, se puede decir que tiene lugar el comienzo de este crucero de otoño.

2

La memoria es una función imprescindible para la supervivencia de los seres vivos, pero en el hombre puede convertirse en una maldición. Para Michael García la memoria era un desafío en el que la capacidad de selección suponía la llave que abría la puerta a un buen o un mal día, pero esa capacidad de selección significaba una tensión permanente, porque en cuanto la vigilancia se relajaba los elementos almacenados quedaban fuera de control, saltaban los apriscos en los que cuidadosamente se habían encerrado e invadían la conciencia de Michael.

La Patriot Act fue la reacción de la Administración Bush a los brutales y oscuros atentados del 11-S, y el Comando de Operaciones Especiales, una consecuencia de la Patriot Act, pero Michael no sabía nada de la nueva unidad de los servicios secretos porque, antes del fin de año de 2001, había decidido no leer los periódicos y no escuchar los informativos de radio y televisión.

Refugiado en un apartamento de Matalascañas, intentaba recuperar la magdalena de Proust, es decir, después de tantos años fuera de España pretendía rescatar sabores y olores, luces y sensaciones que habían quedado arrumbados en los años de servicio y que le ayudaban a devolverle la identidad de un viejo profesor español jubilado. Y era jubilado, y se puede decir que había ejercido de profesor, pero tenía dudas, cuando se acercaba hasta el pueblo de Almonte o hacía la compra en uno de los impersonales supermercados de la urbanización, que estaban abiertos todo el año, de ser español.

Había comprado un apartamento más bien modesto, y un Peugeot 405 de segunda mano, que durante días enteros se mantenía aparcado en el mismo lugar. Cada quince días visitaba la Biblioteca Municipal de Almonte, dejaba un par de libros y tomaba otros dos o tres. La bibliotecaria le llamaba profesor y, no sabía por qué, le hablaba de cine, como si creyera que él había tenido algo que ver con el mundo de la cinematografía.

Había elegido Matalascañas porque estaba cerca del mar, porque se encontraba a sólo ochenta kilómetros de Sevilla y porque, aunque estaba relativamente cerca de Jerez, era otro ambiente completamente diferente al de la capital del fino y los caballos. No se encontraba a gusto en su ciudad natal. No entendía la endogamia de las familias tradicionales, a pesar de pertenecer a una de ella, y le producía rechazo percibir una suerte de melancolía que a él le parecía sentir, como si los esplendores del pasado o la escasa salida del coñac español, denominado brandy, o las disputas testamentarias en las que, a su pesar, se había visto envuelto, estuvieran presentes al entrar en el mercado de abastos y dejar atrás la luz que tamizaban los acristalados arcos de medio punto, o temiera que fueran a estar inscritas en los sobrios muros del Alcázar o se lo fuera a recordar un transeúnte de la calle Santo Domingo, justo cuando él quería disfrutar del sosiego de la plaza de Madrid.

A veces, recordaba un rincón, una aventura —es decir, una chiquillada que le había parecido una aventura— en algún punto de la ciudad, pero no se sentía cómodo. Le paraban por la calle, en ocasiones, personas que se proclamaban a sí mismas parientes, y que lo serían, sin duda, pero de las que él no recordaba nada y que se empeñaban en mencionarle personajes de los que lo ignoraba todo, incluidos los nombres. Se tejieron murmuraciones sobre su pasado, seguramente alimentadas por algunos de los malévolos primos con los que había entablado un litigio, y no encontraba la paz a la que creía tener derecho.

La Casa no había sido muy generosa. Recibía puntualmente una paga suficiente para sus necesidades y tenía la ventaja de que su familia era tan enorme como lejana, por lo que no sufría las obligadas liturgias del parentesco, bodas, bautizos y comuniones. Se levantaba temprano, tomaba un fuerte y ecléctico desayuno con la recuperación de la tostada y el aceite de oliva y la inclusión del huevo pasado por agua británico, paseaba por la playa y leía. Cada tres o cuatro meses viajaba a Madrid. Se trasladaba a Sevilla en el Peugeot, y, luego, tomaba el tren de alta velocidad hasta la capital. No se quedaba a dormir. Se daba una vuelta por el Prado o el Reina Sofía, compraba tres o cuatro ejemplares de historia en la Librería Inglesa de los bulevares y se volvía al atardecer.

Cuando llegaba a Matalascañas, muy de noche, abría el balcón del dormitorio y, aunque fuera invierno, lo dejaba entornado para escuchar el monótono vasallaje de las olas sobre la arena, ese reloj de pausa dispar que, de vez en cuando, da un toque bronco como si avisara de que su sosiego es sólo pasajero.

A veces retiene números de matrícula, rostros que pasan a su lado o se encuentra en el supermercado o se cruza con ellos en la playa, o pasa a la acera de enfrente para observar de cerca alguna furgoneta con los cristales ahumados.

Cada año cambia de número de teléfono móvil —carece de fijo—, y cada semana o cada diez días se acerca hasta el cibercafé de Almonte para revisar el correo electrónico.

Por eso, una mañana, cuando regresaba del paseo por la playa y vio aparcado a la entrada de los apartamentos un coche pequeño y nuevo, el convencional automóvil de alquiler sin conductor, se alertó de inmediato y dio media vuelta para prolongar el paseo, pero el tipo que le esperaba corrió tras él y no pudo eludir la entrevista.

—¿Michael Osborne? —preguntó en una especie de *espanglés.*

Michael lo observó en silencio. Podía decir que no, pero era tan inútil como negarle un cigarrillo a un gorrón. En algún lugar del bolsillo de la chaqueta llevaría un sobre con una fotografía suya, que habría enseñado por los alrededores y que le costaría que la leyenda urdida en torno suyo se agrandara. Nada más reflexionar sobre eso se enfadó, pero sabía que los enfados no son los mejores consejeros para situaciones como la que tendría que afrontar, e hizo un esfuerzo para parecer más tranquilo de lo que estaba. El cabrón de Leroy, además de organizarle la vida por senderos en los que nunca había imaginado, al menos le había enseñado artes teatrales en el Centro Dramático, y no era la menor controlar la respiración y distender los diminutos y numerosos músculos faciales.

—¿Me quiere vender algo? —repreguntó Michael, porque una cosa era relajarse y otra recibir con alegría alborozada al intruso.

—Ya me habían dicho que sería difícil hablar con usted.

—Exageraciones. Estamos hablando.

No era británico, ni norteamericano, ni hispano, aun cuando hablaba con acento español el inglés y con acento inglés el español. ¿Judío? ¿El Mossad?

—¿Podríamos hablar en su casa?

—No, en mi casa, no. Sólo me gusta que vengan amigos, y a usted lo acabo de conocer y ni siquiera sé su nombre.

Nada más dar esa respuesta agresiva Michael se burla de sí mismo, porque no tiene amigos. La única persona que entra en la casa, dos veces a la semana, es la mujer que hace limpieza general y trae y lleva la ropa a la tintorería. Si Michael se muriese un jueves por la noche, nadie se enteraría hasta el martes siguiente.

—Perdón —dice el intruso tendiéndole una tarjeta—, Zeev. Zeev Quinn.

Michael no necesita consultar la JewishGen para darse cuenta de que se encuentra frente a un judío, posiblemente sefardí, de Florida o de México, pero le extraña que ése sea su verdadero nombre, y su desconfianza se agudiza.

—¿Qué quiere de mí? —inquiere Michael sin intención de hacerle fácil la gestión que intuye.

—Hablar en algún sitio tranquilo.

Por un momento, Michael está a punto de proponerle volver a la playa y prolongar el paseo, esta vez con compañía, pero los mocasines de piel en segundo lugar y, en primero, que puesto que no sabe quién es, lo mejor es que los vean juntos en algún lugar público, le propone ir a la cafetería del Hotel Tierra Mar Golf.

—Cada uno en su automóvil —advierte Michael—. Ponga en marcha su coche alquilado y sígame cuando aparezca.

—¿Cómo sabré cuál es su coche?

Michael se lo queda mirando serio, como si no tuviera ganas de que le tomaran el pelo, y le dice:

—Soy bastante mayor que usted. No me toque las pelotas. Entre en su coche alquilado —y le señala el vehículo que le ha alarmado al regresar al apartamento— y sígame hasta el Hotel Tierra Mar Golf.

Y da media vuelta, sin esperar respuesta.

¿En cuántas ocasiones ha hecho él lo mismo que está llevando a cabo el llamado Zeev? Recuerda algunas. Recuerda un viejo funcionario argentino que había conocido el regreso de Perón, la regencia de Isabelita, la dictadura militar, el desastre de las Malvinas y el no menor desastre de la vuelta del peronismo, esa extravagancia que nadie es capaz de entender fuera de Argentina.

Vivía con una hermana algo más joven, en Belgrano, en un alto edificio situado cerca del Museo Histórico Sarmiento. No se preguntó por qué vivía un oscuro funcionario en un barrio lleno de embajadas porque su misión no consistía en conocer los recursos financieros de las personas, sino en cumplir con los encargos. Le entregó un sobre, cuyo contenido ignoraba, y le proporcionó un número de teléfono de un tal señor Meritanna, a quien podía llamar si tenía alguna duda. No le gustaban este tipo de oficios en los que te podías sentir como un recadero tan ciego como tonto, pero en aras de la confidencialidad había que hacerse el tonto y pasar por ciego. Al veterano funcionario le temblaba la mano cuando tomó el sobre, y desapareció con él del salón no muy amplio en el que se encontraban. Volvió más calmado una vez que vio el contenido del sobre e identificó el grupo al que pertenecía el mensajero, e incluso le ofreció una bebida. Le dieron ganas de responderle una gansada, como por ejemplo que no bebía cuando estaba de servicio, pero había una especie de dignidad en aquel tipo que le contuvo. Sobrevivir a López Rega y a la Junta Militar era de mucho mérito, y a lo mejor era un agente dormido al que se le pedía un nuevo sacrificio, otra vez el riesgo, tras lo que habría pasado. Denegó la invitación y se marchó apresurado, con ganas de salir del edificio. Luego, en la avenida Juramento, se preguntó si alguna vez, en algún lugar de Estados Unidos o de España, dentro de varios años, ya retirado, recibiría la visita de algún joven capullo con un sobre para entregarle.

Bueno, aquí estaba el lobo. O Zeev, que era lo mismo.

~

La segunda comida entre Patty y Mr. Coldwood tuvo lugar en Nueva York. Mejor dicho, consistió en una cena. Esta vez fue Mr. Coldwood quien llamó por teléfono para avisar que el martes de la semana próxima debería acercarse a Wall Street para resolver unos asuntos.

—Wall Street me parece un sitio triste. Necesitaría una cena que me borrara la experiencia —advirtió Mr. Coldwood.

—Reservaré una mesa en Gotham. ¿Te parece bien a las siete y media?

A Mr. Coldwood le asombraba cada día más la intuición de esta mujer, que parecía adivinar sus gustos. No le agradaba el ambiente de Greenwich Village, pero sí el Gotham, sobre todo por la noche; más selecto que el Tribeca, no lejos de allí, menos pomposo que Las Cuatro Estaciones, más sencillo que el Bouley, con sus agobiantes estucos rojos, y mucho más cómodo que el Swifty's y sus espartanas sillas, cuyos respaldos terminaban clavándose en la espalda.

Mr. Coldwood disponía de un apartamento amueblado en Nueva York, pero en invierno le gustaba alojarse en el Waldorf Astoria y, en primavera o en otoño, en el Essex House. Le agradaba salir muy abrigado a Park Avenue y pasar por delante del Rockefeller Center camino de la Quinta Avenida. Y, en primavera, le atraía desayunar en el comedor de la planta baja y observar, al otro lado de la calle, el ir y venir de las ardillas de Central Park.

Él mismo se recriminaba que los gustos se podían convertir en rutinas, pero le atraía el decadente vestíbulo del Waldorf, su reloj central, el viejo encanto de dama antigua del hotel, casi tanto como los pintorescos murales del Essex House, esa impersonalidad que acompaña a los hoteles modernos y de la que ni pueden ni quieren desprenderse.

Había empezado el mes de marzo, pero todavía no había llegado la primavera, y en cualquier etapa anterior hubiera pedido que le reservaran habitación en el Waldorf, pero algo en su interior volvía a tener la agilidad de las ardillas de Central Park y decidió alojarse en el Essex House, más discreto que el cercano Plaza, siempre lleno de japoneses.

Quedaron directamente en el Gotham y Mr. Coldwood llegó primero, y se enteró de que la mesa estaba reservada a nombre de Patty, lo que le produjo una leve contrariedad. Al poco arribó ella. Llevaba un abrigo de piel lisa color anaranjado con el forro de visón negro, y cuando se desprendió de él apareció una blusa de seda azul oscuro, de escote discreto, con mangas largas abullonadas y una fina cinta de azul cielo en los puños y en el cuello, del mismo tono que la falda folio que le tapaba las rodillas. Cuando se levanta Mr. Coldwood, mientras un ayudante de camarero la ayuda a quitarse el abrigo, y al sacar los brazos de las mangas, se escora la figura de Patty, y la luz resbala por el fino cuello y los brillos de la seda remarcan la intuida redondez de algunas zonas de su cuerpo, él intenta recordar su figura embutida en el elegante traje de baño negro, en la piscina de Rancho Valencia, tumbada en una de las grandes hamacas o acudiendo presurosa en auxilio de su pareja, pero enseguida se sienta, tras recibir un picoteo en la mejilla, y son sus ojos de color miel los que reclaman ya la atención.

—Te parecerá vulgar, pero estás muy guapa.

—No me parece vulgar: me parece halagador. Tampoco a ti se te nota que te haya deprimido mucho Wall Street.

—Estuve poco rato.

—Yo creía que los hombres disfrutabais en ese casino con aspecto serio.

—Bueno, en los casinos puede que haya menos trampas.

La luz indirecta que proviene de las columnas y la tamizada claridad que baja de las enteladas lámparas del techo proporcionan al comedor un ambiente cálido y producen un efecto suave en las facciones, como si un avezado jefe de iluminación hubiera tenido como misión rejuvenecer media docena de años a todos los comensales.

Patty no se atreve con otro *dry martini* como el que reposa junto a su compañero de cena y pide un *manhattan* dulce, muy mezclado. Lleva un pequeño bolso de mano que deposita encima de la mesa después de apagar el teléfono móvil y dejarlo en su interior.

Nota la mirada disimulada del hombre sobre su escote, no tan recatado como parece en un principio. Ella sabe de las aberturas en los escorzos, de la holgura que se produce cuando se agacha hacia delante, en un gesto de escucha más atenta, de la tenue transfloración de la ropa interior, tan leve como evidente en su vaguedad. Conoce bien ese aparente desinterés del hombre por el aspecto físico de la hembra, la preocupación por velar el deseo de investigación del cuerpo, tan antiguo como el vestido, tan arcaico como la hoja de parra, y la zozobra por aparentar civilizada evolución. Y también sabe que, más allá del primitivismo, hay otras emociones más complejas que a su madre inculta pero inteligente, con una formación escasa pero con una intuición profunda, le llevaban a comentar: «Los hombres parece que van detrás de un coño, pero van detrás de un sueño». Y los sueños hay que envolverlos, hay que perfumarlos y hay que alejarlos para que se deseen.

—No sé nada de ti —miente Mr. Coldwood, a pesar de que le han llegado los primeros informes y ya existen cuatro páginas en la carpeta confidencial donde figuran las iniciales de Patty Degrasse, una P y una D que él mismo ha trazado con un rotulador sobre la suave superficie naranja de la carpeta.

—Entonces juego con ventaja, porque yo sé bastantes cosas de ti.

—No será por lo que te contó mi socio.

Patty se echa a reír, y suena sincero el suave gorjeo tan elegante como poco escandaloso.

—No, no. He estado mirando en Internet.

—¿Y qué has descubierto?

—No he descubierto nada. Me he limitado a constatar que eres muy rico.

—De no ser rico, ¿no estarías conmigo?

Ella no considera agresiva la pregunta, le da las gracias al camarero que acaba de traerle el *manhattan* y contesta con suavidad.

—Si no fueras rico, podría estar contigo porque me pareces interesante. Si sólo fueras interesante, también. Si sólo fueras rico, podrías cenar conmigo, pero no te saldría gratis.

Mr. Coldwood sopesa la respuesta, que parece un juego de palabras, pero es un juego de conceptos. Y continúa provocando.

—¿Eso quiere decir que la cena me va a salir gratis?

—Exacto. Por eso estaba la mesa reservada a mi nombre. No te molestes en pedir la cuenta.

—No lo iba a hacer: todavía no hemos empezado.

Como si hubiera escuchado las últimas palabras de Mr. Coldwood, el *maître* se acerca hasta la mesa e inquiere si puede tomarles nota.

Patty dice que se deja guiar, y Mr. Coldwood pide una ensalada de lentejas, de primero, y un *filet Mignon*. Le cede la carta de vinos a Patty, que selecciona un *cabernet* de California.

El *maître* les sugiere el pastel de chocolate de la casa para concluir y, tras bromear sobre el aumento de peso, ambos aceptan.

Hay unos segundos vacuos, tras marcharse el *maître,* como si cada uno de los comensales se dedicara a ordenar las ideas en la mente, y precisamente porque la certeza de que el silencio se prolonga hace más dificultosa la tarea, es por lo que en esos primeros e indecisos segundos se pronuncian las palabras más tontas o coinciden los presentes en la ruptura de la pausa, que es lo que sucede, y obliga a los dos a sonreír.

—No, no, tú primero —dice Patty.

—En realidad quería proponerte un trato —dice muy serio Mr. Coldwood.

Y comienza una larga descripción sobre su soledad, la necesidad de contar con alguien de confianza que le acompañe a las reuniones pero que, a su vez, posea las características especiales que le permitan también disponer de su presencia en cenas sociales, incluso viajes de placer.

A medida que Mr. Coldwood va describiendo las características del puesto y nota los ojos color miel fijos en los suyos, ni amables ni coléricos, comienza a apoderarse de él la desagradable conciencia de que está siendo muy torpe o, puede que, todavía peor, esté haciendo el ridículo.

Las palabras de ella le sacan de la duda.

—Un momento. A mí me da la impresión de que me estás diciendo que te encuentre una secretaria de dirección que se acueste contigo.

A Mr. Coldwood no le pasa inadvertida la sutileza de Patty, como si no se sintiera aludida, dando por supuesto que la proposición no tiene nada que ver con ella. Y se recrimina a sí mismo su tosquedad, que, tras la observación de ella, parece bastante clara.

—No lo diría de manera tan cruda.

—Lo podemos marinar, como el *sushi,* pero seguirá siendo pescado.

Y, ante la previsible aclaración de él, le interrumpe.

—No, no. Si no me parece mal... Lo que sucede es que esa presencia femenina permanente te va a resultar incómoda a la larga, porque en determinados círculos de Boston no se va a admitir su presencia. Por ponerte un ejemplo: la noche en que el candidato republicano a la presidencia (porque ya me he enterado de que eres un protector del Partido Republicano) te pida que organices una cena de gala para pegarles un sablazo a los invitados y darles un insípido pescado congelado a cambio de dos mil o tres mil dólares, y te vayas a sentar junto a la primera dama o futura primera dama, o junto a la mujer del gobernador del Estado, ¿te vas a llevar a tu secretaria de dirección? No, tú sabes que no. Eso sirve para invitar a un socio amigo a pasar unos días en un lugar en el que nadie te identifica, pongamos que hablamos de Rancho Valencia. Me conozco el papel, y tiene sus limitaciones. Y, aunque a la mujer no le importe, al final a quien le importa es a su alquilador.

Mr. Coldwood sabe distinguir la perspicacia sin necesidad de muchas pruebas y ya sabía antes, y se corrobora, que se encuentra ante una mujer perspicaz. Así que no intenta estropear la salida elegante que ella le ha buscado con justificaciones que todavía harían más zafia su intervención.

—Pero si ésa es tu idea, podemos encontrar a alguien con esas características. O...

—¿O...? —se interesa Mr. Coldwood.

—... o tratamos de hallar una mujer que reúna esas características y te casas formalmente con ella.

—No estoy buscando una esposa —se defiende Mr. Coldwood.

—Ya lo sé. Y no estoy hablando de una esposa. Me refiero a una secretaria de dirección ante la que puedes establecer un contrato matrimonial que ponga a salvo tu fortuna y que impida cualquier tentación de envenenamiento, que ya sabes que ha sido siempre el arma preferida de las mujeres para deshacerse de sus maridos.

—Y nos tendríamos que casar.

—Sería mejor para ti que para ella. Un matrimonio con cláusulas claras y rotundas, que podrían redactar tus abogados.

—¿Y tú te ofreces a buscar a ese tipo de mujer?

—No, no me he ofrecido. Estoy hablando con un amigo y le proporciono mi opinión.

Mr. Coldwood se admira de su astucia. Todavía están con los aperitivos y ya ha puesto las cartas sobre la mesa, o a lo peor es al revés, que ha sido él a quien, sin enseñar las cartas, le han adivinado el juego que llevaba.

—En realidad no me apetece hablar de eso —intenta desviar, incómodo, Mr. Coldwood.

—Está bien. No hablemos de ello —dice alegremente, como si aquello fuera un asunto menor.

A Mr. Coldwood, Patty le recuerda a una hermana suya, menor que él, la benjamina de la familia, a la que el LSD la instó a adentrarse una noche en las aguas del río Charles y desapareció bajo ellas. Su hermana era más joven que esta mujer que tiene delante, pero igual de resuelta y avispada. Desde entonces no volvió a subir a ninguno de los veleros con los que él y sus amigos iban y venían sobre las aguas del Charles los pocos sábados luminosos de los que gozaba Boston.

~

El o la LSD, la dietilamida de ácido lisérgico, era suministrada por la Casa a los interrogadores. En la Argentina anterior al golpe militar tomó contacto con un profesor uruguayo que colaboraba y daba información sobre estudiantes relacionados con el movimiento Tupamaro. Sus viajes frecuentes de Montevideo a Buenos Aires parecían formar parte de su trabajo, pero alguien sospechó que podría ser un agente doble al servicio de los montoneros. Y enviaron a Michael para sondearle. Se había producido poco antes el asesinato del general Aramburu. El militar vivía en una casa sin custodia, y entre cuatro chiquilicuatros habían podido secuestrarlo, llevarlo a un sótano, juzgarlo, condenarlo a muerte y asesinarlo.

Hubo un momento en que Michael pensó que el servicio secreto de Estados Unidos se nutría preferentemente de profesores universitarios, hasta que cayó en la cuenta de que a él le ofrecían las misiones que tenían que ver con ellos, porque era uno de ellos y su estatus era también su tapadera. Los seminarios, los congresos, las publicaciones eran circunstancias permanentes para la captación o —si ya formaban parte del entramado— para la entrega de información y la recepción de instrucciones. En la mayor parte del mundo las universidades funcionaban como las orquestas sinfónicas: yo te invito a dirigir la prestigiosa orquesta de mi ciudad y tú me invitas, al año siguiente, o al otro, a dirigir la prestigiosa orquesta de tu ciudad, con lo que dos docenas de directores han dirigido las orquestas más célebres, siempre las mismas, siempre los mismos. No quiere decir que no sean buenos, por supuesto, pero hay otros de similar categoría y preparación que nunca alcanzarán esa pequeña gloria.

En el mundo universitario sucedía lo mismo, sobre todo en el área de letras. ¿Cuántos ensayos se habían llevado a cabo sobre el amor en Shakespeare? ¿Cuántos trabajos se habían publicado sobre la economía en el periodo de entreguerras? Docenas y docenas de ellos, cientos, puede que miles. El diez por ciento de esos trabajos eran buenos, con algún toque original. Y de ese diez por ciento, el uno por ciento tenía la oportunidad de ser defendido, publicado y plagiado nuevamente con otro enfoque en los próximos años. El nuevo catedrático o doctor, ayudado por su equipo de ambiciosos profesores, le daría una vuelta de tuerca y titularía el ensayo «El erotismo en Shakespeare y sus antecedentes griegos» o «Fenomenología aplicada al teatro de Shakespeare». Las fundaciones tenían que gastar el dinero presupuestado, organizar mesas redondas y simposios internacionales y editar carísimas revistas en las que aparecieran publicadas las conferencias.

A Michael la llegada de aquel tipo de gafas, un especialista, a la planta que ocupaban en un elegante edificio en el barrio de Punta Carretas, en plena rambla Mahatma, cerca del Yatching Club, le pareció menos impostura que el último seminario al que habían asistido. Al profesor uruguayo se lo presentó como el nuevo coordinador de Sudamérica, y el tipo de gafas se las ingenió para suministrarle una dosis moderada de LSD, no porque estuviera demostrado que fuera más eficaz que el pentotal, sino porque en aquella etapa los jefes de la Casa estaban entusiasmados como colegiales con las posibilidades de la no tan novedosa droga.

Los problemas estaban en las dosis, porque el exceso podía llevar al interrogado a sufrir alucinaciones peligrosas y la escasez, a darse cuenta de su estado. El profesor uruguayo se dio cuenta de lo que le sucedía y, mientras veían los veleros, frente a la terraza, miró al de gafas y a Michael y les dijo con media sonrisa:

—Son ustedes unos güevones, hijos de mala madre, que me están envenenando.

El tipo de gafas, que había volado desde Río, se puso nervioso, y Michael le impidió que metiera la pata haciéndole un gesto para que callara.

—En cuantito le vi entrar —seguía el uruguayo, y miraba al especialista— me dije que venía a perjudicarme. Yanquis de mierda, al fin y al cabo, que se piensan que o no sabemos hacer las cosas o no somos de fiar. Pues la cagaron conmigo, se lo juro.

Estuvo platicando mucho rato con total desinhibición, hasta que se quedó como amodorrado, y fue entonces cuando el tipo de gafas le dijo a Michael que se fuera, que él se encargaría de todo. Michael no preguntó. Recogió sus pertenencias, las metió en una maleta y llamó a un taxi, dos manzanas más allá de donde se encontraba, siguiendo las precauciones del manual. Luego le dijo al taxista que le llevara a la entrada del puerto, y allí, cuando hubo desaparecido el taxista, tomó otro vehículo que le trasladó al Hotel Lafayette, cerca de la avenida Dieciocho de Julio.

Recuerda que, enseguida, por teléfono, hizo las gestiones para volver a Buenos Aires, y salió a la calle, y aspiró los benzopirenos de la carne que se tostaba en los asadores, y admiró el relajamiento de la gente que se sentaba con un refresco y hablaba y hablaba como si fueran a vivir siempre. No cometió la imprudencia de preguntarse si viviría el profesor uruguayo. No era asunto suyo. Confiaba en la organización, en su eficiencia. Si se trataba de un agente doble, significaba que su neutralización impediría que corriese peligro la vida de otros agentes. «Neutralización» es una palabra higiénica y sin compromiso, limpia y aséptica. Se puede emplear en el fútbol o en el baloncesto. O en la medicina. La penicilina neutraliza los microbios. Los misiles tierra-aire neutralizan los aviones enemigos. Durante la Primera Guerra Mundial, los ministerios encargados de los ejércitos se llamaban ministerios de Guerra. Tras la Segunda Guerra Mundial, poco a poco, los ministerios pasaron a llamarse ministerios de Defensa. Incluso los romanos, en muchas ocasiones, no hablaban de conquistas, sino de la necesidad de ampliar las fronteras. De ampliación en ampliación construyeron un imperio. Pero aquella mañana en Montevideo Michael no había llegado al cinismo, ni siquiera estaba en primero de hipocresía. Había cumplido con la misión, que consistía en contactar con el profesor, aislarlo de su ambiente, llevarlo a una zona diferente a la que él se movía y ponerlo a disposición de los compañeros. Lo había hecho bien. Había cumplido con su deber.

~

Tremonti siente que ha cumplido con su deber, y en la oficina de Miami, donde la naviera tiene la central, su amiga Jenny le ha informado de que no dispone de demasiada información de Mr. Coldwood, que no ha aparecido nunca por allí, ni siquiera la semana siguiente al día de Acción de Gracias, cuando el consejo de administración suele reunirse, reunión que es una excusa para que los consejeros viajen en compañía de sus esposas y se pasen dos o tres días de vacaciones alojados en el Crest o en el Bentley. No obstante, ha observado que cuando se pronuncia su apellido se hace con mucho respeto, y que las acciones no deben de estar a su nombre, sino al de una corporación en la que él tiene el control mayoritario. Jenny pregunta por la mujer de Tremonti, y éste le responde con educada urbanidad mientras piensa que Jenny anuncia con ello que hacia noviembre, cuando se inicie la temporada de cruceros por el Caribe y el *Cosmopoly* atraque en Miami un par de días, puede que salga con él a cenar, pero no habrá ninguna otra intimidad. La referencia le resulta dolorosa, no por Jenny, sino porque su mujer, que vive en Atenas con las dos hijas de ambos, una adolescente de catorce años y otra menor de once, le ha manifestado que tiene la impresión de que la pareja está agotada y que habría que pensar en una salida amistosa. A ellos no les cabe ese primer ensayo general de separación, que consiste en que uno de los cónyuges se marche a vivir a otro lado, porque él casi siempre está viviendo en otro lado y eso conlleva que en el próximo y temido encuentro deberá afrontar un problema mucho más cercano y complejo que los que se le plantean cada día.

Sotirios Tremonti es un hombre de mundo, educado en Suiza y con experiencia profesional en los hoteles de Europa y Asia, acostumbrado a aceptar como normales las costumbres más exóticas y a no darle importancia a casi nada, pero su padre es griego y su madre italiana, y ese ancestro le remueve un sentimiento primitivo que creía olvidado, anclado acaso en los lejanos tiempos de la infancia, cuando el honor, esa convención ridícula, impelía a tomar parte en las riñas más desiguales, porque era preferible sangrar por la nariz que ser tomado por cobarde. La aparente cortesía de Jenny le ha hecho pensar en su mujer cuando había logrado olvidarse del problema, mantenerlo al menos enquistado, recluido en los asuntos pendientes. Incluso el día en Nápoles ha aparecido luminoso y los meteorólogos hablan de temperaturas muy agradables, un día más ganado al otoño, un día menos de crucero y, por tanto, veinticuatro horas a las que pasar página sin presiones añadidas.

Cientos de pasajeros salen de los camarotes pertrechados como si fueran a hacer un largo viaje, aguardan con paciencia ante los ascensores y se dirigen hacia las zonas bajas, donde se han situado las escalerillas de desembarque. Los que han optado por las excursiones programadas suben a los autocares, los otros se desparraman por el puerto con esa avidez que siente el turista ante los primeros días, y el nombre de las ciudades va acompañado de referencias subjetivas, ensoñaciones de fundamento extraño que pueden ser destrozadas por un taxista maleducado, un engaño en los cambios de moneda, la compra de un artículo que luego, en el barco, se comprueba que no tiene la apariencia que presentaba en la tienda.

A los Coldwood y a los Hotbush les espera una limusina que los va a llevar a Pompeya, pero Patty les convence para dar antes un paseo por la plaza del Plebiscito y, desde allí, ir hacia la famosa Galería Humberto I, uno de esos espacios comerciales irrepetibles, con el techo acristalado, altísimo, y el suelo de mármol, cuando la construcción civil comercial tomaba el relevo a las catedrales y en París, por ejemplo, en lugar de construirse iglesias monumentales se levantaban las Galerías Lafayette, junto a la Ópera. Patty dice que aquí se han rodado muchas escenas cinematográficas, y recuerda una entre Jack Lemmon y Marcello Mastroianni donde cada uno interpretaba su papel de estadounidense e italiano. A Mr. Coldwood no le cae bien Lemmon desde que protagonizó *Missing*, que le pareció un panfleto escrito por comunistas chilenos, pero se calla e intenta evitar que los prejuicios le impidan disfrutar de una magnificencia que aparece ahora trasnochada y decadente, pero que mantiene todavía un cierto orgullo. Patty y Nancy se toman del brazo y miran escaparates con esa complicidad femenina que les es imposible compartir con los hombres, y se ríen ante unos vestidos, y los maridos las observan satisfechos.

Un tío de Mr. Coldwood, hermano de su padre, desembarcó aquí en Nápoles, y la información le da pie al senador para ponerse patriótico y afirmar que Nápoles está ahí gracias a Estados Unidos. Patty le recuerda que Nea Polis existía quinientos años antes del nacimiento de Jesucristo y que antes, todavía trescientos años hacia atrás, ya había gente viviendo allí en un lugar que se conocía con el nombre de Parténope.

—Esta chica es una enciclopedia —comenta Nancy, mientras sube a la limusina.

—No, no. Es que leo las guías antes de salir de viaje —se justifica ella con cortés humildad.

—Bueno, pero de no ser por nosotros —y el senador lo afirma como si él mismo hubiera desembarcado personalmente en compañía del tío de Mr. Coldwood—, esto estaría lleno de alemanes.

—En ese caso —observa Mr. Coldwood— es posible que también estuviera lleno de alemanes Estados Unidos.

—¿De verdad? —pregunta Nancy con ingenuo interés.

—Bueno —prosigue Mr. Coldwood—, no sería descartable. Se han escrito libros sobre lo que habría podido suceder si Hitler hubiera ganado la guerra…

—Era imposible —ataja el senador.

—Que era imposible aparece claro ahora, pero no lo era tanto en la época, y nuestra entrada en la guerra no estuvo exenta de vacilaciones, de miedos y de muchísimas dudas.

—Pero cumplimos con nuestro deber —dice orgulloso el senador.

—Al menos cumplimos con nuestro sentido de la supervivencia, porque si Hitler sale vencedor, más tarde o más temprano hubiéramos tenido la guerra a domicilio.

—Ya. Pero al final la civilización, en el último momento, es salvada por un pelotón de soldados. Como dijo… —Y el senador se queda en suspenso y con apariencias de tratar de recordar, aunque es consciente de que ignora quién dijo la frase.

—Spengler —le ayuda Mr. Coldwood—. Un filósofo interesante y olvidado. Bueno, no tan olvidado, porque lo acabas de recordar.

—*¡La decadencia de Occidente!* —grita Nancy, como si hubiera hecho un descubrimiento y estuviera orgullosa de ello.

—¿Has leído ese libro? —pregunta Mr. Coldwood, tratando de que su incredulidad no sea demasiado evidente.

—No, no —niega Nancy, como si quisiera permanecer libre de una incómoda sospecha—, pero recuerdo que teníamos que aprendernos una lista de autores y de sus obras, y estaba Spengler. Es alemán, ¿no?

—Sí, es alemán. Y al principio simpatizó con el nacionalsocialismo.

—Un cabrón.

—Un filósofo —corrige Mr. Coldwood—. Pronto se separó de sus excesos y murió antes de que comenzara la guerra. Su teoría es interesante.

—¿Qué teoría? —inquiere Nancy, como si se sintiera en deuda por tener noticia sólo de un nombre y un título.

—Bueno —vacila Mr. Coldwood—. En realidad...

—Pensaba que las civilizaciones son como los seres humanos: crecen, se desarrollan y mueren —interviene Patty—. Y cuando una civilización muere es sustituida por otra.

—Eso es evidente —dice el senador, satisfecho de entenderlo.

Durante el trayecto hasta Pompeya, Mr. Coldwood intenta mostrarse amable con el senador y evitar que salga a la superficie ese desprecio que suele sentir en general hacia los políticos. Los desprecia tanto como los necesita, o quizá puede que se haya persuadido de que los necesita para corromperlos y convencerse así de que son despreciables. En el fondo le gusta el juego, porque una persona tiene muchas más cartas que una ruleta, pero también es previsible saber hacia qué zona de los números caerá la propuesta. Está la zona de la ambición, de la avaricia, del egoísmo, de la vanidad... o de la supervivencia, pero esa zona no le gusta a Mr. Coldwood, porque la extorsión es como ponerle un imán a la ruleta. Doblegar la voluntad de un individuo mostrándole una documentación que puede hundirlo es como cazar pollos en un corral. Lo interesante de Hotbush es que tiene un pasado intachable y unos deseos enormes de ascender en su carrera. Y para ello va a necesitar dinero, mucho dinero, dinero que no le pueden proporcionar los Oldman, por mucho que se esforzase Nancy, que le parece que no está por la labor. Debe indicarle a Patty que intime algo más con ella, que la lleve al terreno de las confidencias para tener una información completa de la situación de este senador que está en la comisión de Defensa, precisamente donde se decide la compra de algunos artículos que Mr. Coldwood y sus socios están muy interesados en vender.

~

—Pertenezco a la DAP, División de Apoyo Estratégico.

—Me daría igual que formara parte del personal de ventas de Ikea —contesta intencionadamente desabrido Michael, mirando los ojos de Zeev Quinn.

—La DAP fue creada por el señor Rumsfeld, y depende directamente de él —continúa imperturbable Quinn, como si no hubiera escuchado la observación de su interlocutor—. No tenemos nada que ver con la Casa y actuamos por nuestra cuenta. Hay lingüistas, técnicos, interrogadores y funcionarios, y podemos actuar en el exterior.

—Ya lo veo.

—Usted sabe que desde el atentado de las Torres Gemelas...

—Yo no sé nada y me he retirado aquí porque no quiero saber nada.

Durante unos segundos Zeev se calla y mira los espejeos de la piscina, que cabrillean sobre los cristales separadores del bar. Están sentados en una mesa alejada de la barra y, cosa rara, toman los dos lo mismo: café.

—Le comprendo, señor Osborne, y siento venir a interrumpirle...

—No, no puede comprenderme porque es demasiado joven. Yo sí que lo puedo comprender a usted, porque ya he pasado por eso y porque he estado sentado en el sitio en el que está usted, con la misión que le ha traído y puede que con bastantes menos años. Sí, puedo comprender el desprecio que siente por este viejo hijo de puta que se permite ser altanero...

—Señor Osborne...

—... que se permite ser altanero y que no comprende la importancia de la misión que le trae a usted. Y usted sí, usted sí está convencido de que contribuye a una gran causa y de que gracias a Rumsfeld y a usted el mundo camina hacia la paz. Y una mierda.

—Hacemos lo que podemos —comenta Zeev con fingida humildad.

—No, no. Hacemos lo que nos mandan, sin saber muy bien qué es lo que hacemos. Bueno, yo lo hacía, porque ahora estoy retirado. Y, cuando sabemos algo más, nos preguntamos en qué bando trabajamos y para quién, o si los de arriba se han vuelto locos.

—Si lo dice por el viaje de Ayman al-Zawahri a Estados Unidos…

Michael lo observa con interés y algo de temor. No va a caer en la ridiculez de preguntar cómo lo sabe, pero él vio de manera fugaz a Ayman al-Zawahri en aquella *suite* del Plaza, cuando Osama Bin Laden era un hermano colaborador de la Casa, y su mano derecha se entrevistó con mucha gente en aquel viaje, donde reclamaron los servicios de Michael una noche porque el invitado necesitaba una hurí para poder conciliar el sueño.

Desde que, por casualidad, en una reunión previa a la visita de un mandatario de América del Sur a Washington, se comentó la insinuación, por parte de los diplomáticos del país visitante, de que el jerarca viajaba sin esposa y se consideraría una atención proporcionarle compañía femenina discreta, y Michael se ofreció porque había entrado en contacto con la agencia de Patty, no era infrecuente que le dirigieran este tipo de peticiones. Tampoco era muy complicado. Llamaba a Patty, le indicaba los gustos y preferencias del cliente y, al cabo de un rato, recibía una llamada de la propia Patty indicándole dónde podría recoger a la chica. Si se trataba de Nueva York o Washington, la gestión no duraba más de una hora u hora y media, y nunca hubo problemas.

Los hubo en esta ocasión. Le llamaron para que fuera a recoger a la chica a las tres de la madrugada, circunstancia normal. Lo que no fue normal era el estado en que se encontraba la chica. Y no había sido Al-Zawahri, según le explicaron, que parece que se limitó a conversar unos minutos y le entró sueño. Fue uno de los acompañantes del propio Al-Zawahri.

Tuvo que pedir instrucciones para ver dónde llevaba a la chica, porque no la podía ingresar en ningún hospital.

Cuando dejó a la muchacha en la casa de un médico de Queens, volvió al Plaza, contraviniendo todas las disposiciones reglamentarias, para hablar con los escoltas y tratar de saber quién había sido el bárbaro. Eran ya las siete de la mañana y, en ese momento, apareció en el salón de la *suite* Ayman, vestido de occidental, con su barba poblada y unos ojos miopes que las lentes de las gafas no lograban disimular. Michael no sabía quién era. No lo supo durante mucho tiempo, hasta que un día, en el *Washington Post,* vio fotografiado un rostro que le resultaba familiar. Se decía que era la mano derecha de Bin Laden, pero eso era imposible, porque la mano derecha de Bin Laden no iba a ser invitada por el Gobierno a Nueva York. Le pidió a un compañero de los ficheros, como favor personal, que le trajera la colección de fotografías de Ayman al-Zawahri. «Las puedes conseguir en cualquier periódico, incluso en Internet», le dijo con extrañeza. «Es que quiero que sean muy buenas», insistió Michael.

Al cabo de cuarenta y ocho horas le dieron un sobre con una respetable colección de imágenes del sujeto. Con turbante negro o con turbante blanco; solo o acompañado de Osama; solo o en reuniones; con una metralleta en la mano o con un vídeo, esa otra arma moderna, a veces más mortífera; en una manifestación, vociferante; desdibujado y desde lejos o preciso y claro en primeros planos... Y aunque no existía ninguna imagen en la que estuviera vestido a la manera occidental, no cabía duda de que aquellos ojos miopes, esas mejillas que parecían indicar bondad y delicadeza, pertenecían al que se aseguraba que era la mano derecha de Osama Bin Laden, el egipcio Ayman al-Zawahri.

Michael intentó escudriñar en la mirada de Zeev y se esforzó por aparecer mucho más sosegado de lo que estaba en realidad. No le había gustado nada la insinuación en la que le parecía advertir una cierta amenaza. Sabía que no debía haber visto a Ayman al-Zawahri y que había contravenido las reglas, porque después de haber dejado a la chica al cuidado del médico que le habían indicado tendría que haberse retirado. No recibió ni la más ligera bronca, lo que le extrañó, porque los escoltas designados por la Casa habrían informado a sus respectivos superiores de su extraña visita. Y ahora, al cabo de los años, un mequetrefe le recordaba la falta cometida. ¿Por qué? Las neuronas se activaron espoleadas por el temor. También es cierto que si hubiera alguna maniobra para neutralizarle o para impedir que cayera en la tentación de una indiscreta declaración no le habrían recordado la falta cometida precisamente para no ponerlo alerta. Decidió restringir los sarcasmos y limitarse a escuchar.

—¿Qué es lo que quieren que haga? —preguntó secamente Michael.

El joven Quinn experimentó un cierto alivio, se felicitó porque la mención de Al-Zawahri había surtido el efecto esperado y puso el maletín encima de la mesa. Lo abrió de tal manera que Michael, que estaba enfrente, no viera su contenido y extrajo un sobre blanco, de un tamaño algo mayor que un folio, bastante abultado y lo dejó sobre la mesa. Luego cerró el maletín.

—Me imagino que ha grabado la conversación —afirmó Michael sin esperar que su suposición recibiera una respuesta—. Y ahora, antes de entregarme el sobre de manera oficial, me advertirá que, una vez tomado y leído lo que contiene, no puedo volverme atrás.

—Recuerda muy bien las reglas —observa Zeev.

—Sí, las recuerdo. Así que vigile bien la grabadora para que recoja con nitidez lo que voy a decir.

Michael hizo una pausa prosopopéyica y agregó:

—Váyanse a la mierda.

A continuación se levantó y dejó a Zeev, que lo vio alejarse sin hacer un solo gesto. Después de que Michael hubo desaparecido, abrió el maletín, volvió a colocar el sobre en su interior y apagó la grabadora.

~

Las ruinas de Pompeya produjeron una impresión diferente entre los cuatro viajeros de la limusina. Mr. Coldwood sintió curiosidad por la vida de aquellas gentes, truncadas de repente sin una previa declaración de guerra. Patty percibió los vestigios de una grandeza que ni siquiera el paso de los siglos había podido extinguir. Nancy se sintió anonadada por el momento histórico en el que había ocurrido todo aquello, tan sólo setenta y nueve años después del nacimiento de Cristo; en tanto que el senador, de todos los detalles de los que había informado el guía, se quedó con el dato de que la fuerza de la erupción del Vesubio, cuya cima saltó por los aires, fue cien veces superior a la explosión de la bomba atómica lanzada sobre Hiroshima.

—¡Cien veces mayor que la bomba atómica! —exclamó poco después el senador buscando la complicidad de Mr. Coldwood.

—Sí, y la más pequeña explosión de nuestra estrella más cercana, que es el Sol, supone una potencia millones de veces mayor que la más potente bomba que en estos momentos hayamos ingeniado.

—Bueno, pero no podemos llegar hasta el Sol para importar este tipo de armas.

Mr. Coldwood tardó en contestar, porque era poner demasiado fácil el asunto del que quería tratar y él desconfiaba por sistema de las facilidades, por lo que se limitó a constatar con una locución neutra:

—No, no podemos.

—Parece que la gente murió enseguida debido a las emanaciones de gas. La gran tragedia se debió de desarrollar sin que apenas se enteraran de que ocurría una tragedia —recordó Patty, porque era un detalle que le había impresionado.

—Parece que vivían muy bien —apuntó Nancy.

—Los patricios, los ricos vivían muy bien, y sus casas de muros de piedra han resistido el paso del tiempo —corrigió Patty—, pero los desarrapados, los pobres, que no vivían bajo el techado de los ricos, esos habitaban miserables chozas que han sido barridas por las lluvias y los vientos. No sabemos cuántos eran, porque no quedan vestigios.

—¿Y habría muchos? —se interesa Nancy, que pertenece a un par de organizaciones caritativas.

—Los pobres, en todas las civilizaciones, han sido siempre mucho más numerosos que los ricos —interviene Mr. Coldwood, que se siente ligeramente incómodo por el protagonismo de Patty—, así que habría que hacer cálculos basados en el aforo del anfiteatro. Si cabían veinte mil espectadores, sobre ese número habría que establecer el cálculo.

—Una ciudad entera no asiste al mismo espectáculo —observa el senador con la intención implícita de mostrar sus conocimientos sociológicos.

—Claro, pero también hay que contar que Pompeya era la ciudad de la comarca, y a este tipo de eventos asistían los habitantes de los pueblos de alrededor. Recordad que el Odeón no tenía más de mil quinientas localidades, pero también es cierto que no posee la misma seducción un recital de poesía o un concierto que un espectáculo teatral.

—El concepto de ciudad —añade Patty— era diferente al que tenemos ahora. Se consideraba una ciudad a partir de los tres mil o cinco mil habitantes, pero sobre todo cuando tenía servicios propios. Atenas llegó a contar con cien mil habitantes, pero fue una excepción.

—Se nota que era una ciudad muy completa. Había incluso lupanares, y no parece que ése fuera el peor edificio —recuerda con cierta malicia encubierta el senador.

—¡Papá! —recrimina Nancy, que le llama de esa manera cursi cuando pretende reconvenirle en la intimidad.

—No me invento nada —se excusa el senador—, el guía nos ha indicado dónde estaba la casa de las cortesanas.

—Hasta la llegada del cristianismo, el lupanar era una institución tan normal como el templo —dice Patty—. Fue con la llegada del cristianismo cuando los lupanares siguieron existiendo pero disimulados. En la Edad Media las casas de lenocinio están siempre cerca de la catedral, no se sabe si para que a los pecadores les pillara cerca un confesor o para evitar que los clérigos tuvieran que recorrer la ciudad en busca de una prostituta. Ver a un canónigo en una calle donde hay varias casas de putas es normal, porque no tiene otro remedio que pasar por allí para dirigirse a los oficios.

—No sería por eso —protesta Nancy, que posee una visión angélica de la función sacerdotal.

—La verdad es que no se sabe —reconoce Patty—, pero el llamado «barrio húmedo», en todas las ciudades de Europa se sitúa, tradicionalmente, en la parte posterior de la catedral. Si queréis vamos al Duomo de Nápoles —provoca con intención de escandalizar.

—Van a ser pronto las elecciones —dice el senador en un inesperado brote de humor— y no me convendría nada ser confundido con un canónigo.

Ríen de buena gana todos menos Nancy, que no acaba de comprender dónde está la gracia de lo que acaba de decir su marido.

~

Nápoles es una ciudad a la que se ama o se odia, pero que no admite la indiferencia. Los que la aman ven en la ropa tendida de los barrios del casco antiguo cuadros de Mondrian; en las calles sucias, espontaneidad mediterránea; en el caos circulatorio, anarquía libertaria, y en el engaño comercial, vestigios de la picaresca fenicia. Los que la odian, en cambio, ven en los «furgoncinos» y en los «motorinos» una señal del subdesarrollo, sin pararse a pensar que en ese dédalo de calles estrechas y esquinas inverosímiles nunca podría pasar una furgoneta de dimensiones regulares; contemplan asombrados la cesta que, colgada de una soga, desciende desde una ventana y, una vez depositada la mercancía —una barra de pan, un manojo de verdura—, asciende de nuevo en una muestra del montacargas más primitivo del mundo; se quedan perplejos por que la puerta para entrar en un teatro sea la misma que para entrar a las viviendas, y no comprenden por qué todas las plazas están llenas, todas las calles repletas y todas las aceras resulten estrechas, ni entienden que las *trattorie* puedan desplegar las mesas en plena calle, en una anarquía desasosegante, y que en un zaquizamí escondido y estrecho se agolpe la gente, porque allí hacen un *espresso* especial que merece todas las incomodidades allí concentradas.

Incluso los propios italianos la aman o la odian. Muchos del norte miran con desprecio a los napolitanos, y les llaman *terroni* con desdén. Pero estos *terroni* han emigrado hacia el norte y se han establecido en Turín o en Milán, y han llevado la pizza y la música, porque las canciones más conocidas en el resto del mundo, las que identifican la melodía con el país, son todas canciones del sur.

El señor Fischer amó Nápoles durante toda la mañana y parte de la tarde. Había leído en un suplemento de viajes que lo mejor para disfrutar de un viaje es evadirse de los prejuicios y tratar de entender las tierras que se visitan. El señor Fischer estaba dispuesto a encontrar pintoresca incluso la mierda, y pasó una mañana grata en compañía de su esposa y de sus dos hijos porque sus suegros habían preferido quedarse en una de las cubiertas, tomando el sol en una hamaca. El concepto de placer que manejaban sus suegros tenía la referencia de Florida y consistía en calor y sol, por lo que no entraba en su criterio que fuera una delicia vagar por las calles de una ciudad desconocida.

La señora Fischer se había comprado un bolso de paja, muy barato. Ya se iba, porque le había parecido demasiado caro, pero el vendedor, un joven avispado de ojos vivaces, en un inglés macarrónico, le ofreció una considerable rebaja, y, ante su negativa, le propuso otra más drástica, tanto que la señora Fischer dudó un segundo y, en ese segundo, el vendedor le colocó el bolso entre las manos, y tuvo que sujetarlo, porque si no se caía al suelo, y el suelo no estaba muy limpio.

La señora Fischer estaba muy contenta de lo barato que le había salido el bolso y, aunque el señor Fischer era muy escéptico con las gangas, hubo de reconocer que en Estados Unidos el bolso podría valer cuatro o cinco veces más del precio que habían pagado.

Al regresar al barco, al atardecer, en los aledaños de la entrada del puerto, dos muchachos no mucho más mayores que sus hijos le ofrecieron un ordenador portátil por cuatrocientos ochenta euros.

—A lo mejor hasta funciona —comentó irónico el señor Fischer.

En un momento apareció una silla plegable, le invitaron a sentarse y le entregaron un ordenador que se conectaba a Internet por el sistema inalámbrico. La señora Fischer y sus hijos estaban cansados y dejaron al señor Fischer con los mozalbetes, pero su esposa le advirtió que no hiciera tonterías.

Los chicos, en un inglés poco académico pero utilitario, le informaron de que tenían media docena de ordenadores, procedentes de un alijo. Al señor Fischer la explicación le pareció probable, porque en el barco ya les habían informado de que, bajo las piedras de lava de la ciudad, se ocultaba un auténtico laberinto de pasajes subterráneos que fueron empleados para huir de las persecuciones políticas y religiosas, según los tiempos, y, en cualquiera de los tiempos, para canalizar, distribuir, esconder o sacar las mercancías de contrabando.

El señor Fischer entró en su correo electrónico y comprobó que el portátil funcionaba correctamente, a la vez que, sin disimulos, lo miraba por los lados y comprobaba que tenía aspecto de ser nuevo.

El señor Fischer no se dedicaba a vender fortuitamente ordenadores personales procedentes de contrabando por los puertos, pero al fin y al cabo era un comercial y se conocía todos los trucos de la venta, así que no prestó demasiada atención y se levantó diciendo que no le interesaba.

—Cuatrocientos, cuatrocientos dólares —le ofertó el de la camiseta negra, aunque el otro, el de la camiseta blanca, la llevaba tan sucia que podía llegar a ser negra con algo de empeño y paciencia.

—No, no me interesa —dijo el señor Fischer alejándose, pero alejándose despacio, porque ese ordenador valía tres veces más en la tienda.

—Trescientos setenta y cinco, último precio —intentó cerrar el trato el de la camiseta negra.

El señor Fischer miró el ordenador sopesando la propuesta y, en ese momento, el de la camiseta blanca dijo: *«Police, police!»*, y tiraron de la manga de la camisa del señor Fischer, y como éste no estaba dispuesto a huir a ninguna parte, ellos se escondieron tras un quiosco. Ya se iba a marchar cuando apareció un tipo vestido con una chaqueta de hilo de color beis, le mostró una placa y le dijo que si alguien le molestaba, estaban allí para la seguridad de los turistas y para vigilar el contrabando, porque allí había mucho contrabando. Le preguntó si alguien le había molestado, y el señor Fischer, nervioso por los críos e intentando no mirar hacia el quiosco tras el que se habían escondido, dijo que no con mucha firmeza. El policía se adentró en el puerto y, a continuación, le chistaron los chiquillos, que le indicaban que se acercase hacia la parte trasera del quiosco, al abrigo de las miradas del policía. El señor Fischer consideró que tenía una buena excusa para marcharse hacia el barco y evitarse problemas, pero sopesó que podría sacarles el ordenador por trescientos dólares, y eso sí que sería una ganga, así que se dirigió hacia donde se encontraban los mozalbetes y, antes de que ellos dijeran nada, les propuso pagarles doscientos cincuenta dólares por el aparato. Los muchachos mostraron un rostro tal de desaliento, que el señor Fischer estuvo a punto de sentir lástima, pero era un viejo vendedor y a él no le iban a engañar con trucos. Le decían que era de contrabando, pero posiblemente sería robado. El de la camiseta blanca, o más bien que había sido blanca, quitó el precinto a un paquete que se encontraba junto al quiosco y dijo que por mil dólares le vendían los cinco ordenadores de la caja. El señor Fischer observó los estuches con sus impresos, incluso el chico le mostró los papeles de la garantía, que, claro, en aquella situación no servían de nada, y el señor Fischer pensó que no llevaba encima tanto dinero y que no podía volver de vacaciones con cinco ordenadores en el equipaje.

A todo esto, el de la camiseta blanca estaba nervioso y no hacía más que mirar hacia el lugar por donde se había marchado el policía, e instó al otro a marcharse. Metieron el ordenador que el señor Fischer había probado debajo de uno de los estuches sin desembalar y ya se disponían a irse cuando el señor Fischer les lanzó una contrapropuesta.

—Trescientos dólares por uno de ellos.

El de la camiseta blanca insistía en que era peligroso hacer ahora la transacción, y el señor Fischer, tras comprobar que no se veía a nadie por los alrededores, sacó del cinturón tres billetes de cien dólares y se los enseñó al de la camiseta negra, mientras su compañero cada vez se angustiaba más e instaba al otro a marcharse de allí, no fueran a pillarles.

El de la camiseta negra parecía más tranquilo; extrajo un ordenador nuevo, introducido en un estuche imitación piel cerrado con cremallera, se lo tendió al señor Fischer, tomó los tres billetes de cien dólares y, enseguida, el de la camiseta blanca, casi convulso, anunció que iba a volver el policía y, en diez segundos, cargaron el paquete de ordenadores en una carretilla y se alejaron de allí a toda velocidad.

El señor Fischer, satisfecho de la compra, reafirmándose en que amaría Nápoles para siempre, se dirigió hacia el *Cosmopoly*.

Tuvo que pasar el ordenador por el túnel del escáner y la tarjeta de pasajero por la terminal de identificación electrónica para que el personal de control comprobara que la fotografía que aparecía en la pantalla correspondía a su titular.

Lo primero que le contrarió fue que la cremallera estuviera atascada. Intentó abrirla en dos ocasiones, pero se resistía, así que, en lugar de dirigirse directamente hasta su camarote, se marchó a una de las cubiertas, se sentó en una hamaca e intentó abrir el estuche.

Aquella cremallera tan atascada que resultaba imposible de abrir le dio mala espina, y, aunque la estropeara, estaba decidido a comprobar que dentro estaba su ordenador, así que con la llave de una de las maletas que casualmente llevaba en el bolsillo hurgó e intentó agujerear la tela, pero no era sencillo.

Sopesó el paquete y palpó su contenido a través de la superficie de la cartera, y, en efecto, el peso era el de un ordenador portátil y la superficie que se percibía a través de la cartera era lisa.

No obstante, comenzó a recordar detalles que no le hacían demasiada gracia. Por ejemplo, no parecía normal que patrullara de paisano un solo policía, cuando lo normal era que fuesen en pareja. Por otro lado, no le había prestado demasiada atención a la placa, y con una impresora de ordenador se puede acoplar a una tarjeta de plástico cualquier tipo de acreditación. Incluso si el policía era de verdad, no había señales de su presencia cuando los dos muchachos desaparecieron.

Se contaba que, durante la guerra, los soldados del ejército estadounidense destacados en Nápoles no podían dejar un *jeep* sin nadie que lo custodiara durante más de cinco o diez minutos en una plaza abarrotada de gente, porque en ese tiempo desaparecían las cuatro ruedas sin que nadie de los que estaban allí se hubiera fijado en una maniobra que no había llevado a cabo el hombre invisible.

Nervioso, bajó a la recepción y pidió unas tijeras prestadas a una de las chicas.

—¿Unas tijeras? —preguntó la recepcionista, intentado confirmar la demanda y con la misma precaución que si hubiera solicitado un rifle de repetición.

—Sí, sí. Unas tijeras. O un destornillador, o un punzón.

Y antes de que la recepcionista le tomara por un sádico peligroso, mostró la cartera del ordenador y explicó que se le había atascado la cremallera y necesitaba abrirla aunque ello supusiera estropear el estuche.

En la recepción del crucero están acostumbrados a que les soliciten cartas de juego, chupetes, aspirinas, pelotas de ping-pong, agujas de coser, compresas, billetes de yen —aunque se encuentren en el Atlántico a miles de millas de Japón—, espejos de mano, cámaras fotográficas, niños que se han perdido, abuelos que no se encuentran, prismáticos, tabaco y cualquier objeto imaginable. A la recepcionista, que ya conoce al señor Fischer de cuando estaba enojado y hubo de acudir en ayuda del señor Tremonti, le pidieron una vez un ataúd. Estuvo a punto de preguntar si lo querían de color caoba o lacado en negro, pero en los cursillos de formación especial que imparte la dirección del crucero, y en los que el señor Tremonti tiene varias intervenciones, se advierte que están prohibidas las ironías y los juegos de palabras con los pasajeros.

En cierta ocasión, sin embargo, una señora mayor, de Nebraska, le preguntó dónde dormía el personal. En un barco como el *Cosmopoly*, capaz de albergar a más de dos mil pasajeros, los miembros de la tripulación y el personal perteneciente a las labores de hostelería sobrepasa el millar. La señora de Nebraska estaba en verdad intrigada por saber dónde dormían tantos cientos de personas. La recepcionista no se resistió a explicarle que unos helicópteros venían por la noche a llevárselos, y la señora no se lo tomó a broma y se quedó mucho más tranquila.

Las tijeras no son un ataúd, pero cuesta encontrarlas. A medida que transcurren los minutos, en la conciencia del señor Fischer crece la aprensión de haber sido objeto de un engaño. Por eso, cuando aparecen unas tijeras grandes, como de cortar cartulina, el señor Fischer casi se las arrebata y está a punto de cortarse, y, enarbolando una de las hojas a modo de puñal, la hunde con saña en la cremallera y desgarra parte de la tela ante la mirada asombrada de las tres personas que hay tras el mostrador y la fila de pasajeros que aguardan para llevar a cabo su correspondiente consulta. El señor Fischer es consciente de la expectación que ha suscitado y se ve obligado a sonreír, y a marcharse rápidamente, tras devolver las tijeras, tanto por dejar de ser objeto de la curiosidad que ha promovido en el vestíbulo, cuanto por la ansiedad de comprobar si el ordenador personal está dentro del estuche.

Sale a una de las cubiertas y se marcha hacia otro grupo de hamacas para llevar a cabo la operación. Una vez rasgado el cosido de la tela que sostiene la cremallera, basta hacer fuerza con las manos para que un lado del estuche con la cremallera cerrada se desprenda del otro. En el interior hay dos paneles de madera y, en medio, un panel de chapa de las dimensiones de un ordenador portátil y, aproximadamente, del mismo peso. La bolsa de plástico adherida al estuche contiene los impresos del modelo HP Pavilion con su manual de instrucciones. El señor Fischer siente una cólera interna de difícil localización, porque su respiración se agita, nota calor en el cuello y una especie de resaca en el estómago. Se dirige a la borda con intención de arrojar el estuche al agua, pero están atracados en el puerto, hay mucha gente paseando por esa cubierta y les iba a llamar la atención.

En realidad no sabe qué hacer, cualquier cosa antes que regresar al camarote y vestirse para la cena, porque la señora Fischer, como todas las señoras, le preguntará qué ha pasado y le mirará fijamente a los ojos, y él dirá que nada, y ella insistirá, con ansias de detalle y de precisión, si ha comprado el ordenador portátil, y él negará y, entonces, la señora Fischer, con esa rara y desconcertante intuición que tienen todas las señoras Fischer del mundo, no se lo creerá, y dará por supuesto que lo han engañado, y el señor Fischer se enfadará con su esposa porque no crea en su palabra, y se reafirmará en su negación, y, ante el gesto de escepticismo de ella, en realidad ante la reiterada y empecinada muestra de incredulidad, él se enfadará con su mujer, es decir, transferirá el enfado que siente por los dos mozalbetes estafadores a su esposa, y eso puede suponer dos días sin hablarse, la ruina de las vacaciones, un montón de dólares por discutir tan lejos de casa, qué se le ha perdido a él en Nápoles, esa ciudad de ladrones que odiará siempre y de la que en cualquier ocasión que tenga hablará mal, aunque con determinadas precauciones, sin confesar lo que le ha pasado, porque si se enterara la señora Fischer iba a resultar más humillante, más vejatorio, que el vergonzoso engaño que acaba de sufrir.

~

El director artístico del crucero tiene lumbago y está tumbado en la cama, y aunque uno de los tres médicos que viajan en el barco le ha recetado un calmante y reposo absoluto, el director artístico siente que se va a morir y recibe la visita de Tremonti, que tiende a calmarle.

El director artístico es un californiano de cincuenta años que conoce el mundo del espectáculo con amplitud, porque ha sido programador durante casi diez años de uno de los casinos de Las Vegas, y que lleva ya dos organizando los números del gran teatro y contratando a los músicos y cantantes que amenizan las tres salas de fiestas del *Cosmopoly;* pero, además del lumbago, Tremonti sabe que ha discutido son su novio, quien, a la vez, hacía de ayudante, así que cuando se echa a llorar, Tremonti se limita a acercarle un pañuelo de papel del paquete que hay encima del panel plegable que hace de mesilla y a intentar consolarle por el antiguo procedimiento de no decir nada y escuchar.

—¡Es terrible, terrible! Y encima, ese perverso de Silvio que nos ha dejado abandonados...

Tremonti no se siente abandonado por Silvio de ningún modo, incluso aceptó su puesto en la nómina porque el director artístico es muy competente en sus funciones, pero no porque considerara que fuera necesaria su presencia, pero calla y otorga, porque se trata de confortar al afligido.

—¿Y quién se va a encargar de mi trabajo? —pregunta con retórica, porque enseguida se contesta—. Nadie, nadie. Los artistas son gente muy neurótica, muy hipersensible, muy delicada. Capaces de hacer una montaña de nada, de llorar por una tontería, de hundirse por el más pequeño contratiempo…

Tremonti asiste a la definición que hace de sí mismo el director artístico refiriéndose a terceros con total discreción. De vez en cuando asiente con la cabeza con expresión grave, mientras piensa en algunos problemas que habrá de resolver en cuanto salga del camarote.

—Yo los comprendo, señor Tremonti, yo los entiendo, porque yo he podido ser uno de ellos y no he querido, no he querido, en fin..., yo hubiese sido un buen actor, pero he preferido dedicarme a ellos, ayudarles… y no me arrepiento, no, no me arrepiento… Una vez, en Los Ángeles…

Tremonti se sobresalta, porque las anécdotas del director artístico suelen ser largas. Muchas veces le pide que le acompañe a su mesa para que divierta a sus invitados, y nunca defrauda porque siempre tiene en los labios una historia de los grandes del espectáculo, desde la vez que Sinatra fue convencido para el número del vaso de agua hasta la ocasión en que Dean Martin se durmió cantando una canción, sentado sobre un taburete. Tremonti no apostaría ni un dólar a que las anécdotas sean ciertas, pero aun si fuesen apócrifas, es verdad que el director artístico ha conocido a los grandes personajes del espectáculo y narra los sucedidos con tantos detalles que parece que, en efecto, él siempre estaba presente en el momento en que se producía la situación.

Tremonti tiene un truco para evitar pérdidas de tiempo. Se echa mano al bolsillo del pantalón y, comentando «nunca me acostumbro a estas vibraciones», extrae el teléfono móvil y afirma con los labios, y mueve la cabeza, y, al final, dice: «Voy enseguida».

Tremonti cree que la principal utilidad del teléfono móvil es precisamente ésta, la de poder fingir una llamada urgente y lograr interrumpir la pelmacería de los aficionados a la narrativa oral.

Así que se levanta, sin tener que aportar ninguna excusa, y le dice al director artístico:

—Usted repose, obedezca al médico, y nosotros nos encargaremos de todo.

El director artístico ha dejado de llorar con la misma facilidad con que comenzó, y se acuerda de algo e intenta incorporarse y suelta un gemido de dolor.

—No sea indisciplinado —le dice Tremonti, no sabiendo si debe acercarse a la cama o quedarse donde está.

—Es que hay que avisar a los Diamond's Brothers para que actúen mañana en la piscina, porque me han pedido The Boys que les dejara libre la mañana.

Tremonti tiene referencias de que las actuaciones en la piscina vienen a ser una especie de tortura. Cuando los artistas cantan en el teatro o en las salas de fiestas saben que una parte del público les presta atención, pero en la piscina el panorama es desolador. Mientras ellos, sobre una plataforma, desgranan las canciones, la gente dormita sobre las hamacas, chapotea en la piscina o conversa metida en el *jacuzzi*, pero nadie les presta atención. Por si fuera poco, al aire libre y en plena navegación, hay que actuar con los micrófonos pegados a los labios y a una hora en que ningún artista que haya alcanzado una determinada categoría transigiría en actuar.

Tremonti, además, ha descubierto que Mary, la hermana de Richard, se parece algo a su mujer, y en estos días todo lo que le recuerda a su mujer le resulta especialmente doloroso, pero sosiega al director artístico, le recomienda que para cualquier indicación relacionada con los teatros y las salas emplee el teléfono, y se marcha fingiendo otra llamada al móvil.

El barco es tan grande que, de no ser por relaciones de trabajo que exigen proximidades y entrevistas, pueden pasar varios días sin ver a determinadas personas. Camino del ascensor para dirigirse a su despacho, Tremonti piensa en la manera de localizar a Mary —o María, porque parece que una noche le confesó que era española— y se la encuentra en el interior de la cabina.

—Tenía que hablar con usted —dice Tremonti, entrando tras una señora y un caballero que parece que se dirigen al comedor, al primer turno de cena.

María atraviesa una etapa de inseguridad que deriva en dos tipos de reacciones opuestas. O bien se deja mecer por el temor y parece una adolescente asustada a la que han pillado robando un trozo de tarta de un frigorífico comunal, o bien se muestra agresiva y soberbia para esconder la inseguridad.

En esta ocasión Tremonti la pilla desprevenida, y se queda desconcertada y recelosa.

—¿Sucede algo?

—No, pero convendría que habláramos en el despacho.

Se abren las puertas del ascensor de la planta octava y la pareja madura sale camino del comedor. Tremonti pulsa la quinta, pero el ascensor sube hasta la novena, se abren las puertas, no se ve a nadie en el vestíbulo y vuelven a cerrarse. Hay usuarios que emplean el ascensor para bajar una planta, y, al ver que tarda en llegar, se arriesgan a bajar andando los diecisiete escalones que separan un piso del otro con arrojo y valentía.

El ascensor vuelve a pararse en todas las plantas antes de llegar a la quinta, y entran y salen personas que hablan en inglés y en español, y María intenta averiguar de qué quiere hablar con ella el director, y se inquieta, puesto que si se tratara de un asunto superficial se lo podía haber dicho allí mismo, aunque ella comprende que al director no le agrade hablar en el ascensor de asuntos relacionados con el trabajo. Y no sólo es que no le agrade, es que en el catecismo no escrito pero impartido en los cursos de capacitación, está terminantemente prohibido, delante de los pasajeros, abordar nada que tenga que ver con la labor que cada uno desempeña.

María no lo sabe, ni tiene por qué saberlo al estar encuadrada en el área artística y de entretenimiento, por lo que vuelve a inquietarse por si tiene que ver con su trabajo.

Como el director no habla delante de los pasajeros y el ascensor, dada la hora del primer turno, se detiene en todas las plantas, María aprovecha el espejo de agradables tonos oscuros para vigilarse el contorno de ojos. La idea de nublar los espejos con una cremación de bronce es tan antigua como gratificante. Mientras los espejos de los baños reflejan la piel del rostro con toda la insoportable dureza de lo nítido, estas superficies son mucho más amables, y hay sombras y pliegues que se difuminan y proporcionan una impresión bastante más grata y complaciente.

María queda satisfecha de cómo le ha quedado la sombra de ojos azul verdosa que aquí, en el espejo del ascensor, adquiere una coloración castaña, y a continuación observa de perfil su busto moldeado por una sencilla blusa camisera blanca. Hay un señor muy grueso que le tapa parcialmente el paño del espejo que hace ángulo recto con el que se mira, pero el señor se baja también en la quinta planta y a ella, antes de salir, le da tiempo a observar el perfil de su busto, que analiza con mirada crítica y del que sale satisfecha, llegando a la conclusión de que el sujetador que lleva, cuya adquisición le pareció una locura, compensa por sus resultados.

Tremonti deja la puerta del despacho abierta —desde un incidente que tuvo con una gobernanta, jamás cierra la puerta para hablar con una empleada— y le pide a María que se siente.

Al principio, la secretaria se levantaba de la salita contigua y se ofrecía a cerrar la puerta, como si Tremonti se hubiera olvidado. Y aunque él rogaba siempre que no lo hiciera, la secretaria era tan insistente que le tuvo que explicar el lío que le organizó una gobernanta desleal a la que hubo de comunicar el despido debido a que los objetos olvidados por los clientes en las habitaciones nunca aparecían. Estaban los dos solos y tras las súplicas de la mujer, de pronto, se lanzó sobre él, le besó en las mejillas, comenzó a chillar, se desgarró con furia la blusa y el sujetador, abrió la puerta y salió al pasillo, colérica por el supuesto ataque sexual sufrido. Tremonti, desconcertado, con las mejillas pintadas de carmín, salió del despacho y comprobó cómo las dos señoritas de su oficina le observaban como si en verdad fuera un violador. Desde entonces, jamás cierra la puerta del despacho si va a estar a solas con una mujer.

—Le tengo que pedir un inmenso favor, María...

Tremonti puede ser duro con el personal; a veces, incluso correoso, pero nunca en las formas. Ésa es precisamente una de las cosas que le critica su mujer, que no deja la chaqueta de director ni siquiera cuando está en casa con la chaqueta del pijama, y ésa es una observación que a Sotirios Tremonti le subleva porque le parece injusta, la considera un desprecio y convierte su cortesía en un ultraje.

—Usted dirá...

Tremonti le habla de la enfermedad del director artístico, de su mal estado emocional, de su incapacidad para hacerse cargo de la programación, porque sabe que las órdenes, cuando son desagradables, hay que envolverlas para que el trabajador salga del despacho con la sensación, más que de cumplir un mandato, de haberle hecho al jefe un favor.

María, alentada por este tono confidencial, añade que ella ya ha observado lo que supuso el abandono de Silvio.

—¡Ah! Estaba usted al tanto de su..., de su relación.

—Sí, desde entonces no es el mismo.

—En ese caso, le ruego que se haga cargo del problema y me ayude a resolverlo entre todos. Yo no tengo idea de la programación, pero les tendría que pedir a usted y a su hermano…, bueno, me dijo que no es su hermano…

—No, no es mi hermano.

Y María se niega a decir que es su pareja porque en estos momentos está enfadada con Ricardo, y que piense su interlocutor lo que le dé la gana.

—Les tengo que pedir —continúa Tremonti con palabras suaves pero dispuesto a que nadie le lleve la contraria— que actúen mañana, en la piscina…

Y, ante el gesto decepcionado de ella...

—María, me consta que no es su cometido, y puede negarse y darme un disgusto y, en lugar de ayudarme con el problema, agrandarlo; lo puede hacer, de verdad que lo puede hacer, pero sólo va a ser mañana.

Tremonti la mira con la misma expresión con que miró al señor Fischer cuando parecía que del olvido de su enfado dependía el éxito del crucero, algo que no le cuesta ningún esfuerzo, que compone de manera natural y que le llevó a la dirección de hoteles de lujo a una edad más temprana que sus compañeros de promoción.

—¿Seguro que es sólo mañana?

—Seguro —afirma Tremonti, con la seguridad con la que los meteorólogos anuncian precipitaciones la víspera de la borrasca.

—Ya sabe lo tarde que nos acostamos. Ayer eran pasadas las dos de la madrugada y todavía quedaban media docena de personas en la sala.

—Esta noche estarán cansados de la excursión a Pompeya. En cuanto vean la sala despejada, dé órdenes de que vayan apagando las luces.

María parece no tener ganas de levantarse de la silla confidente, y es cierto, porque hace mucho tiempo que nadie le ha hecho sentirse útil, mientras Tremonti observa con una leve congoja que María ha cabalgado la pierna derecha sobre la izquierda y ha dejado que el talón de la sandalia de tacón se desprendiera, y el zapato cuelga de los dedos del pie, pegado al empeine, de la misma manera que hace a menudo su mujer. Precisamente, el día que la conoció, una sofocante noche de verano, en una terraza de un restaurante de El Pireo, ella estaba balanceando el pie con el zapato enganchado a los dedos. Y él dijo en griego: «Se te va a caer», y ella le respondió en italiano: «Está cerca del suelo, no se hará daño». Y allí empezó todo. O, mejor dicho, empezó parte, si sus amenazas son ciertas.

Tremonti observa la superficie de la rodilla de la mujer, que sobresale por el borde de la falda de lino azul. Las rodillas femeninas son todo un mundo de variaciones. Tremonti no es que sea un experto en rodillas, pero le producen ternura los tendones de la rodilla anterior de las mujeres, tensados cuando andan, como si anunciaran que esa unión de tipo cóndilo es frágil y vulnerable —y, en realidad, lo es— en tanto la rodilla frontal, a través del descaro o discreción de la rótula, conforma perfiles y caracteres muy diversos: desde la rodilla puntiaguda con recuerdos de sable, esa rodilla que produce punzamientos presentidos, hasta la rodilla amorfa, diluida en la carne abundosa. Lo adiposo y enjuto produce docenas de combinaciones, de tal manera que Tremonti, sin ser un experto, ha llegado a la conclusión de que, de la misma manera que cada persona tiene su huella dactilar, cada mujer tiene una rodilla inconfundible o, al menos, característica. Tremonti también comenzó a observar las rodillas de los caballeros a partir de la horrible costumbre turística de usar pantalones cortos, y llegó a la conclusión, no sabe si por razones heterosexuales o machistas, de que las rodillas de los hombres son mucho más vulgares, menos diferenciadas, y carecen de interés.

María se siente algo incómoda al notar que la mirada del director está fijada en su rodilla y no se atreve a descabalgarla, pero también ligeramente halagada, porque las únicas admiraciones que despierta últimamente son en la sala, pasada la medianoche, cuando el alcohol comienza a poner a los hombres ridículos o patosos e intentan canalizar sus frustraciones sexuales con la mujer más próxima, sea la camarera, la recepcionista o la cantante.

María, mientras duda si mueve o no la rodilla, repasa sus frustraciones, que son algo más que sexuales, incluidas éstas, y repara en que Tremonti es mayor que Ricardo, pero más maduro, más masculino.

Tiene el rostro bronceado, sin los excesos de los nórdicos cuando visitan los países soleados, y el *blazer* azul marino, y la camisa blanca, y la corbata rojo oscuro forman un conjunto tan clásico como agradable.

Nunca recuerda a Ricardo con corbata. Ni con chaqueta. Tiene un traje oscuro, pero nunca lo ha llevado con corbata, y María ha comenzado a cambiar sus criterios estéticos y le empiezan a aburrir las sudaderas y los pantalones sin raya, y las camisas de manga corta, y las camisetas al cuello, y los tonos castaños y negros, o negros y castaños, idéntica variación a la de las hormigas, y tampoco se puede afirmar que las hormigas sean la representación más genuina del arco iris.

Hay momentos en que un hombre y una mujer se miran como si quisieran decirse que desean volver a mirarse y no se dicen nada, momentos de un desenlace incierto, como la pelota que circunda el aro de la cesta sin saber nadie, ni el público lejano ni los jugadores que aguardan su pirueta, si caerá dentro o saldrá fuera, si será canasta o tiro fallido, si en la cancha sonará un rugido colectivo de satisfacción o un lamento coral de desencanto.

María descabalga la pierna despacio, como si las piernas fueran de cristal o pudieran quebrarse, y ajusta la sandalia al pie, y las rodillas son ahora no una, sino dos gemelas sin ojos que miran a Tremonti desde la silla, protegidas por el alero de la falda, pero al desaparecer el zapato en su columpio, Tremonti vuelve al pragmatismo, y sonríe como un vendedor y da las gracias a María, y le recuerda que la actuación en la piscina comienza a las once y media de la mañana.

~

A medida que los encuentros entre Mr. Coldwood y Patty se volvían más frecuentes, la carpeta amarilla iba engrosando su contenido. Según decían los informes, la madre de ella se dedicó a la prostitución en un barrio de Chicago y la chica cursó estudios de Bellas Artes en la Universidad Loyola de Chicago, y se alojó, durante su estancia, en el Coffey Hall, una residencia para chicas con unas doscientas habitaciones.

Había dos aspectos que no encajaban y sobre los que Mr. Coldwood trataba de desentrañar el misterio: la Universidad Loyola de Chicago era muy cara y no parecía el sitio al que suelen ir a cursar estudios las hijas de las prostitutas, y luego, durante las vacaciones, Patty desaparecía. Algún rastreo de tarjeta de crédito la situaba en la zona de Los Ángeles, pero no usaba mucho las tarjetas, y parece que sus transacciones las hacía en metálico, lo que le llevó a inquirir a Mr. Coldwood si había estado relacionada con el mundo de la droga, pero sus detectives la encontraron limpia.

Luego, las cosas se aclaraban. Trabajó una temporada en una sala de arte de Rodeo, vivió algún tiempo con un coleccionista y, enseguida, aparece en Nueva York y pone en marcha su agencia de azafatas. O, mejor dicho, sus dos agencias.

Una mañana en que habían estado en las tiendas del MoMA de la calle Cincuenta y tres y a la salida tomaron un té en una especie de tienda inglesa, pasó una azafata, escapada de alguna convención, y Mr. Coldwood, sin darle importancia, preguntó si ella seguía dirigiendo la agencia de azafatas, y Patty dijo que no, que la había liquidado hacía tiempo.

—Debe de ser un negocio complicado —comentó.

—Sí, seleccionar putas que no traigan complicaciones es muy difícil —añadió Patty con absoluta franqueza.

—¿Quieres decir…? —se hizo el sorprendido Mr. Coldwood.

—Sí, quiero decir que dirigía dos tipos de agencia, una convencional y otra dedicada a caballeros exigentes.

Estas sinceridades explosivas desconciertan a Mr. Coldwood, que se queda desarmado. Piensa que posee información confidencial, atesorada con discreción y cuidado, y llega ella y desbarata el trabajo de sus investigadores, y casi se siente ridículo, como si hubiera estado malempleando el dinero con detectives innecesarios.

—¿Por qué lo dejaste?

Patty tarda un poco más en responder, pero lo hace mirándole a los ojos.

—Tuve problemas.

—¿Con la policía? —pregunta interesado.

—No, ojalá hubiera sido con la policía. Con ésos existen normas, acuerdos, procedimientos... No, fue con los otros.

—¿Con quiénes?

—Con los jodidos servicios secretos. ¡Qué sé yo! Esos que no tienen placa ni número ni nombre, pero te complican la vida. A una de las azafatas..., a una de las chicas le pegaron una paliza. Y no quise callarme, y pretendí poner una demanda, y... casi me echan del país.

Mr. Coldwood se lo cree, y cree, además, que dice la verdad, porque sus pesquisidores no le han revelado nada, lo que quiere decir que quienes fueran borraron cualquier pista.

Patty recuerda a Michael, su rostro demacrado, la mano tendida con una nota en la que figuraba una dirección de Queens, su despedida como si huyera y su tensa conversación telefónica después, y su no menos tensa conversación en las oficinas del edificio de Park Avenue. Michael se había sentado en uno de los dos sillones confidenciales y ella iba de un lado al otro del despacho con ganas de discutir, de continuar la bronca, de enfrentarse con alguien, de pelear. Se sentía responsable de lo que había pasado con la chica y la única persona contra la que podía lanzar su furia era Michael, por mucho que le constara que él no tenía la culpa.

—¿Quiénes son tus clientes? ¿Asesinos? ¿Torturadores? Delincuentes no, desde luego. He trabajado con muchos delincuentes y son gente seria en estos asuntos.

—Te lo he explicado por teléfono.

—No, no me has explicado nada. Me has contado los hechos, pero no me has explicado una mierda de lo que pasó allí, y, sobre todo, quién lo hizo.

Y, parándose un momento, como si hubiera encontrado la solución, amenazó:

—Pondré una demanda.

—¿Contra mí? ¿Contra el Hotel Plaza?

—Contra quien lo ha hecho. Puedo denunciarlo a la policía.

—Patty, siéntate, por favor. Siéntate.

Patty obedeció con cierta lentitud, demostrando con su parsimonia que nadie le daba órdenes.

—Te lo dije antes por teléfono, Patty, éste no es un asunto normal. Detrás hay algún pez gordo.

—Me joden los peces gordos que van pegando a mis chicas.

—Y a mí, Patty, pero yo no puedo ayudarte porque formo parte de quienes tienen la obligación de tapar el asunto. Me indigna tanto como a ti, pero no hay nada que hacer.

—¿Por qué?

—Porque el médico que ha atendido a la chica negará que lo haya hecho. Porque ningún miembro del turno de noche del hotel recordará que estuviera ocupada esa *suite* ni mucho menos quién la ocupaba, y porque, al cabo de cuarenta y ocho horas de la denuncia y ante los nulos resultados obtenidos, en la Policía pensarán que tienes el juicio trastornado. Eso en el mejor de los casos.

—Y en el peor, ¿qué van a hacer? ¿Me van a dar a mí también una paliza?

—No, no te pegarían. Pero pueden organizar un registro con orden del juez y encontrar droga en esta oficina. O puedes recibir la visita de dos tipos que, simplemente, te rogarán que dejes las cosas como están.

—¿Así funciona tu trabajo?

Michael se la quedó mirando con serenidad y asintió con la cabeza, mientras corroboraba:

—Sí, así funciona.

—¿Y tú estás satisfecho?

Michael sintió una punzada de cólera y tardó en contestar. Lo hizo de manera muy pausada.

—Yo nunca te preguntaría si estás satisfecha de dirigir una agencia de putas. Pero ya que me has preguntado te diré que sí, que no me siento a disgusto. Hay mucha gente por ahí fuera que discurre, piensa y pone en marcha procesos para tratar de joder la vida a los demás. Mucha gente. Y no se limitan a pegar a una pobre chica alquilada. Ponen bombas, crean guerras, inician tensiones que cuestan muchas vidas humanas. Para neutralizarlos —y aquí el propio Michael sintió un leve remordimiento por emplear el término «neutralizar»— tenemos que colaborar con todo tipo de gente, a veces gente que se parece a ellos, incluso forma parte de ellos, porque de no ser así estaríamos a oscuras y no tendríamos información. Y con esa información podemos trabajar con algo más de eficacia y evitar que aquí, o en alguna otra parte del mundo, se inicien incidentes que vayan a desencadenar barahúndas sociales en las que unos pocos ganan y muchos mueren. O sea que sí, estoy satisfecho. Y para llevar a cabo mi trabajo, además de no permanecer con el culo pegado a una silla, cerca de un teléfono, he tenido que estar en lugares poco agradables, que es lo de menos, y en situaciones muy comprometidas, que me podrían haber costado la vida, y eso, al menos para mí, tiene alguna importancia. —Y, levantándose—: Pero no todo son satisfacciones, claro. Porque, de vez en cuando, sin que crea que haya motivo para ello, alguien me pregunta si estoy satisfecho con lo que hago.

Patty se quedó sentada, mientras Michael daba media vuelta y se marchaba. Ella no sabía nada de él, ni siquiera la naturaleza de la labor que llevaba a cabo. Lo había tomado por el relaciones públicas de alguna gran empresa y, de no ser por el incidente con la chica, nunca hubiera sabido que era un agente, o colaborador, o lo que fuera, de los servicios de inteligencia.

Mr. Coldwood la mira abstraído, y calla y respeta su silencio. En esta especie de *tea shop* de la calle Cincuenta y tres hay un ambiente que le recuerda un establecimiento parecido en el barrio de Chelsea, en Londres, cuando él era joven y visitaba por vez primera la capital inglesa en compañía de su madre. Como el mutismo de ella continúa y ya ha transcurrido una pausa más que prudente, le inquiere:

—¿Te han venido recuerdos desagradables?

Patty parece volver a la realidad, abandona su viejo despacho en aquel edificio de Park Avenue y, tras reconocerse a sí misma que aquella bronca fue el principio de su enamoramiento de Michael, mira a Mr. Coldwood con los ojos de color miel, muy brillantes, y dice:

—Más que desagradables, lejanos. Muy lejanos.

¿Se puede uno enamorar pasados los sesenta? Mr. Coldwood se lo preguntó aquella tarde, cuando regresó a Boston y se despidió de ella antes de encaminarse hacia el aeropuerto. Hacía tiempo que no había encontrado una mezcla tan rara de perspicacia, femineidad y elegancia. Después de su último y caro divorcio tuvo algún flirteo, alguna nueva relación que no cuajó, casi siempre por pereza. Las décimas de posible ilusión por un encuentro quedaban sepultadas bajo un centón de razonable apatía, y sólo pensar en los traslados, el tiempo invertido, incluso la posibilidad de tener que desnudarse y vestirse, le producía un cansancio anticipado que le inhibía de tomar cualquier decisión excepto plantear excusas y aplazamientos. Con Patty, en cambio, había recobrado una cierta *joie de vivre* y no le importaba recorrer el trayecto Boston-Nueva York, o al contrario, y hasta sentía una cierta impaciencia cuando, bien en el Waldorf, bien en el Essex House, ella se retrasaba. No había temblores ni impaciencias ni romanticismos ni ansiedades. Ni siquiera ese gramo de locura que dicen que acompaña al sentimiento amoroso, pero cuando ella aparecía, sin llegar a sentir campanillas en el estómago, notaba un contentamiento que no se parecía al de las operaciones de Bolsa rematadas con éxito. Y lo más curioso, lo verdaderamente insólito de aquella relación estrecha, mucho más estrecha a los ojos de los demás, es que todavía no se habían acostado juntos. Ni él se lo había pedido ni ella había llevado a cabo la menor insinuación, y Mr. Coldwood estaba convencido de que él no iba a solicitar nada que no le fueran a conceder, y que si se lo pedía —eran adultos y Patty una profesional— parecía que ella se podía sentir obligada, y aquello enturbiaría una amistad que era algo más que una amistad pasajera, de eso no cabía duda. ¿Amor? No en su concepción sensiblera o sentimentalista, ni en la vivencia de una pasión, obsesiva como todas las pasiones. Si mañana Patty desapareciera de su entorno, él la podría añorar durante unas semanas, pero sobreviviría, porque ya estaba en una edad en la que se había despedido definitivamente de muchas otras personas más afines y cercanas.

Sin embargo, se encontraba muy solo. Sentía las miradas de las nueras como si calcularan la fecha aproximada en que leerían su testamento, y las de los hijos con un punto de impaciencia porque no había delegado las decisiones importantes, las que proyectan en los demás el reconocimiento de la auténtica autoridad, y ellos seguían siendo los *juniors*, a pesar de encontrarse en la madurez. Y para qué hablar de los socios, esos camaradas afectuosos cuando las cosas van bien y accedes a sus propuestas, y peligrosos compañeros de viaje capaces de la más vil de las traiciones si la traición es rentable, o amigos del pasado en cuanto los intereses comunes, reales o creados, se difuminan a la vista de nuevos objetivos individuales.

No le importaba la soledad, porque había leído a Cioran y se le había quedado grabada una frase: «Cuando mueres, te mueres tú solo», que corroboraba su experiencia vital, puesto que, en realidad, siempre se había sentido solo. A su padre lo miró de la misma manera que le miraban los hijos a él, y puede que esa conciencia le llevara no a ser desconfiado, sino a no fiarse completamente de nadie, excepto de sí mismo. ¿Por qué, pues, iba a fiarse de Patty? De momento, porque siempre había sido sincera. Jamás ocultó su relación personal con la prostitución de lujo. Bien es verdad que dadas las circunstancias en que se conocieron no le quedaba otra elección, porque se supone que su antiguo socio no le iba a contar que la conoció en un convento a punto de hacer los votos, pero no era menos cierto que se había comportado con él con mayor delicadeza que él mismo, y había dejado muy claro, desde el principio, que lo que les unía no era un contrato. Bueno, alquilaba o había alquilado su cuerpo, pero él se pasaba, o se había pasado gran parte de su vida con personas que alquilaban su cerebro, su tiempo, y, si se lo hubiera pedido a muchos de ellos, también habrían alquilado su cuerpo.

A Mr. Coldwood, bregado en compras y ventas, en los largos procesos de adquisiciones, le parecía más noble la sinceridad de Patty que el baboso servilismo de los agentes financieros, capaces de traicionar a su patrón de ayer para asegurarse el mismo puesto o un puesto mejor con el patrón de mañana. Roma sí paga traidores. Mr. Coldwood había pagado a los traidores más rastreros y nauseabundos, a los confidentes más arteros, maletines de dinero y cargos remunerados. Los despreciaba, aunque le hubieran ayudado a culminar operaciones de fina ingeniería financiera, porque le recordaban de manera constante que los seres humanos también estaban en venta, y que esos personajes que presumen de puros y de dignos lo son porque nadie les ha ofrecido una bolsa de oro. Patty —y eso no tenía nada que ver con el amor, sino con la lógica o con la sociología— le parecía más limpia, más natural, aunque no tuviera nada de ingenua.

No, no estaba enamorado según los cánones. Pero aquel principio de desánimo cuando se despedían y aquella voluta de ilusión cuando iba hacia su encuentro era lo más parecido al amor que cabía encontrar en el mercado de las emociones pasados los sesenta años, en esa etapa en que el escepticismo y la indiferencia suelen formar una pareja que te acompaña a todas partes precisamente para que te sientas solo.

3

Michael recibió mensajes conciliadores en los dos correos electrónicos que manejaba, lo que no le sorprendió, porque conocer su correo electrónico formaba parte del trabajo de ellos, y tampoco le asombró volver a encontrar a Zeev Quinn a la entrada de la urbanización, cuando regresaba del supermercado.

—Ya le dije que no compraba nada a vendedores ambulantes —le espetó, antes de que Zeev comenzara a hablar.

El joven aceptó el comentario con profesionalidad y, sin inmutarse, solicitó una nueva conversación. Michael, con dos bolsas de plástico en la mano, sopesó que si querían ponerle micrófonos lo podían hacer cuando él se ausentara y, aburrido ante la perspectiva de tener que desplazarse a otra parte, le invitó a subir.

En la segunda planta, frente a una doble hoja de cristal que daba a una terraza que, a su vez, se asomaba al mar, había un diván de tres plazas y un sillón muy gastado que Zeev supuso que era el que usaba con más frecuencia su anfitrión.

En efecto, Michael, después de ordenar el contenido de las dos bolsas y guardar algunas cosas en el frigorífico, salió de la pequeña cocina, se sentó en el viejo sillón y provocó a Zeev de inmediato.

—¿Ya habéis encontrado un motivo de extorsión? ¿Me vais a amenazar con dejarme sin paga o voy a ser el protagonista de un castigo ejemplar?

Zeev le miró con precaución. Ya no disimulaba un cierto cansancio, y la posibilidad de volver a repetir una escena parecida a la anterior le procuraba pocos ánimos.

—Señor Osborne, me han encargado que vuelva a hablar con usted, pero también me han dicho que se trata del último intento. En realidad, su nombre no apareció nunca, y la operación se iba a realizar sin su concurso...

—Y entonces alguien decidió darme una oportunidad. Algún amigo, seguro, que pensó en mi aburrimiento, en mi abandono, y se dijo «vamos a hacer feliz al abuelo, y que se sienta útil, y deje de pasear por la playa y descansar merecidamente». Algún samaritano hijo de puta sugirió que mi experiencia podía rivalizar con los satélites y los ordenadores. No me des detalles, muchacho, no vaya a echarme a llorar.

Zeev acogió con profesionalidad el sarcasmo y siguió hablando.

—Algo parecido, sí. Hay una persona que le conoce a usted y que forma parte de la cúpula del DAP.

—La maldita División de Apoyo Estratégico inventada por Rumsfeld, esa que sólo da cuentas a su señor creador.

Zeev no pudo evitar un esbozo de sonrisa ante la memoria de Michael y, aun a riesgo de parecer todavía más antipático, observó:

—Recuerda a la perfección el nombre que le proporcioné.

—No porque me interesara —se defendió Michael—, sino por deformación profesional. Memorizar se convierte en un acto reflejo. A veces, un detalle recordado a tiempo te puede proteger mucho mejor que un equipo de rescate.

Y, como si quisiera desviar la conversación o le hubiera parecido su defensa muy débil, le ofreció un jerez.

—No, gracias; lo conozco, pero es muy fuerte para mí. ¿Tiene una Coca-Cola?

Michael fue a la cocina y volvió con una bandeja sobre la que había una lata de Coca-Cola, un vaso con hielo y una copa de jerez llena hasta algo más de la mitad. También contenía la bandeja dos servilletas de papel y un bol con almendras. Michael, como muchos hombres que viven solos, se esforzaba en respetar las reglas litúrgicas de la mesa, puede que por ese pánico al abandono que acecha el subconsciente de los solitarios.

—Vamos a hacer un trato —propuso el anfitrión—. Usted me proporciona información hasta donde pueda, hasta el límite. Y a partir de ahí decidiré. Pero no me obligue a preguntar y repreguntar, en un juego de sutilezas y adivinanzas. Si va a ser así, es mejor que se tome la Coca-Cola con tranquilidad, observe el mar calmado y se marche con la satisfacción de no haber vendido la enciclopedia, pero de haber cumplido con su deber.

Por primera vez Zeev observó con un principio de simpatía al hombre mayor, o, al menos, de comprensión. Aquel modesto *living* no era lujoso, pero la vista que se ofrecía a los ojos más allá de la terraza invitaba a la placidez y había que estar muy loco para cambiar aquello por una misión. La temperatura era dulce; la brisa, suave; el sol, casi constante. Mucha gente hacía cientos o incluso miles de kilómetros para encontrar un lugar así. Este hombre ya lo había encontrado y, por lo que decía su ficha, era su tierra natal, su lengua materna, sus paisajes de infancia y juventud.

—¿Por dónde quiere que empiece?

—La experiencia aconseja que lo mejor es comenzar desde el principio.

—De acuerdo. Comenzaré, pues, con Patty Degrasse.

Michael se contuvo. Preguntar cómo se encontraba ella iba a ser una muestra de debilidad. Con un poco de paciencia lo sabría en muy pocos minutos, pero no pudo evitar la desazonada sensación de que el gran patrono es el tiempo, ese devorador incansable que engulle las biografías sin ninguna selección. ¿Cuántos años habían pasado?

Tuvo que hacer un informe detallado para lograr que el departamento le concediese cinco mil dólares en concepto de indemnización para la chica. Teniendo en cuenta las tarifas que cobraban ellas, tampoco era una cifra que les fuera a provocar un ataque de agradecimiento. A Patty no se lo provocó. Recogió el sobre tras preguntar cuánto dinero había y se lo metió en el bolso con un comentario agrio sobre la falta de formalidades administrativas.

—Es de agradecer que no tenga que firmar documentos por triplicado, y que esté exento de imposición fiscal. ¿Has tenido que adjuntar fotografías de la víctima? ¿Tenéis peritos en magulladuras?

—Es todo lo que he podido sacar. Pero sí hay una formalidad. Me tienes que firmar un recibo.

Y le extendió un papel informático, sin membrete, en el que sólo ponía la cantidad.

—Esto lo podías haber hecho tú con tu impresora.

—No lo he hecho yo. ¿Qué quieres que traiga? ¿Un impreso con el sello de la Secretaría de Presidencia? No me jodas.

Patty calló, prudente, porque lo notó irritado, firmó el papel, y, al devolvérselo, le aclaró:

—No soy una burra. Me consta que no es culpa tuya. Pero tampoco ha sido culpa mía. Y la chica va a estar de vacaciones forzosas, y sin ingresos, durante más de un mes.

Podría haber terminado allí todo. De hecho, Michael sofocó por cortesía un intento de levantarse, y fue entonces cuando ella comentó:

—Creía que eras un jodido alcahuete de alguna empresa. Uno de esos mamporreros que allanan el camino a los cabritos.

Michael deglutió lo que parecía un elogio y aguó el comentario:

—En realidad, es algo parecido.

—No parece tu especialidad.

En la mirada de ella había una especie de encubierta evaluación, como si tratara de valorar, en una chamarilería, una pieza que en principio le hubiese pasado inadvertida.

No era la situación ideal para Michael, pero la vanidad se mueve siempre dentro de las personas y soportó el anticipo de la tasación porque sabía que la cotización estaba en alza.

Y Patty, ante su silencio...

—Iba a preguntarte a qué te dedicas, pero sería una estupidez, porque no me lo vas a contar.

—No creas que es algo apasionante. Recojo información. Y la paso a mis jefes. No llevo armas. Y la última vez que me reciclaron en defensa personal tuve un ataque de lumbago.

Patty se echó a reír francamente. No de él, sino de lo que le contaba.

Era la primera ocasión en que Michael la vio reírse. Sus contactos solían ser telefónicos, y las pocas veces en las que se habían encontrado frente a frente la conversación podía haber sido semejante a la que mantienen dos administrativos o dos comerciantes.

—Cerca de aquí sirven unas ensaladas gigantes —propuso Michael.

Uno de los principios de Patty era evitar relaciones personales con los clientes. Primero, por razones pragmáticas, para evitar una discusión sobre tarifas, y, segundo, por cuestiones de seguridad. Ella manejaba material delicado, y el material delicado se estropea en las conversaciones innecesarias.

—Ensaladas gigantes —subrayó él, y agrandó la distancia entre las manos, como si sostuviera entre ellas un enorme balón.

Patty volvió a sonreír y le dijo con malicia:

—Bien, pero no hagas más esfuerzos, no te vayas a resentir del lumbago.

Ella tendría entonces unos treinta años y él había pasado el medio siglo. Se dedicaban a actividades poco sólidas y estaban solos en Nueva York. Solos con otros tantos millones de solitarios, entre Chinatown y Park Row, y cerca de un sitio donde servían unas ensaladas enormes.

A Patty le sorprendieron dos cosas: que el sitio estaba cerca, a cinco minutos andando, y que las ensaladas eran en verdad gigantescas, tal como correspondía al nombre del establecimiento, Giant's Salad. Se trataba de un amplio local en forma de rombo, decorado en tonos fríos, azules y amarillos, con zonas separadas por biombos y donde una abundante clientela parecía dispuesta a que no decayera la agricultura.

Además de las ensaladas típicas, como la césar, había un listado de variaciones que se presentaban en un menú plastificado con sugerentes reproducciones de los platos.

Michael aprovechó que ella estudiaba la carta para observarla como si la viera por primera vez. Le llamó la atención la nariz fina, tan elegante que no había reparado en ella —la nariz idealizada por los escultores—, y Patty le sorprendió mirándola.

—¿Qué tal el examen? —inquirió con un punto de coquetería.

—Notable alto. Pero podemos revisarlo a sobresaliente, si haces méritos.

Dicen los científicos que en el proceso de enamoramiento se dispara la dopamina y la feniletamina, y que estos neurotransmisores activan las hormonas; y la testosterona por aquí y los estrógenos por allá completan el trabajo. También una puesta de sol es el resultado de la rotación de la Tierra sobre su eje, a una velocidad de unos mil setecientos kilómetros por hora, pero cuando el disco baja sobre el horizonte del mar, o tras las crestas de una montaña, nadie que contemple el fenómeno piensa con racionalidad que el sol no se mueve, ni hace cálculos sobre la velocidad del planeta en el espacio.

A pesar de caminar hacia los sesenta, la experiencia de Michael con las mujeres no era muy abundante, y sus relaciones habían sido siempre ocasionales y descomprometidas. No era tímido ni pacato. Había trabajado con mujeres e incluso las había utilizado, como en el caso de las pupilas de Patty, pero pasada la lejana adolescencia en Jerez y

Sevilla y los primeros escarceos en el King's College con la pecosa y algunas otras que le sucedieron, sus relaciones casi podían asociarse más a los desahogos sexuales que al amor. Nunca había sentido el vértigo que trastoca la realidad, la turbación que filtra los defectos y exalta las virtudes, el aturdimiento que en lugar de preocupar alegra y regocija; es decir, nunca se había enamorado. Y, aunque la tradición estética aconseja parques frondosos, anocheceres de luna llena y otros lugares bucólicos, Michael se enamoró mientras ayudaba a una mujer a elegir entre una ensalada de zanahoria y manzana con queso fresco y otra compuesta de apio, pimiento, tomate y lechuga, aliñada con aceite de soja y estragón. Y nada más darse cuenta de que algo distinto le sucedía, le sobrevino esa vulnerabilidad que lleva consigo la duda al ignorar si esa nueva sensación, esa atracción atolondrada, iba a ser correspondida.

Y, aunque pudiera parecer extravagante, pero Patty tampoco era una experta en pasiones amorosas. Sabía todos los trucos del sexo y las liturgias previas, conocía a la perfección el arte de seducir y de agradar, las ceremonias necesarias, los comportamientos precisos y los trucos convenientes, pero excepto una pasajera emoción pubescente, puede que antes de que a su madre la convenciera la señora Stoner de la actividad a la que se debía dedicar, nunca consideró que se pudiera enamorar de un cliente, de la misma manera que una doctora atiende a sus pacientes sin plantearse posibles relaciones sentimentales, puesto que curar un forúnculo, recetar antipiréticos o prescribir una dieta son actividades bastante alejadas de las peripecias de una novela romántica.

Cuando de las clases teóricas pasaron a las prácticas —en un par de ocasiones en compañía de su madre, en los principios de su iniciación— o, algo después, cuando aprovechaba las vacaciones de la facultad para marcharse a Los Ángeles y procurarse el dinero suficiente que le permitiese seguir estudiando, nunca le pareció que su actividad fuera especialmente desagradable. A Patty lo que realmente le parecía desagradable era el manejo del pescado, limpiar las escamas, extirpar las vísceras del pez, trocearlo, observar los ojos vidriosos del animal, su boca entreabierta, su olor intenso. Extraer el miembro de un hombre tras bajar una cremallera, acariciarlo, lisonjear al propietario sobre su textura y firmeza, manosearlo e incluso llevar a cabo una felación efusiva para producir el alivio que el cliente ansiaba con la llegada de la eyaculación, lo consideraba un ejercicio que había que llevar a cabo con delicadeza y cuidado, pero nunca le resultó repugnante. Los aspectos relacionados con los humores humanos —saliva, sangre, sudor, orina, serosidad, esperma— le parecían fenómenos naturales, pero, en cambio, no resistía el olor dejado por la exudación del pescado, y le producía náuseas el repulsivo aroma del marisco que comenzaba a echarse a perder. Su madre siempre le pareció una enfermera especializada y ella se consideraba una buena alumna suya. Lo único que le molestaba era la brutalidad, puesto que las expresiones groseras sabía que formaban parte del manual de excitaciones. Muchos de los clientes provenían de ambientes domésticos muy puritanos, porque a pesar del informe Kinsey, de la revolución sexual de los setenta y de una pedagogía divulgativa que había llegado hasta los magazines y los diarios, todavía existía un amplio porcentaje de esposas que consideraban denigrantes determinadas acciones. Habían pasado muchos años desde que Woody Allen manifestara que el sexo sucio no existía, puesto que, si no era sucio, no era sexo, pero quedaban numerosos estratos donde la procura del orgasmo se llevaba a cabo sin dejar cabida al más mínimo atisbo de morbosidad. En Los Ángeles, su mayoría profesional, lejos de su madre que ya comenzaba a tener los primeros síntomas de desmemoria, no asustada pero precavida porque sólo contaba con ella misma, animaba a los clientes diciéndoles «llámame puta, me gusta». Era mentira. Ni le gustaba ni le dejaba de gustar, pero sabía que en el primer ensayo general con su madre, con aquel comerciante grueso y ya bastante mayor de quien al principio temieron que padeciera disfunción eréctil, el problema se solucionó cuando su madre, fingiendo una excitación que no sentía, le retó: «Insúltanos cabrón, insulta a tus dos putas», y la impotencia, a partir de los insultos, se curó milagrosamente, y su madre salió satisfecha como una matrona que ha logrado ayudar a traer al mundo una nueva vida tras un parto que parecía distócico.

Nunca le había interesado el marxismo, pero sentía conciencia de clase. Crecer en el Midtown del Chicago de los setenta no era lo mismo que nacer en el seno de una familia acomodada de Rodeo. Y si en alguna ocasión, por supuesto fuera de la panoplia de clientes, había percibido una cierta atracción hacia otra persona —un compañero, un profesor, un vecino—, habían primado sus objetivos pragmáticos y el temor a complicaciones sobre cualquier otra tentación.

Tampoco había reflexionado nunca sobre la posibilidad de que la obsesión para no apartarse de su camino y lograr la licenciatura la hubiese apartado también de otras facetas de la vida. Patty asumía que la vida es un viaje en el que cualquier decisión lleva implícita la imposibilidad de volver a efectuar de nuevo el recorrido. Si después, al intentar poner en rentabilidad su título de Bellas Artes, se había encontrado con dificultades para llevar a cabo cometidos relacionados con sus conocimientos y, lo más mortificante, unas remuneraciones que en su actividad habitual equivalían al trabajo de cuatro o cinco días, esa constatación no la había decepcionado.

Es más: la cabronada de Gauguin, abandonando a su familia, a sus hijas y huyendo al Caribe, le parecía en cierto modo justificada, porque tampoco ella había tenido preocupaciones hogareñas y, mucho menos, maternales. Sus niños eran sus clientes, tipos grandes, demasiado mayores, a veces necesitados de confortación pero que aunque hubiera que ayudarles a desvestirlos, se vestían ellos solos y no había que enviarlos al colegio ni ayudarles a hacer los deberes, ni acompañarles a ver aburridos espectáculos de marionetas.

Su camino de Damasco en el encuentro con el amor tuvo lugar entre el verdor de un apio y la rojez de una zanahoria, y con un tipo al que, en principio, había clasificado en el despreciable estrato de los celestinos. A lo mejor eso había influido. Puede que el cambio de perspectiva le hubiera hecho fijarse con más detenimiento en una persona que siempre había sido una de tantas entre sus relaciones profesionales. Con frecuencia es un cambio de perspectiva, un cambio en el estado de ánimo, lo que transforma lo que habíamos creído vulgar en meritorio.

Michael se sorprendió riéndose, como si comer ensalada fuese la actividad más divertida del mundo, y ella notó una desazón desconocida cuando él pidió la cuenta y reparó en que iban a despedirse porque no existían excusas para permanecer juntos, porque cada uno tenía sus asuntos y su destino. Traicionando de nuevo sus principios, conspirando en contra de la regla hasta entonces inamovible de evitar las relaciones personales, sugirió que podrían verse otro día.

—¿Por qué otro día? ¿Por qué no seguimos juntos? —propuso Michael.

A ella no le pareció un grave cincuentón, sino un muchacho ilusionado con hacer pellas, un compañero de facultad dispuesto a fumarse la clase de Teoría Estética a cambio de un poco de libertad. Y sin ponerse de acuerdo, sin hacer uso de palabras solemnes, sin promesas y sin declaraciones, salieron del Giant's Salad tomados del brazo, con la mano derecha de él y la mano izquierda de ella entrelazadas, como si tuvieran miedo de que alguna fuerza exterior fuera a separarlos, como si con aquellos dedos unidos en dentada combinación existiera la firme declaración de una voluntad, mejor dicho, de dos voluntades puestas de acuerdo.

Cruzaron Row Park sin saber adónde iban, incluso les hubiera extrañado que uno se lo hubiese preguntado al otro. Anduvieron tomados del brazo con la necesidad de confirmar a cada paso que no se separaban porque cada paso, cada segundo, reafirmaba su empeño común y aumentaba las defensas. Un tropezón, la necesidad de atarse un cordón del zapato, de efectuar una llamada telefónica, de buscar algo en el bolso o en la cartera, cualquier acción que hubiera desprendido el entrelazamiento de las manos, hubiera supuesto el derrumbe de un proyecto que ninguno de los dos sabía en qué consistía, excepto que tenía futuro. El futuro es siempre una ilusión que anda junto a otra ilusión, y ambas se refuerzan y se influyen en un efecto multiplicador. Andando, andando, llegaron al East Broadway, se pararon frente a la imponente fachada de la Biblioteca Branch y entraron, convencidos de que una historia de amor —porque comenzaban a vislumbrar que aquello era una historia de amor— que se inicia con una ensalada debe seguir con una biblioteca, y les hubiera extrañado que alguien lo hubiese puesto en duda.

—¿Puedo ayudarles?

Repararon en el caballero de expresión amable, bastante joven, desde luego mucho más joven que Michael, que les observaba sin ninguna desconfianza, como si hubiesen descendido de un largo viaje planetario.

Michael reaccionó con mayor viveza y preguntó, recordando una vieja broma escolar española, si había algún ejemplar sobre la reproducción de los gamusinos.

—¿Perdón?

—Gamusinos —repitió Michael con mucho aplomo—, g-a-m-u-s-i-n-o-s.

El atento y servicial joven se puso a consultar en el ordenador con eficiencia.

—Supongo que sabe lo que son los gamusinos —le provocó Michael.

—No, señor. Lo siento, pero no lo sé.

—¿No lo sabe? —se admiró Michael, mirando a Patty con tanta sorpresa como si un traumatólogo le hubiera confesado que desconocía la existencia de un hueso llamado cúbito—. Claro que nosotros estamos interesados en los gamusinos de los valles de América del Sur.

Patty apenas podía contener la risa, y le producía mucha más hilaridad la severa expresión de Michael que la descorazonadora búsqueda del joven.

—¿Proceden de allí los gamusinos? —inquirió el bibliotecario con humilde deseo de aprender.

—Hay investigadores que sitúan su origen en Finlandia, pero ya sabe cómo son los investigadores finlandeses.

El joven, desairado porque ni encontraba ninguna referencia a los gamusinos ni sabía nada de su existencia, asintió con complicidad, como si la mayor parte de su vida la hubiera pasado entre investigadores finlandeses.

—Por supuesto —continuó Michael— que entre los propios investigadores finlandeses también hay sus discusiones.

El joven asintió comprensivamente, dando a entender lo familiarizado que estaba con las eternas disputas entre los investigadores finlandeses, y entonces fue cuando Patty explotó y soltó un gemido intentado sofocar la carcajada, que llamó la atención del joven, y su mirada sobre ella aumentó la hilaridad y, tapándose la boca, se dirigió a la salida, momento en que Michael, que una vez encaminado hacia la broma surrealista le costaba detenerse, añadió a modo de explicación:

—A veces, debido a un conflicto que tuvo en su infancia con una familia de gamusinos, siente cierto rechazo que se traduce en dolores estomacales.

Patty, camino de la salida, pudo escuchar la pretendida aclaración que refería Michael al bibliotecario, y eso ya derribó todas sus defensas y con una especie de alarido corrió hacia la puerta y salió de la biblioteca. Enseguida se le unió Michael, que, ya lejos de la censura que suponía la presencia del embromado joven, también dio rienda suelta al regocijo, y algunos transeúntes se quedaron extrañados de contemplar a aquella pareja que, sujetándose de los codos, frente a frente, se retorcían de risa en la puerta de la Biblioteca Branch.

A medida que se aplacaban los espasmos y las reanudaciones de la risa eran más espaciadas y la serenidad parecía regresar, se fueron soltando, echaron a andar hasta que Michael detuvo a Patty en la acera —apenas se habían alejado una cincuentena de metros— y la obligó a girarse hacia él. No eran necesarias dotes de adivinación para vaticinar lo que iba a suceder después. Michael puso sus manos en los hombros de ella y fue acercando su cara, y la pasividad de Patty parecía ancestral —la hembra antediluviana, paralizada a la espera de la iniciativa del macho—, y sus ojos de miel no dejaban de mirarlo, y los de él se acercaban hasta que ella bajó los párpados y notó los labios, un poco resecos, de él, su primer beso, y la boca se hizo acogedora y blanda cueva, dos serpientes calientes indagando las cavidades, dos blandas espadas que tan pronto se mostraban tímidas como investigadoras, huidizas en un instante y agresivas al siguiente. Aquel primer beso entre ambos, de pie, en la acera, fue para Patty el auténtico y primer beso de amor, a pesar de que estaba a punto de cumplir los treinta años.

—De acuerdo. Comenzaré, pues, con Patty Degrasse —dijo Zeev Quinn, mientras los dedos de Michael jugueteaban con la copa de jerez y su mirada atravesaba los cristales y era probable que atravesara el mar.

—¿Está metida en algún lío? —inquirió Michael con la mayor indiferencia que pudo proyectar.

—No lo sabemos —respondió Zeev con aparente sinceridad.

Para Michael, la sinceridad aparente tenía tanto valor como la mentira aparente. La única certeza era que el día que volvió del paseo por la playa y se fijó en el coche de alquiler aparcado en la urbanización y presintió que alguien venía a complicarle la vida, no se había equivocado.

Zeev desgranó una larga historia, pero bastante ordenada. Michael pensó si también habría sido reclutado en alguna universidad, por la habilidad didáctica en ir engranando los argumentos. Le contó lo suficiente como para hacerse una idea adecuada de cuál era la misión, pero también con la discreción de olvidar intencionadamente detalles que, seguramente, estarían en el interior de un sobre blanco.

Cuando terminó de informarle y le miró sin ansiedad ni impaciencias, Michael se levantó con la copa de jerez en la mano, a pesar de que estaba vacía —a lo mejor por esa necesidad íntima de aferrarse a algo—, y se plantó frente a la cristalera que separaba el diminuto salón de la terraza. Había algo de calima y la luz era lechosa y deslumbrante. El mar, como sucedía a menudo a primeras horas de la mañana, estaba calmo. Le gustaba este lugar porque en algunos días de invierno parecía desierto. Si en Marbella no había manera de olvidarse de que estabas en Marbella, aquí, en cambio, excepto en el populoso verano, uno podía adecuar el entorno al ritmo de los pensamientos, proyectar el sueño y la personalidad para teñir el sitio o bautizarlo.

En muchas ocasiones había pensado que llegaría uno de estos momentos, y había repasado automáticamente los argumentos contundentes para rechazar cualquier complicación, y había presentido el peligro que representa el halago, ese mensaje sutil en el que te convierten en protagonista, y, de antemano, te hacen sentir el falso poder de una decisión que ya está prevista en los manuales. Los cabrones conocían desde su talla hasta su inventario de amistades y afectos, desde el perfil caracterológico que se archivó con el resultado de los primeros tests hasta las fechas de las crisis y sus causas, porque todos pasan por crisis hasta llegar al escepticismo.

No tenía sentido prolongar una situación cuya desembocadura estaba más clara que el día. A pesar de ello, sin volverse, Michael mostró una pequeña reserva que ya sabía que suponía su rendición de antemano.

—Hay un aspecto que no me gusta nada. Informar sobre un senador demócrata, estando en la Casa Blanca un gobierno republicano, tiene un cierto tufo de Watergate.

Si Zeev Quinn esperaba la observación, no dio muestras de presumido sabelotodo respondiendo con rapidez. Se tomó algo de tiempo y argumentó:

—Tiene toda la razón. Confieso que yo también pensé algo parecido. Pero el magnate es republicano confeso y, además, amigo íntimo del Presidente.

Michael, que conocía cuál sería la respuesta aproximada, apuntó una sonrisa que no tenía nada de alegre y que más bien parecía una sonrisa de lástima por él, que iba a aceptar lo que hace un par de semanas había considerado absolutamente inaceptable.

~

La borrasca respetó la visita a Santorini, que no presentó su aspecto de novia mojada, y satisfizo a todos. Al senador le gustó la isla de manera especial, y también a Nancy, en tanto que a Mr. Coldwood y Patty les pareció un decorado excesivo. Parecía poco probable que, de no ser por el mito en que se había convertido el lugar, sus primitivos habitantes pintaran de blanco el suelo de las calles y las escaleras al aire libre, a no ser en algunas puntuales jornadas festivas.

El sol casi cegador de Santorini se transformó en un cielo gris la mañana en que los pasajeros del *Cosmopoly* amanecieron en El Pireo. Los primeros autocares que llegaron a la Acrópolis fueron recibidos con las gotas de una lluvia que no concluyó en todo el día, por lo que el Mercedes de siete plazas que había contratado Mr. Coldwood permaneció en El Pireo hasta el mediodía, cuando decidieron pasear por Atenas y posponer la visita para después del almuerzo.

Como no puede decirse que Atenas sea la ciudad más bella del mundo, hubo un cierto desencanto, y el chófer les propuso un restaurante al pie de la Acrópolis especializado en pescado. Esta palabra sobresaltó ligeramente a Patty, que, en un gran esfuerzo por adaptarse al Mediterráneo, toleraba los calamares, pero no opuso ninguna objeción.

Nancy se mostraba impaciente por la visita a la Acrópolis, y tuvieron la suerte de que, al terminar el almuerzo —que se volvió frugal porque dejó de llover y decidieron aprovechar la pausa que les concedía la borrasca—, pudieron llevar a cabo la visita sin la presencia de los habituales y nutridos rebaños que impiden cualquier tipo de evocación. El chófer era griego y hablaba un inglés americano porque había estado trabajando en Miami en una agencia de viajes —lo que les instó a preguntar y conversar—, aunque fue Patty la que tomó la iniciativa de la visita, puede que la más animada, puesto que era la segunda vez que veía al natural las diapositivas que se proyectaban en la Universidad Loyola cuando estudiaba Bellas Artes y Europa estaba lejos y el viaje hasta allí, más lejano todavía. Patty borró de la memoria de su primera visita al acompañante —un tipo dedicado a los negocios petrolíferos que quería comprarse un yate—, pero recordaba vívidamente la Acrópolis, que nunca decepciona, a pesar del calor de aquel día, del aire seco, del sol que se desplomaba sin ninguna piedad.

Sopla hoy un mistral fresquito que obliga a Nancy a recogerse el impermeable transparente y a Patty a sujetarse una gorra de hule que se ha puesto sobre el pelo recogido, pero es otro motivo el que produce una bajada en silencio, esa necesidad de guardar un mutismo ante la grandiosidad, observada por todos excepto por el senador, al que lo que más le ha gustado ha sido la piscina que se hizo Nerón para jugar a barquitos y batallas navales. En esos momentos Patty llega a odiarlo y Nancy se siente ligeramente avergonzada, hasta tal punto que cambia una mirada de complicidad con la otra mujer en un mensaje mudo de impotencia; lo mismo debieron de pensar los animales de la jungla que escuchaban el concierto del violinista cuando llegó un león y lo devoró.

Incluso Mr. Coldwood, que no es un bostoniano intransigente, observa las piedras de los senderos con cierta esperanza de que el senador tropiece en una de ellas, pero éste es capaz de perorar con alegría infantil sobre la posibilidad de convertir la piscina de su casa en un recinto para invitar a algún almirante de la Armada a explicar estrategias, y sortear los rodados cantos humedecidos por la reciente lluvia.

Patty se toma del brazo de Mr. Coldwood no para sujetarse ella, sino como una forma sutil de protegerle a él de un posible resbalón, y Mr. Coldwood, que capta el gesto afectuoso, lo agradece con una presión imperceptible.

Está satisfecho de haberse casado con Patty, y puede que haya sido una de las mejores decisiones personales de los últimos años de su vida, a pesar de que su pasado le planteó profundas y serias dudas.

Cuando la carpeta amarilla estuvo llena, su lectura hubiera echado para atrás cualquier entusiasmo, pero durante las frecuentes y a veces largas ausencias entre uno y otro encuentro, Mr. Coldwod cada vez la echaba más en falta.

En vísperas de tomar la decisión le planteó una de esas preguntas que, dada su biografía, no tenía nada más remedio que hacerle. La formuló de una manera delicada, pero con la exigencia de que fuera absolutamente sincera. Fue una pregunta larga, casi una exposición de motivos en la que él le planteó si, en caso de tomar la decisión de casarse con ella, aparecería, al cabo de unos meses o unos años, algún tipo siniestro con material audiovisual lo suficientemente explícito como para someterla a una extorsión. Y Patty, que le dejó que se perdiera en los vericuetos dialécticos, casi con un punto de divertimento en sus ojos de miel, le contestó con rotundidad:

—Vamos a ver. Si te refieres a si puede existir alguien en Estados Unidos o en cualquier otro país que tenga un vídeo en el que se me vea chupándole la polla a un negro, la respuesta es no. Mis actuaciones han sido siempre en privado, y ni me presenté de jovencita a un concurso de camisetas mojadas ni he hecho el tonto en la residencia emborrachándome en una fiesta. Es más: en la residencia tenía fama de mojigata.

Le tomó la mano, o mejor dicho, posó su palma sobre el dorso de la de él, e intentó darle una salida:

—No tienes ninguna obligación de dar un paso que yo no te he pedido, pero tampoco puedo cambiar mi vida anterior. He sido puta. Y me conociste ejerciendo con uno de tus socios. Y él lo sabe. Y habrá otra gente que lo sepa. Fue mi último trabajo. Si vas a estar inquieto porque, en algún momento, aparezca alguien que pueda decir que se acostó conmigo, dejemos este asunto, y creo que ya lo hemos hablado y me estoy repitiendo. También te digo que la prostitución no es como el alcoholismo. El alcohólico no puede volver a tomar una copa en su vida porque volvería a depender del alcohol. Pero yo puedo echar un polvo sin que eso signifique que sienta la llamada irresistible de ejercer de prostituta. No es una vocación, ni una dependencia, ni una profesión. Es... una actividad. Despreciable para la mayoría. Hay otros que consideran despreciable la pobreza. Al pobre, sobre todo en nuestra sociedad, se le desprecia.

—Yo no desprecio a los pobres —protestó Mr. Coldwood, como si ésa fuera la cuestión a tratar.

—Claro que los desprecias. Los desprecias no haciéndoles aprecio. Desinteresándote de ellos, ignorándolos. Lo hacemos todos, querido, y no es una degeneración, sino más bien una manera de protegernos, porque entonces nos dedicaríamos a la labor de aquella monja que murió hace unos años y que vino a Estados Unidos en una ocasión..., ¿cómo se llamaba...?

—La madre Teresa de Calcuta.

—Eso es, la madre Teresa de Calcuta. Gracias. Pues tú no puedes hacer lo que hacía ella y siguen haciendo sus sucesores, lo que no te convierte en un monstruo, porque eso es lo normal.

Y advirtiendo que se desviaba del asunto, retomó el argumento.

—Pero no estábamos reunidos para hablar de los pobres, sino de la prostitución, y tampoco de la prostitución, sino de mí y de ti, de nuestras vidas pasadas y de nuestras vidas futuras. Tú tienes derecho a vivir feliz y sin preocupaciones, y yo también. Tú no te puedes permitir plantearte un futuro en el que aparezcamos juntos en un lugar público y te inquietes por la manera en cómo me miran, en cómo me saludan, en si me habrán conocido en otras circunstancias. Y yo tampoco puedo trazarme una existencia en la que, de una manera casi constante, me tenga que vigilar en mis risas, en mis gestos, en mi manera de actuar en público o en privado por si eso te va a producir una dolorosa asociación con mi pasado, porque también tengo mis sentimientos, y verte sufrir me dolería casi tanto como vivir en alerta permanente. Nos podemos ver de vez en cuando. Si quieres y puedes..., y si quiero y puedo yo. Y ya está. Yo no estoy enamorada de ti. Te aprecio. Me gusta tu manera de comportarte. Me agrada la forma en que te diriges a mí, y me haces sentirme lo que para casi ningún hombre he sido: una dama. Creo que, después de estos meses, siento afecto por ti, hasta es posible que bastante afecto, pero eso no puede irse al traste por una nueva situación en la que los dos saldríamos perjudicados.

A Mr. Coldwood le desarmaba Patty casi siempre. Si se hubiera mostrado como una mujer profundamente enamorada, si se hubiera comportado con esa almibarada y empalagosa actitud con que algunas de las «novias» de sus amigos se manifestaban en público, hasta el punto de que él mismo acababa por sentirse molesto, no hubieran tardado en ponerse en funcionamiento sus alarmas, y de las alarmas al rechazo sólo hay que esperar el tiempo de fermentación. Pero aquella desarmante sinceridad y esa espontaneidad al hablar de ella misma —tan iterada y comprobada que no podía ser fingida— desarbolaban todas las dudas e inconvenientes que, en su ausencia, al quedarse a solas en su despacho o en los traslados en el automóvil, hundido en el asiento y fija la mirada en los reposacabezas de los asientos delanteros, le fluían y hasta le impedían concentrarse en otros asuntos, porque las ventajas beneficiosas de los primeros encuentros, su terapéutica positiva, iba quedando contrarrestada, poco a poco, por esa decisión que tenía que tomar, agotada cualquiera otra de las posibilidades ofertadas: o se casaba con ella, o lo dejaban. Y no había sido una decisión suya, no, sino que ella lo único que le había planteado era que le había tomado afecto, y Patty no mezclaba los sentimientos con los negocios, por lo que sus sutiles proposiciones para llegar a ser una especie de «colaboradora» especial, acompañante permanente, ayudante de viajes, habían sido rechazadas de manera rotunda.

—Te lo voy a decir con claridad: no voy a ser tu querida. Puedo ser tu amiga, cuando vengas a Nueva York, y me agradará pasear contigo y cenar, o almorzar y conversar, y darnos una vuelta por el MoMA, pero no tengo ninguna intención de ser tu querida. Ni de ti ni de nadie, por el momento. Soy joven y, gracias a mi esfuerzo, tengo resuelta una economía básica. Me gusta el dinero, como a todo el mundo, pero no soy capaz de dar una larga caminata por un lujo. El lujo es la comodidad superflua.

—Entonces, ¿qué pretendes? ¿Que pida tu mano?

—No me considero indigna de ello, no más que tus anteriores esposas o las futuras candidatas. Y, desde luego, sería una petición sobre la que yo tendría que reflexionar.

Esa última chulería provocó una sonrisa en Mr. Coldwood, y fue la única vez que vio a Patty enfadada.

—Si esa sonrisa de suficiencia quiere decir que estás absolutamente convencido de que tu propuesta iba a suscitar un desmayo o una explosión de alegría incontenible, es que ni me aprecias lo bastante ni calculas que mi libertad, para mí, vale más que un jodido paquete de tus acciones más rentables.

Hacía tiempo que había retirado la mano, y el dorso de Mr. Coldwood, con sus venosas protuberancias, parecía un pájaro enfermo, abandonado sobre la mesa.

~

A Tremonti no le gustaba abandonar el barco, y, de hecho, no lo hacía nunca, pero tenía ganas de ver a sus hijas, Cleanta y Clidia, que se llevaban tres años de diferencia. Cleanta, la mayor, tenía catorce años, y Clidia, la menor, once.

Cuando, tras numerosas llamadas al teléfono de su casa y al móvil de su esposa, logra ponerse en comunicación con ella, intenta sin mucho éxito no mostrar un tono enfadado, pero la tarea es inútil porque su mujer se muestra sorprendida de que se encuentre en Atenas.

—¡Ah! ¿Estás en Atenas? —se extraña ella como si le dijera que se encontraba en el Machu Pichu.

Tremonti está acostumbrado a aparentar tranquilidad y, como si fuera lo más natural del mundo tener que explicar lo evidente, le recuerda que el itinerario del crucero lo tiene encima de la mesilla, y que ya habían hablado, tres días antes, desde Civitavecchia, de que el barco atracaría en Atenas.

—No me acordaba —comenta ella con tono ligero, como si se tratara de asuntos menores a los que no se les debe conceder demasiada importancia.

—Me gustaría ver a las niñas y, antes de que se te ocurra preguntar que a qué niñas, me refiero a Cleanta y Clidia.

—Conozco perfectamente el nombre de mis hijas —dice seria, como si le advirtiera que no está en actitud de soportar impertinencias.

Cleanta nació en Hong Kong y Clidia, en Chicago. Cleanta es de carácter dulce y tropical, mientras que Clidia es variable, con cambios bruscos de humor. Su madre dice que son un reflejo del clima de las dos ciudades, porque la mayor, de tarde en tarde, sin que sus padres puedan explicarse las causas, tiene un ataque brusco de cólera que deja a todo el mundo desconcertado. Su padre dice que son los famosos tifones de finales de verano en Hong Kong, y uno de los lenguajes convenidos en la pareja respecto a los enfados de Cleanta consiste en valorar la intensidad del disgusto de uno a diez, como la escala de los tifones. Un ataque de furia «seis» es algo soportable, pero en un arrebato «nueve» conviene guardar distancias y esperar a que pase el sofocón. Lo mismo que se hace con los tifones.

Tremonti escucha la respiración de su mujer a través del sensible auricular y nota una desazón repentina, puede que motivada por el descubrimiento de que la vida de la pareja está construida de pequeños detalles como la convención de las palabras, y que fuera de ella, fuera de la pareja, carecen de cualquier significación. Es el amor, sí, debe ser el amor, y el ancestral instinto de conservación de la especie, el cuidado de los cachorros, pero en un plano más sofisticado, más allá del instinto y las sublimaciones consecuentes, están, por ejemplo, los códigos que se construyen con ayuda del tiempo y sus incidencias. Un gesto determinado en una tormenta que les sorprendió durante una excursión y en la que, cuando ya se iban hacia el automóvil, Cleanta echó a correr y volvió al sitio en el que habían estado para recuperar un chicle que se había olvidado junto a un árbol y que les costó calarse hasta los huesos, se transformó en un proverbio, en un cuento moral, en una parábola. Cada vez que alguien conocido, o ellos mismos, por recuperar algo de escasísimo valor perdían el tiempo o el dinero, se decían con la complicidad de los iniciados «el chicle de Cleanta». Son esas mínimas confabulaciones domésticas las que Tremonti siente que se van a perder, esas connivencias echas de códigos tan inocentes como secretos las que se destrozan con la separación, porque ya será imposible compartirlas con otra persona. Con otra persona cabrá la fabricación de nuevos símbolos, pero serán otros, y si, en algún momento, alguien comete la tontería de obtener algo de escaso valor y afrontar un peligro o un perjuicio intenso, no podrá decir «el chicle de Cleanta», a no ser que esté delante Cleanta o su madre, esa mujer que respira y de la que depende que vea o no a las niñas.

—Me gustaría ver a las niñas —dice en un tono neutro Tremonti.

—Está bien, las arreglaré y las mandaré en un taxi, o las vienes a recoger.

—Tú no vienes —constata Tremonti.

—No creo que sea conveniente —dice su mujer.

Cleanta y Clidia ya han estado en el *Cosmopoly*. Estuvieron a bordo durante catorce días, hace algo más de dos años, precisamente cuando Sotirios Tremonti se encargó de la dirección del crucero. Fueron desde Florida a las Bahamas, de allí a Haití, Jamaica, las islas Caimán y volvieron a Florida; es decir, fueron bordeando Cuba sin entrar nunca en sus aguas territoriales, porque aunque el *Cosmopoly* lleva bandera de conveniencia de Panamá, sus dueños respetan el bloqueo impuesto por el Gobierno de Estados Unidos y no quieren problemas, amén de que el pasaje de los cruceros caribeños está formado en su mayor parte por estadounidenses y canadienses, y se encuentran más a gusto en las islas anglófonas que en las hispanas.

Cleanta y Clidia se lo pasaron muy bien. Hay una foto de ellas con su madre que está sobre la mesa del despacho de Tremonti, las tres con sombreros de paja que compraron a la salida de la catedral de San Jago de la Vega, en una excursión que hicieron desde Kingston hasta Ciudad Española, a una negra enorme, tan gorda como sonriente, que llamaba a Tremonti «sir» todo el rato, como si se tratara de un enviado de Su Majestad la Reina de Inglaterra.

Fue de las pocas ocasiones en que salió del barco, y la fotografía la tomó él con una de las primeras cámaras digitales que habían salido al mercado. Cleanta se ríe a carcajadas, como si le acabaran de contar algo muy gracioso, y la pequeña, Clidia, mira a su hermana entre la desconfianza, la sospecha y el deseo de imitarla, sin saber muy bien qué actitud tomar. Puede que sea ese desconcierto lo más atrayente de la expresión, el esfuerzo que tiene que hacer siempre el hermano pequeño para seguir al mayor y, a la vez, el deseo de fabricarse una personalidad propia para no quedarse en un mero imitador. Una niña pequeña no sabe qué es la personalidad, pero la va forjando día a día en los pequeños fracasos, los regocijos imprevistos, las frustraciones inopinadas. Clidia duda si tendrá que echarse a reír como su hermana o encerrarse en un enfurruñamiento protestón como señal de disentimiento. Y ahí la captó el objetivo, en la inseguridad más inocente que no está hecha de razonamientos maduros, sino de percepciones tan ingenuas como poco pulidas.

La administrativa que hace las veces de secretaria va a buscar a las niñas y Tremonti come con ellas en el barco. Han cambiado sus rasgos desde que se tomó la fotografía. Su padre se queda sorprendido, no porque haya transcurrido mucho tiempo desde que estuvo con sus hijas, sino porque la referencia permanente de sus rasgos, además de su memoria, es la fotografía del despacho, cuya imagen logra imponerse a puro de repetirse a diario.

Tremonti no es muy chiquero, pero las hijas propias son distintas, y más listas, más guapas y menos molestas que las hijas de los demás, así que enseguida se establece una conversación animada en la que las preguntas y las respuestas se cruzan como almohadones en un dormitorio infantil.

Tremonti se lo pasa muy bien hasta que le pregunta a Cleanta quién le ha comprado una especie de bolso de plástico de cuya correa al hombro no quería desprenderse ni siquiera para ir a buscar los platos al *self service.*

—Un amigo de mamá —dice Cleanta.

—¿Qué amigo? —intenta saber su padre.

—No sé, salimos un día y me compró un bolso a mí y otro a Clidia.

—Yo me lo he dejado porque en los barcos no se traen bolsos, ¿verdad, papá? —se justifica Clidia, que ahora se arrepiente de no haber traído el bolso.

—Bueno —capea su padre, que está excitado de curiosidad—, unas veces se llevan y otras no. Pero así estás más libre para jugar. Esto..., ¿y cómo se llama el... el amigo de mamá?

—Es su novio —suelta Clidia.

Y entonces Cleanta le da en el brazo con la mano y le dice:

—¡Tonta! Eres una tonta. Las mamás no tienen novio.

—Bueno, es un amigo, y seguro que lo conoce papá —comienza Tremonti dejando de ser papá y pasando a desempeñar el poco lucido papel de marido engañado—, así que si me decís cómo es, a lo mejor adivino de quién se trata. ¿Ha venido alguna vez a casa?

—No, lo vimos en la calle —dice Cleanta, que sin llegar a ninguna conclusión comienza a recelar de que su padre experimente tanto interés y no parezca estar muy contento.

—Vino una vez a casa, antes de que nos fuéramos a dormir —añade Clidia.

—No me acuerdo —se cree Cleanta en el deber de añadir.

—¡Sí, sí, porque nos quedamos viendo la televisión con Hypatia!

—Pero ¿Hypatia no se marcha a dormir a su casa después de comer? —pregunta Tremonti con toda la indiferencia de que es capaz.

—Sí —interviene Clidia rápida por el temor de que su hermana mayor no la deje hablar—, pero esa noche se quedó con nosotras.

Tremonti discurre con rapidez. No puede plantearles ningún conflicto a las niñas pero necesita enterarse, así que opta por el remedo de un juego.

—Seguro que adivino quién es. ¿Lleva gafas y es alto?

—Es alto, pero no lleva gafas —entra Cleanta en el juego.

—Si me dijerais el nombre… —suscita su padre.

—Se llama Toni —adelanta Clidia.

Es la peor pista que le pueden dar. Puede ser italiano, inglés o incluso griego, porque los nombres extranjeros están colonizando los bautizos, a pesar de la resistencia de la Iglesia ortodoxa.

—Me parece que le conozco. A ver, a ver, este amigo creo recordar que viaja mucho.

Las dos niñas se miran entre sí y se encogen de hombros. Tremonti comienza a sentir una desazón desconocida y nota que puede meter la pata si insiste demasiado, así que opta por abordar otros asuntos más cercanos, juegos y colegios, fiestas de cumpleaños de los compañeros de clase, perspectivas para las vacaciones de Navidad, pero la palabra Toni, o Tony, si se trata de un americano o de un inglés, le distrae y Cleanta lo nota con esa lucidez que tienen las niñas de su edad, esa agudeza que se inicia en la pubescencia y no les abandonará nunca.

Después de comer se las arregla para dejar a Cleanta en su despacho con un juego de ordenador y se lleva a Clidia con una vaga promesa de contemplar algo tentador, y se siente desconcertado por la forma en que va a enfocar el interrogatorio. El principal problema es que la niña no fija demasiado la atención, y hace observaciones, y no considera que sean importantes los datos que le solicitan, y señala cosas, desgrana recuerdos, pregunta por cuestiones cuya respuesta ni siquiera escucha, y la conversación es una especie de entrenamiento para llegar a ser feliz en un manicomio.

Con paciente perseverancia, Tremonti llega a unas conclusiones tan confusas y oscuras que ni le exasperan ni le serenan. No recuerda que haya un Antonio, un Antoine, un Anthony o un Antonino entre las amistades comunes que tienen su mujer y él, pero tampoco podría descartarlo en ese inventario promiscuo donde se juntan vecinos, socios del club deportivo, relaciones profesionales, amigos de amigos, y conocidos de amigos de conocidos.

No es raro que Hypatia viniera alguna noche a ayudar a servir una cena o se quedara a cuidar a las niñas y a dormir si ellos tenían algún compromiso, o asistían a algún espectáculo nocturno. A él no le gusta demasiado el teatro, le parece acartonado y falso, pero a su mujer le fascina, y solían asistir a algunas representaciones si coincidía que él estaba de vacaciones. Cuando se encuentra a bordo se imagina que su mujer asistirá con amigos, porque no le agrada salir sola.

El tal Toni puede ser un alma caritativa que carga con la mujer de otro y la acompaña hasta un lugar determinado donde se encuentran con otros amigos comunes, o puede ser la causa del efecto que ha desfondado las relaciones de su esposa y él.

Tremonti observa a las niñas, que se marchan en un taxi que ha llegado hasta la misma zona del malecón en el que ha atracado el *Cosmopoly,* y les dice adiós desde la cubierta séptima, y lo contempla perderse hacia el fondo de El Pireo, hacia la zona de las freidurías y los pequeños restaurantes, las terrazas en la calle, los turistas creyendo que se van a encontrar con Zorba bailando un *sirtaki* y una chica italiana con la sandalia descolgada del talón, enganchada del empeine, y, a lo mejor, un griego que pasa a su lado y le comenta que tenga cuidado, no se le vaya a caer el zapato.

El pasado es algo que siempre está presente. Unas veces apaciguado, en el olvido, y otras surgiendo de manera vertiginosa. Como el *sirtaki,* con su parte lenta y cadenciosa —el *syrtos*— y su turbulencia —los *pidikhtós*— en un péndulo continuo de cadencia imprevista.

Hace años que no fuma, y en este atardecer, a punto de que comience el primer turno para la cena, echa en falta el sabor acre del humo en la boca, la inhalación que inunda los pulmones, la grisácea expulsión después de haber dejado los tejidos con una fina capa de tarquín, el pequeño cilindro entre los dedos, algo a lo que asirse, porque puede que no sea el fumador el que sujeta el pitillo, sino que sea el fumador quien se ase al cigarrillo como si fuera la barra de un autobús, porque la vida es un autobús que sacude con frecuencia a los que van dentro. No es un barco, no, es más bien un autobús que transita por una carretera llena de curvas y baches y que da la impresión, a veces, de que va conducido por un chófer ciego.

~

Dusan Tripkovic ha invitado a bailar a una dama casi octogenaria que le miraba con ojos atentos desde que ha entrado con Michael, el otro *gentleman of dance,* en la sala Venus, y la dama casi se ha estremecido cuando, al responder a su pregunta, le ha dicho que era de Belgrado. La dama vive en el condado de Sussex, y para una dama británica el nombre de la ciudad posee las resonancias estremecedoras acumuladas por treinta años de guerra fría. Los Diamond's Brothers interpretan un fox de Miller, y la señora, a pesar de sus años, se mueve con sorprendente ligereza y un gran sentido del ritmo. El marido, un tipo magro que parece que va a quebrarse si se mueve muy bruscamente, habla con otra pareja algo más joven.

Desde que ha pronunciado la palabra «Belgrado», la dama inglesa le mira como si le hubiera confesado que se ha dedicado a domesticar tigres de Bengala. A pesar de los años que han pasado desde la caída del Muro de Berlín, y de que lo que quedaba de la leyenda comunista se sepultó entre el horror constatado y la zafiedad descubierta, los europeos occidentales menos jóvenes asocian la enumeración de algunas ciudades —Moscú, Belgrado, Varsovia— a un periodo en que la metáfora «telón de acero» no era ni siquiera un tropo, porque se acercaba bastante a la realidad.

A Dusan Tripkovic no le extraña. En cierta ocasión asistió a un congreso en Viena y, desde allí, con otro profesor austriaco, fueron en el automóvil de éste a un seminario que se celebraba en Praga. Las dos pasarelas sobre la carretera, en intervalo de un kilómetro, con los dos soldados apuntando con las metralletas desde arriba, hacia el parabrisas, producían auténtico temor. Todavía Kafka estaba censurado, y nadie se atrevía a denunciar la estéril burocratización de un sistema esclerótico a los ojos de cualquiera... que no estuviera dentro. Si cuando Dusan regresaba a Yugoslavia percibía la enorme diferencia, a pesar de que el sistema socialista de Tito era mucho más abierto, en Praga se notaba la pesadez de las consignas, la presencia del comisario político encargado de impartir las lecciones de propaganda y autobombo, la encorsetación de una sociedad que producía ciudadanos tan escépticos como obedientes, tan disciplinados como faltos de entusiasmo. Parecía más rápida la construcción de una catedral gótica que la construcción de la revolución. Se trabajaba para un futuro de hombres felices y comunistas, pero a costa del sacrificio de los que no iban a ver los frutos de la revolución. Llega un momento en que los estímulos verbales sólo sirven para aumentar el cansancio, y los mismos dirigentes, como esos inquisidores medievales que en algún momento se atormentaban con la falta de fe, transmitían un desaliento escondido entre los triunfalismos mecánicos y archisabidos. El capitalismo occidental se descomponía, el sistema estaba podrido, pero, por si acaso, no fuera que la gente se volviera loca o irracional, las fronteras quedaban cerradas y los pasaportes eran una graciosa concesión que sólo se otorgaba a esos buenos comunistas capaces de resistir la falsedad seductora de las decadentes sociedades de la Europa del Oeste. Aun así, por la facultad de Belgrado circulaba entonces un chiste muy popular que definía a un cuarteto de cuerda ruso como lo que quedaba de una orquesta sinfónica rusa después de una gira por la Europa capitalista.

De todas formas, ¿cómo explicarle a esta señora del condado de Sussex que en Yugoslavia no era obligatorio ser del partido, y que la gente amaba, procreaba y vivía como en otras partes? Hay una soberbia de los demócratas anglosajones que no conciben la existencia bajo regímenes totalitarios, cuando la humanidad, hasta hace cuatro días, se ha desarrollado siempre, siempre, en regímenes totalitarios. Incluso los griegos, inventores de la democracia, pero de una democracia con esclavos, algo así como una democracia con la cabaña del tío Tom, ocupada no por negros sino por ilotas.

—Y es esa soberbia —le explicaba a Dusan un Goran Filipovic que era capaz de frenar cualquier entusiasmo en uno u otro sentido—, es precisamente esa soberbia la que les llevará a los peores errores, porque se creen que es tan exportable como la Coca-Cola.

—Fui a dar una conferencia a Túnez y vi letreros de publicidad de Coca-Cola en árabe —observó Dusan no por disentir de Goran, sino por rebajar algo de prosopopeya a su perorata.

—Pues lograrán vender el brebaje, pero me extraña que vendan democracia. Y la querrán imponer. Y será un error.

—¿No pertenecerás a esos serbios que recelan de todo lo musulmán y creen que Bosnia es nuestro forúnculo? —le provocó Dusan.

Goran Filipovic se paró en medio de la acera, le miró con sus ojillos grises como si lo fuera a fulminar y, luego, se relajó y siguió andando tras comprobar que Dusan lo había dicho con ánimo de fustigarle.

Ha terminado el fox y los Diamond's Brothers, sin pausa ninguna, lo encadenan a un bolero, lo que a Dusan le impide acompañar a la dama hasta su asiento y, como ella no hace ningún gesto de conclusión, cambia el ritmo de los pies y se adapta a este bolero mexicano, o puede que chileno. Una vez le confesó a Filipovic que iba a una academia de baile, también para incitarle a una agria reacción, pero para su asombro dijo que si la gente dedicara más tiempo a bailar y menos a ver la televisión, si alguna vez les diera por leer, entenderían mejor lo escrito. Y a continuación le largó un sorprendente discurso sobre el desarrollo psicomotriz y el baile, el baile que en las sociedades primitivas estaba restringido a los hombres mientras que, a medida que la civilización ha ido evolucionando, el baile había sido conquistado por las mujeres. Filipovic, que tocaba de vez en cuando un viejo y gastado violín dentro de un pintoresco y ecléctico grupo que se reunía algún que otro sábado en un café de la otra orilla, le parecía a Dusan una especie de hombre del Renacimiento trasladado al siglo XX, fascinado por casi todo y con dos odios claros: la televisión y la política.

Cuando se produjo la invasión de Irak, y transcurrió el tiempo, y la situación pasó de la injusticia tiránica anterior al caos actual, el profesor Dusan Tripkovic se acordó de las advertencias de Goran Filipovic, de su agudo análisis anterior al conflicto, de su atinada percepción de lo que denominaba «la soberbia exportadora de Occidente».

—Nos quieren vender todo lo que fabrican, y quieren vendernos también la democracia sin saber que la inventamos unos kilómetros más al sur. Y ya verás cuando comiencen a repartir el catálogo los vendedores. Ya están empezando.

Goran Filipovic tuvo la suerte de morirse unos meses antes de que comenzara la locura. Lo encontró un sobrino suyo que fue a pedirle prestados unos libros, o, mejor dicho, el sobrino avisó a la policía después de dos infructuosos intentos de que le abriera la puerta. Llevaba una semana muerto, y el pequeño apartamento de dos habitaciones hedía por efecto de la descomposición.

Dusan se enteró casi pasado un mes de que lo enterraran, por referencias de un profesor también jubilado de la facultad de Filosofía, y sintió una doble desazón: por sentirse culpable de no haber indagado al notar su falta en los habituales paseos vespertinos y, también, por vislumbrar que él podría acabar de una manera parecida, y que su sobrina o su hermana lograran abrir la puerta de un apartamento similar —la universidad no hacía demasiadas distinciones— y encontrarse con un cadáver putrefacto.

Como Dusan atravesaba un ataque de misantropía que lo mantenía apartado de todo y de todos, excepto de Goran Filipovic, el único ser inteligente que había encontrado en una ciudad como Belgrado, su desaparición hizo más tangible y más evidente su soledad.

La última vez que se vieron, como si presintiera que no volverían a hacerlo, le transmitió un mensaje descorazonador, como casi todos los suyos, pero envuelto en una especie de profética advertencia.

—Márchate de aquí. No eres lo suficientemente viejo como para no tener más remedio que quedarte, ni tan joven como para intentar arreglar este laberinto en el que nos ha tocado vivir, esta tierra que nunca estuvo tranquila. Ni con los griegos, ni con los romanos, ni con los eslavos, ni con los turcos ni con nadie. Dentro de treinta años ignoro cuáles serán las influencias más poderosas en la sociedad, pero en este final de siglo mandan los medios de comunicación. Se está sembrando el odio, y el odio trae consigo la crueldad, y la crueldad llama a la desesperación, y llega un momento en que la una alimenta a la otra, y no hay quien detenga la espiral.

—Eres pesimista, como todos los viejos.

—Al revés. Soy viejo, como casi todos los pesimistas, porque es la experiencia y la acumulación de información lo que nos lleva al pesimismo.

—¿Y adónde voy a ir? —preguntó Dusan, más interrogándose a sí mismo que esperando una respuesta, porque era un viejo asunto que se había planteado en más de una ocasión y que no se había atrevido, o no había sabido, resolver.

—Fuera de Serbia, de lo que fue la artificial Yugoslavia, a un sitio en el que no te pregunten de dónde eres, sino qué sabes hacer. Tú hablas inglés correctamente. Vete a Estados Unidos.

—No es tan fácil —comentó.

—Aquí nada va a ser fácil. El cabrón de Tito logró lo imposible, pero sin autoritarismo y sin policía secreta esto se va a descomponer de la peor manera.

—Siempre hubo tensiones —recordó Dusan.

—Sí, pero ahora las tensiones las están alimentando, día a día, las televisiones, los periódicos y las emisoras de radio. ¿Qué escuchas, qué lees? Que los croatas son los ustachis que participan en la conspiración urdida entre el Vaticano y Alemania. ¿Te imaginas a los cardenales organizando un complot con el lander de Baviera? ¿Y qué ves en la televisión croata cuando vas a ver a tu hermana? Pues mensajes permanentes en los que se dice que los serbios somos todos unos *chetniks,* que lo que pretendemos es restaurar la vieja Yugoslavia comunista.

Y, parándose en la acera, como hacía a menudo cuando quería subrayar algo que le parecía importante en su discurso:

—¡Con lo que yo he aborrecido la Yugoslavia comunista! Y te juro que hay días en que la echo en falta.

Dusan hubo de reconocer que tenía razón. Que el sectarismo en la televisión de una zona tenía su homologación en el fanatismo y la obcecación en la otra. Pero se vio obligado a rebajar la inquietud de su interlocutor.

—La gente no está por el compromiso. Quiere vivir y dejar vivir. Sobre todo los jóvenes.

—Ésos son los más peligrosos, porque quieren ser héroes, morir temprano y ser elegidos de los dioses. Cualquier cosa menos estudiar o trabajar. Los jóvenes son carne de cañón para los demagogos, porque nadie les va a ofrecer tanto por tan poco esfuerzo.

—¿Crees que son tontos? —retó Dusan.

—Sí, claro que son tontos, pero también lo fueron sus padres, que aceptaron el paraíso socialista creyendo que comenzaba un mundo nuevo.

—Estamos a finales del siglo veinte. Vamos a cambiar de siglo y hemos cambiado de época.

Para Goran no había nada más excitante que una buena discusión intelectual, así que tomó a Dusan del brazo, como si temiera que su contrincante y compañero se le fuera a escapar, y le habló con una voz ronca, como si estuvieran en los viejos tiempos en los que había que precaverse de los chivatos.

—Cuando comenzó el siglo veinte, todos creían que el mundo iba a cambiar. La Exposición Universal de París se dedicó a la electricidad, y todos los intelectuales, toda esa pobre gente tan ignorante y tan fatua como nosotros, se convenció a sí misma e intentó convencer a los demás de que se inauguraba una nueva era, un tiempo en el que la ciencia y la técnica se ponían al servicio del hombre, y éste cada vez tendría más comodidades y cada vez sería más feliz. Pero lo más importante de todo, lo más trascendente del pensamiento de aquellos años, fue el convencimiento de que ya no habría nunca más guerras.

Y, parándose en medio de la calle, repitió:

—¡Nunca más! Nunca iba a estallar una guerra porque el hombre ya había aprendido lo suficiente.

Y tornando a la toma del brazo y volviendo a caminar:

—A los pocos meses estalló la Primera Guerra Mundial. Murieron millones de personas. Millones.

Dusan sintió la inquietante sensación de haber escuchado ese mismo discurso u otro parecido hacía unos meses o unos años, pero se calló por cortesía.

—¿Y qué sucedió al término de la Gran Guerra? —continuó Filipovic, con el viejo recurso de plantearse preguntas que él mismo iba a responder—. Que dadas sus catastróficas consecuencias se dedujo que sería la última guerra. No quiero cansarte, porque me parece que me repito —intercaló el viejo profesor, puede que notando falta de atención—, pero todos los adelantos científicos y tecnológicos se emplearon para suprimir seres humanos, no para que fueran más libres y vivieran más cómodos. Y si en la Gran Guerra se echó mano del gas mostaza, en la Segunda se recurrió a lo más espectacular, lo más moderno, lo más reciente: la fusión del átomo. Es decir, y no te quiero cansar, que un siglo que se inició con el convencimiento de que no se iban a repetir los errores del pasado y de que el hombre que había desarrollado su inteligencia para descubrir la electricidad y el arco hiperestático que mantenía enhiesta la torre Eiffel no iba a caer en las estupideces del pasado, cuando ignoraba que una máquina podía sustituir al caballo, ese siglo ha sido el de las guerras más mortíferas y más crueles en la historia de este viejo y cansado continente.

—Pero tú mismo has dicho que los intelectuales que profetizaron eso eran tan fatuos y tan soberbios como nosotros. ¿Qué te hace pensar que no te equivocas, de la misma manera que fallaron ellos en sus vaticinios?

—Porque hay signos alarmantes que razonan mi pesimismo.

Calló Goran, y Dusan se sintió liberado de inquirir cuáles eran esos signos. Que lo dijera si le apetecía.

Le apetecía y lo dijo.

—Si en este siglo que se acaba cambiaron las reglas de la guerra y se atacó, se masacró y se asesinó de manera indiscriminada a la población civil, cosa que sin estar escrita en ningún reglamento no había ocurrido antes, también han cambiado las reglas del terrorismo. El atentado de Sarajevo, el que ocurrió cerca de aquí y fue la excusa para el primer desastre del siglo, fue un ataque selectivo. Ortodoxo, cabría decir, si el término ortodoxo y el término terrorismo pueden unirse. Pero de la misma forma que en este siglo y, sobre todo, en la Segunda Guerra Mundial, cambiaron las normas que mantenían a la población civil fuera de los objetivos puramente militares, también ha dado una vuelta de tuerca el terrorismo, y ya no es selectivo sino indiscriminado, ya no busca el magnicidio sino el mayor número de víctimas posible, sin importarle su edad, su sexo o su categoría, o, mejor dicho, casi buscando que sean lo más inopinadas e inocentes para transmitir más eficazmente el mensaje de terror: nadie puede estar seguro, nadie está a salvo.

—Aquí no hay grupos terroristas —comentó Dusan no por llevarle la contraria, sino por evitar el monólogo.

—Los habrá. El nacionalismo es al terrorismo lo mismo que la humedad para las lombrices.

El dúo músico-vocal concluyó el bolero y anunciaron en inglés y en italiano que, con permiso de los presentes, se iba a tomar unos minutos de descanso. Dusan Tripkovic acompañó a la dama hasta el rincón donde estaba el caballero tan alto y delgado que parecía a punto de quebrarse y la pareja algo más joven, esbozó una reverencia, dio las gracias, como si el favor de la danza se lo hubieran concedido la señora y sus acompañantes, y ya se iba a marchar cuando la señora, refiriéndose a él, les informó de que era de Belgrado. Los componentes de la pareja más joven le observaron con la misma indiferencia que si se hubieran enterado de que era filatélico o reumático, pero el marido de la dama lo sopesó como si quisiera adivinar de golpe todo su pasado, pero sin comentar nada. Dusan, incómodo, amagó otra leve reverencia y se marchó hacia la barra, con la evidente intención de mostrarse libre para el próximo servicio.

~

Juanita tiene diecisiete años, aunque en el pasaporte pone diecinueve. En Cartagena de Indias, esas pequeñas correcciones se pueden llevar a cabo si se tienen los contactos precisos, y el sobrecargo, su cuñado, tiene los contactos pertinentes. Juanita vive una situación que está a mitad de camino entre el sueño y la pesadilla. Por un lado, aguarda, casi con ansiedad, que sobre las diez y media de la mañana, en cualquier caso un poco antes de las once, aparezca el sobrecargo para inspeccionar las dos *suites* contiguas de la planta séptima y termine por inspeccionarla a ella, casi siempre doblada sobre la cama de una manera tan brusca como natural, tan placentera como ruda, pero a Juanita esa misma rudeza le exaspera y le halaga, le crispa y le lisonjea. Y, por otro, un remordimiento larvado que intenta proyectar sobre su cuñado, al fin y al cabo ella no tiene la culpa, intenta no provocar un escándalo, pero en la formación cristiana que ha recibido existe un componente de negligencia, de desliz o pecado, que no sabría explicar de manera lógica pero que al padre Bartolomé no le haría dudar y lo tacharía de pecado de omisión.

Todos los días dice que se va a negar, que no cometerá de nuevo ese yerro, pero cuando está en el interior de la *suite* y escucha que se abre la puerta, aunque esté en el baño, se apresura a acercarse hasta la cama y se inclina en un intento de acomodar mejor los almohadones, y aunque dice que no tendría que ocurrir, y que eso está mal, sabe que su grupa está frente al *living* por el que aparecerá el sobrecargo, y cuando escucha sus pasos lentos y la respiración pesada ya sabe que, dentro de unos segundos, el borde de la falda subirá hasta su cintura, y las mismas manos precisas tomarán el elástico de las bragas para bajarlas hasta las rodillas, y ella ya no dice nada porque la quemazón que siente, el ardimiento de la carne del sobrecargo se suma a su húmeda hoguera, y ya los detalles se pierden hasta que la mano de él cubre la boca de ella para sofocar el rugido de placer que se le escapa, como si las entrañas quisieran salir fuera de ella y sólo les hiciera desistir de su propósito su mugido de advertencia, un bramido que sale de lo más hondo, de lo más animal, de lo más auténtico.

Y odia que no le haga ni la más leve caricia y que la deje tendida, boca abajo, derrotada y humedecida, con la advertencia profesional de «que todo quede como si se acabara de estrenar», tal que si todo lo que ha pasado antes, desde las diez y media a las once menos veinte, o desde las once menos veinte hasta las once menos diez, se hubiera tratado de un mero asunto laboral.

Se dice a sí misma que no debe ceder, que su hermana se merece un respeto, que no puede interferir en la vida de una pareja que parece feliz, y que ha de poner todos los medios a su alcance para evitar que se repita esta situación. Pero al día siguiente, cuando ya ha limpiado los baños y ha pasado la aspiradora por la moqueta y está a punto de terminar de hacer la cama de la segunda *suite* y la manecilla larga del reloj marca la media, nota un calor que nace del mismo centro de su cuerpo, y bastará que se escuche la puerta del camarote abrirse para que se abalance sobre la cama y se quede con la grupa oferente, expectante como un ludópata que espera que salga impar, y sabe que saldrá impar, y no por eso es menor la alegría al comprobar que el número es impar, no es más pequeña la satisfacción de percibir que la falda sube hasta la cintura y en las nalgas siente el frescor del aire sin el impedimento de las bragas, fase previa a la intensa calentura que vendrá a continuación.

Pero Juanita no está enamorada de su cuñado, porque el sobrecargo es algo así como el héroe de la familia, el gran triunfador, una especie de modelo a seguir, de ejemplo de que el destino no está escrito. Hijo de una madre con siete hijos de tres padres distintos y ninguno de ellos habitante en la casa, si se le puede llamar casa a un cuarto de paredes de barro, caña y ladrillo, con techo de tres clases de uralita, el número dos, entre un varón y una niña, una niña a la que vio morir cuando él cumplía los diez años y había empezado a trabajar, el sobrecargo no sabía que vivía en una de las ciudades más bonitas de América hasta que comenzó a trabajar con don Fausto, que lo llevó al mismo centro y le dio unos pantalones largos y una camiseta gris que ponía UCLA en letras rojas y que le venía grande.

Don Fausto cultivaba flores, abastecía a las tres floristerías más importantes de la ciudad y también vendía semillas para aficionados a la jardinería. El sobrecargo, con diez y once años, se dedicaba a repartir sobres con la semilla a diversas personas que, a su vez, le entregaban otros sobres con dinero. Una vez que llovió mucho y se cayó en un charco y el sobre que le habían dado se rompió, vio que contenía un montón de dólares, debían de ser unas semillas muy caras, unas semillas especiales. Cuando tenía dieciséis años, le comentó a don Fausto que quería dejar las semillas y que deseaba marcharse a Estados Unidos. Don

Fausto se echó a reír y le dijo que lo olvidara. Pero él insistió, y don Fausto dejó de reírse y le tachó de desagradecido.

—Eres un desapegado —sentenció don Fausto.

—Sé lo que ha hecho por mí, pero lo mío no es repartir las semillas.

El sobrecargo empleó el eufemismo con naturalidad y con la misma naturalidad le preguntó don Fausto:

—¿Qué quieres? ¿Ser jefe de un repartidor de semillas?

—Quiero ir a Estados Unidos y aprender inglés.

Don Fausto lo observó moviendo la cabeza, como si estuviera ante un loco, y le advirtió:

—Aquí tienes un porvenir. Pero si quieres ser un comemierda, vete con los yanquis y límpiales los zapatos con la lengua. Y cuando los del Servicio de Inmigración te devuelvan, ven a verme. Te daré trabajo. Pero volverás a empezare por abajo. De repartidor.

—De acuerdo. Necesitaré que me adelante algo de dinero. Se lo devolveré.

—No me lo devolverás. ¿Cuánto necesitas?

—No sé, trescientos dólares.

Don Fausto sacó una caja metálica que había detrás de él, sobre una estantería, la abrió con una llave que tenía fijada con un cordón alrededor del cuello, tomó un fajo de billetes de diez dólares y se puso a contar delante de él. Cuando había ya cinco montones de trescientos dólares, le ordenó:

—Tómalos. Son mil quinientos dólares.

—Se los devolveré.

—Sí, pero no en dinero. Me debes un favor, y cuando te pida un favor tendrás que hacérmelo. Confío en tu honor.

—Se lo prometo —hizo votos, mientras miraba con avidez los cinco montones.

—Prometido queda. Coge el dinero.

Con parte del dinero logró llegar a Florida. Con parte del dinero consiguió un permiso falsificado de trabajo que costaba tanto comprobar que era espurio como escasos eran los deseos de sus contratadores de denunciarlo. Fue mozo de almacén, chico de limpieza, aprendiz de mecánico en un taller de automóviles, lavaplatos, camarero, taxista, listero de obras y encargado de almacén en un pequeño barco que hacía cruceros de tres días.

Allí lo conoció Tremonti, cuando estaba a punto de fichar por la compañía propietaria del *Cosmopoly,* y se lo llevó de almacenero. Luego, su capacidad de trabajo, su afán de superación, la experiencia de los años le llevaron al puesto de sobrecargo.

Volvió varias veces a Cartagena de Indias. Su madre murió, su hermano mayor se suicidó en la cárcel y a los otros les ayudó en la medida de sus posibilidades. También había muerto don Fausto, y sintió la tentación de ponerse en contacto con alguno de sus hijos y contarle lo del préstamo, pero sentía miedo de acercarse allí, como si ello supusiera acercarse a su miserable pasado.

Conoció a su mujer a través de su hermana mayor, que trabajaba en un bingo. No le gustaba el juego, pero estaba aburrido y decidió perder el tiempo en un bingo que había en la calle Tripita y Media, que antes se llamó calle Canabal, cerca del puerto. Una de las chicas que repartía cartones le pareció donairosa y chancera y le dijo que dejaría de jugar en cuanto ella terminara el turno. La chica no dijo nada, pero al cartón siguiente le comentó que salía en cinco minutos y que la venía a buscar su hermana. El sobrecargo no se quedó a ver el resultado de la combinación de números y se fue hacia la salida. Al cabo de quince minutos pensó que había sido víctima de una chacota, pero había una muchacha como de diecisiete años que, como él, llevaba un rato esperando. El sobrecargo se dirigió hacia ella y le comentó que tardaba mucho en salir su hermana. La muchacha se lo quedó mirando sin demasiada sorpresa y le contestó que ya estaba acostumbrada, como si fuera normal que hubiera algún hombre esperando a su hermana. El sobrecargo se enamoró inmediatamente de ella, o, al menos, comenzó a plantearse cuál sería la táctica más adecuada para solicitar los favores de aquella preciosa chiquilla sin que la mujer a la que esperaban se sintiera ofendida.

Tenía diecisiete años y se casó con ella a los quince días. Habían pasado doce años y tres niños, todos varones. Diecisiete años tenía su esposa, los mismos que tiene ahora Juanita, y el sobrecargo se dice todos los días que debe reprimir esta enajenación que comienza a roerle a partir de las diez de la mañana y le aparta de sus deberes, y le impele a buscar cualquier excusa y a escamotear su presencia, y a desentenderse de las búsquedas, incluso de las del mismo Tremonti, para ir a la planta séptima y vigilar las dos *suites* de los vips, y abrir la puerta tras observar que no hay nadie vigilando, y nada más cerrar por dentro, la imaginación es roja y el deseo azul oscuro, y quizá podría detenerse si alguien le pusiera un impedimento, pero la muy puta está allí, sabiendo lo que le espera, con el culo en pompa, y entonces, aunque sonaran los timbres de alarma y la sirena de incendios y se escucharan los gritos de advertencia para que todo el mundo se dirigiera a los botes de salvamento, aun entonces está seguro de que cumpliría esta especie de sino obligado, esta fatalidad que no admite deserciones, este designio que, cuando llega al borde de la cama, sabe que no tiene más remedio que cumplir, que no hay escapatoria y que sólo existe un camino, el camino frondoso entre los muslos de su cuñada.

Para vengarse de ella, aunque necesitaría castigarse a sí mismo, le dice que «todo quede como si se fuera a estrenar», con el deseo de subrayar una indiferencia que es falsa, pero es que le produce molestias enfrentarse a ella, no sabe de qué hablar ni qué decirle. No puede prometerle amor eterno ni pedirle perdón, ni decir que va a renunciar a ella ni construir proyectos, ni pedirle disculpas. Le gustaría alguna resistencia por su parte, o puede que no, pero esa ofrenda, esa especie de donación de su cuerpo, como si él fuera el amo, le enciende y le exaspera, extrae lo más primitivo de él mismo y se siente como los negreros que en la plaza de los Coches mostraban y vendían a los esclavos, amo y señor, dueño del cuerpo de la cautiva que parece querer ganarse sus favores con la oferente postura con que lo recibe.

Le echa a ella la culpa de su lascivia, por su dejación, por su abandono sugerente. Ya le había dicho a su mujer que no le parecía buena idea, pero claro, lo ven de regreso, con su uniforme blanco, que parece un capitán, bajar de un taxi con las maletas en las que se albergan regalos para toda la familia, y piensan que es el dueño del barco y que nada se puede escapar a su voluntad. Juanita, desde que tiene once años, lo ha visto como un mago, y en su resignación nada sacrificada hay algo de la sumisión cortés a la que se cree obligada no porque desconozca la división entre lo que está bien y lo que está mal, sino porque hay un poso de acatamiento antiguo al poderoso, al cacique, al macho, al principal, una de esas soterradas percepciones culturales que se prolongan a lo largo de siglos y generaciones.

El sobrecargo piensa lo mismo que algunos misioneros, quinientos años atrás, cuando tras sucumbir a la lujuria, en el instante posterior al acto, al comprobar que *omne animal post coitum tristum est,* le echaban la culpa a la hembra y al diablo, al diablo que se vale de la hembra para seducir y engañar, para sacar al clérigo de su tranquila observancia de la norma, y lo tienta, la serpiente, siempre la serpiente, enroscada en el cuerpo de la mujer. El sobrecargo se tiene por hombre de convicciones firmes, orgulloso de haberse apartado de un final semejante al de su hermano mayor, al de tantos amigos y vecinos, satisfecho de haber roto con esa tendencia y haber creado una familia, y haber comprado una casa y ser el *pater familias,* tanto de su hogar como de las dos ramas del matrimonio, el patriarca al que se le pide consejo y cuya opinión se recibe con respeto. Y un patriarca no puede ponerse a follar con la primera cuñada que se queda de espaldas, porque eso es de badulaques y criados, de siervos y mentecatos, de personas que se dejan llevar por sus instintos en lugar de ser dueñas de sus instintos, de reconducirlos y de generar provecho de ellos. También es cierto que no sólo se pone de espaldas, es que se coloca en una postura tan lujuriosa como invitadora, tan entregada como lasciva, y se puede ser patriarca, pero ello no conlleva el marchamo de santo y casto, sobre todo casto; a algunos santos de vida intachable les gustaría ver al sobrecargo entrando en el camarote y observando la grupa en pompa y unas manos que se aferran a unos almohadones, más allá del bosque de la cabeza, aunque también ha de reconocer —y lo reconoce y le mortifica— que los santos no se dirigen hacia el camarote con la mente nublada por lo que está seguro que se van a encontrar los sentidos.

Y va a ser mucho peor cuando termine el crucero, porque el barco emprende viaje hacia Miami y los horarios se rompen, y aunque siempre existen labores de limpieza y repaso, y los servicios de mantenimiento aprovechan para llevar a cabo tareas y chapuzas que se aplazaron para que no incomodaran a los pasajeros, queda más tiempo libre y las rutinas se quiebran, y eso es un alivio y un tormento, un alivio porque a las diez y media no habrá cita posible, y un tormento puesto que la obsesión siempre es más llevadera si existe la posibilidad de colmarse, la esperanza de cumplirse; no será el caso, y, encima, el temor de los encuentros sin excusas, donde habría que hablar, explicarse, proponer la salida del laberinto cuando el sobrecargo se siente a gusto dentro del laberinto, como esos drogadictos que conocen su condición al salir en busca de la dosis, pero no darían un solo paso para dejarlo.

El sobrecargo reflexiona acerca de su conflicto a la vez que sopesa que habrá que reponer huevos, pero no en Grecia, que son caros, sino en Italia, y esa mezcla de asuntos le sirve más de lenitivo que de complicación, porque de no tener que ocuparse de un centón de asuntos, si estuviera encerrado con un solo juguete, le estallaría la cabeza.

Por si fuera poco, Tremonti, que es hombre al que no se le escapa por la boca ningún detalle que no esté relacionado con el trabajo, le ha hablado de que tiene problemas personales, lo que ha dejado al sobrecargo estupefacto, porque si hubiera que elegir un arquetipo de persona que incardinara la ausencia de problemas personales sería seleccionado Tremonti.

Tremonti nunca habla de sus asuntos, pero cuando ha aparecido el sobrecargo con la frente fruncida en cuatro arrugas paralelas y le ha contado que tenía un problema de aprovisionamiento de huevos, le constaba que el problema era falso, porque, de lo contrario, su frente hubiera estado lisa y serena y su semblante apacible, y por eso no sabe todavía si como una debilidad o una venganza le ha dicho que él también tenía problemas, lo que era cierto, por supuesto, aunque jamás hubiera cruzado la frontera que separa lo profesional de lo personal de no ser por sentirse falsamente agredido, porque cuando alguien a quien queremos nos rechaza es algo así como si todo el orbe nos rechazara en complicada conspiración.

Tremonti, que se marcha siempre de los puertos con una sensación de alivio, como si celebrara que ningún pasajero haya desaparecido, o se haya roto una pierna o —lo más peligroso— se haya retrasado en la hora límite fijada para el reembarque, en esta ocasión, cuando se alejan de El Pireo, siente que no sólo se distancia de su casa, de Cleanta y de Clidia, sino que se separa, también, de una parte fundamental de su vida, y que la distancia que separa el barco de la costa es mucho más larga de lo que aprecia la vista, casi siempre ilusoria, y que quedan demasiado lejos aquellos años cuando la vida era una carretera sin obstáculos llena de risas y alegrías, de puertos que parecían estar siempre de fiesta y de un pie de mujer desafiando el espacio con una sandalia de tacón colgada del empeine.

~

A la una de la madrugada cierra el casino, salvo que haya algún jugador encelado con la tarjeta de crédito caliente. A Tremonti eso no le gusta nada porque a los cruceros no suele acudir el jugador veterano, ese que apenas bebe y hace un trabajo de campo para comprobar la posibilidad de organizar una timba privada en algún camarote, sino el pardillo compulsivo que se siente héroe por una noche y cree que ha encontrado la fórmula infalible para ganar al black jack. Al día siguiente, cuando comprueba que ha tirado tontamente una pequeña fortuna en un par de horas o tres, Tremonti se puede encontrar con un pasajero quejoso e irritable que primero trata de que le devuelvan el dinero, aduciendo que la noche anterior no se encontraba con sus funciones mentales en estado normal, y, luego, al comprobar que eso es imposible, reclama por todo, el crucero ya no es ese viaje paradisiaco para disfrutar, sino un nido de ladrones y estafadores, una trampa urdida por unos embaucadores que, con la excusa del viaje, han dispuesto todo para desplumar a los incautos.

Los crupieres tienen orden de moderar la concesión de crédito, pero cuando la ufanidad provocada por el alcohol y el engañoso éxito de las primeras jugadas se apodera del chambón, cualquier duda sobre su potencia económica es tomada como una ofensa. Entre el personal de seguridad hay un par de elementos que, además de conocer los secretos de la lucha personal, poseen algunos principios de persuasión psicológica y son llamados con discreción para que, en un momento determinado, medien en la interrupción del obsesivo, con los correspondientes comentarios de que las rachas de mala suerte suelen durar un día y empecinarse contra ellas es un despropósito. Los ganchos persuasivos hablan en voz alta de lo que perdieron en noches semejantes en tal o cual casino, intentan formar una corriente de solidaridad con el perdedor y lo apartan de la mesa, y casi al momento las luces se apagan, las ruletas se cubren de telas protectoras y siempre hay una misteriosa botella de champán que aparece en manos del barman, obsequio de la casa; el líquido frío no aclara las ideas, pero conforta más que la vuelta inmediata por los pasillos tan iluminados como vacíos.

Mejor estos desafortunados que los tablajeros, esos tahúres que acuden por parejas, generalmente a la mesa de black jack, y mientras uno fuerza al crupier al alza el otro va de quedón y prudente, de tal manera que, al final, se reparten las ganancias, y eso es lo de menos, lo peor es cuando se dedican las dos primeras noches a localizar chamarillones y, una vez marcados, organizan dos partidas nocturnas, la primera discreta, donde se dejan ganar moderadamente, y la segunda donde entran a matar y los tarugos pierden hasta el Rolex que llevan en la muñeca, lo que deja sin ingresos al casino, puesto que no sólo le arrebatan la comisión, sino los clientes.

Tremonti pasa como un fantasma por el casino a punto de cerrarse y, por un lateral, sale a la cubierta de los botes y pasea en solitario protegido por un chubasquero, ora hacia la popa, ora hacia la proa, en este viaje nocturno hacia Corfú —Kérkyra para Tremonti—, nombre con resonancias imperiales para unos, nombre de recuerdos duros para muchos griegos, porque la isla fue una especie de peón en tránsito para contener el Pacto de Varsovia, una lucha que comienza con el bombardeo de Mussolini, sigue con la masacre de los soldados alemanes, ya en las postrimerías de la guerra, y no termina hasta que se asienta la moderna democracia en Grecia, en el último cuarto del siglo pasado, y se recupera el turismo y se saca del baúl de la historia la figura de Elisabeth de Austria, más conocida como Sissí, que tenía en Corfú su palacio de verano.

Tremonti pasea por cubierta con las manos embutidas en el bolsillo del chubasquero rojo, agacha la cabeza para protegerse del viento que viene en rachas, húmedo y peleón, y termina por refugiarse en el peldaño de una escalerilla lateral, que lleva a una planta superior de la cubierta de popa, a refugio de las ráfagas.

No se ha atrevido a llamar a su mujer y preguntar quién es Toni. Reconoce que no está preparado para ninguna respuesta, aunque se teme lo peor, y puede que le desconcertara todavía más una explicación coherente y verosímil, pero no quiere enfrentarse a una conversación tensa sin conocer cuáles son sus alternativas o sin anticipar un esbozo de las que serán sus reacciones.

Llamará mañana, después del desayuno, cuando haya regresado de llevar a las niñas al colegio, cuando Cleanta y Clidia se hayan quedado al otro lado de los muros de ese centro en el que Tremonti sólo ha estado una vez y que le pareció demasiado severo para unas niñas.

Son casi las dos de la madrugada y a estas horas hace ya un par que ellas están durmiendo, pero la salida de Atenas ha sido algo especial, o más bien la salida de las niñas después de sus desconcertantes informaciones, una despedida casi mecánica para ellas y demasiado tensa y emocionada para su padre.

Desde entonces, en los momentos en que no se ha sentido absorbido por los asuntos propios de su función, o incluso en medio de ellos, como cuando el sobrecargo le ha planteado el problema del aprovisionamiento de huevos, pasa del desaliento a la esperanza, y de ésta a la incertidumbre, para volver a un principio de abatimiento en el que no quiere caer. Tan ensimismado está en sus especulaciones que tarda en percibir el sonido de las pisadas bajando los peldaños de la escalerilla, y cuando alza los ojos ve unas piernas de mujer de pantorrillas marcadas que descienden desde lo alto. Se levanta para dejar espacio a la pasajera, pero no es una pasajera, sino Mary, o María, la componente femenina de los Diamond's Brothers.

Hay una regla no escrita, pero recomendada a todos los componentes del elenco artístico, en la que se ruega que no se mezclen con el pasaje, pero son las dos de la madrugada, no hay ningún pasajero ni puede que lo haya despierto fuera de sus camarotes en ninguna parte, y Tremonti no tiene el ánimo para sacar a relucir las reglas.

—Buenas noches, director.

—Buenas noches, María. ¿Salió bien lo de la piscina?

—Cumplimos —explica ella escuetamente para que no se olvide de que fue un trabajo llevado a cabo más allá del cumplimiento del deber.

En otras circunstancias, Tremonti le hubiera deseado buenas noches, pero lleva demasiado tiempo rumiando a solas, y aunque se dice que los disgustos amorosos propenden al varón hacia la misoginia, el vislumbre de las pantorrillas le ha traído el grato recuerdo de la redondez de las rodillas de esta chica a la que parece destinado a prestarle siempre más atención a sus zonas inferiores.

—¿Queda alguien por ahí arriba?

—Creo que los únicos que quedamos somos nosotros —responde la chica sin intención de marcharse.

—¿Insomnio? —pregunta él por cortesía.

—Necesidad de reflexionar. Parece que se hace mejor vestido que en la cama.

A Tremonti se le ocurren unos cuantos juegos de palabras sobre la reflexión vestido o desnudo, en la cama o fuera de ella, pero las desecha por impertinentes.

—Puede ser. Aunque hay quien sostiene que cuando se está a punto de abandonar la vigilia, en ese momento del primer sopor, se nos clarifican soluciones que no habían surgido a lo largo del día.

La chica saca un paquete de cigarrillos y le ofrece a Tremonti, que niega con la cabeza. Luego intenta que la llama del encendedor no se apague y Tremonti, ante sus tanteos inútiles, abre la solapa del chubasquero para ofrecerle un refugio, y la chica acerca el rostro con el cigarrillo prendido en la boca para tratar de encenderlo en el hueco que le ofrece. Al hombre le llega un aroma de cremas de maquillaje y perfume de violetas que le recuerda otros perfumes diluidos por la memoria en situaciones parecidas. Por fin logra prender el cigarrillo, retira la cabeza y una voluta que sale de su boca queda arrebatada por el viento, que la deshace de inmediato.

María ha discutido con Ricardo después de la actuación. No ha sido una de esas peleas furiosas que terminan en un amago de golpe de ella hacia él, en la detención del brazo, en el forcejeo que principia en batalla y acaba en abrazo, lágrimas y perdones, promesas y votos. Ha sido una discusión fría en la que ella, por vez primera, ha sentido algo peor que encono o ira, porque lo ha mirado con un principio de desprecio, con un asomo de lástima, y una mujer puede aborrecer y volver a amar, pero el camino de la pérdida de estima casi nunca tiene regreso. En lugar de recrearse en la furia ha sentido la cólera fría que serena el insulto para elegir el más denigrante, y sabe el impacto que le ha producido a su pareja cuando le ha dicho la frase que nunca se había atrevido a pronunciar: «Ibas para Scott Hamilton y te has convertido en la caricatura fracasada de un saxofonista. Ni siquiera produces pena: sólo eres ridículo». «Yo sé quién soy —le ha respondido él tan borracho como pesaroso—, pero tú sólo eres la imitación de las cantantes que plagias. Ni siquiera eres tú».

Las palabras que más hieren son las certeras, las que se clavan en el fondo de la verdad. Y a Ricardo se le ha clavado la lanza porque admira a Scott Hamilton por todo, por su manera de interpretar, porque tuvo la fortuna de tocar con las viejas glorias cuando dio el salto desde Rhode Island a Nueva York y compartió escenario con Roy Eldridge, Tiny Grimes o Benny Goodman; porque ha logrado que el saxo suene como en el jazz más clásico, y se desperece en el aire y, a la vez, se incardine con los ritmos del rock sin perder swing; porque Ricardo daría media vida por haber grabado un disco como *East of the Sun* o *Race Point,* y sabe que el tiempo pasa, y los pulmones se cansan, y el pequeño fracaso alimenta la huida que, a la vez, le aleja de parecerse a su ídolo. Y María se ha sentido lacerada porque es cierto que no sabe quién es como artista. Personalmente lo tiene claro: la pareja de un músico fracasado. Pero eso lo puede cambiar y está dispuesta a cambiarlo. Lo que resulta más complicado es cambiar la faceta artística, y se siente náufraga a bordo de un sólido buque, desorientada por no haber sabido ubicarse, por haber perdido el tiempo, por haber confiado en un borracho con sueños de gloria, por desconocer cuáles son los caminos que conducen a una grabación, ahora que las casas de discos están desconcertadas y lo único que producen con entusiasmo son *remakes* de viejos éxitos.

—Odio el alcohol, pero necesito una copa. O un café. O las dos cosas —le propone María directamente a Tremonti.

Sotirios está acostumbrado a cualquier tipo de situación, pero le coge desprevenido la iniciativa de María. La verdad es que no tiene sueño, le apetecería hablar con alguien y esta ventosa cubierta no es el sitio más acogedor. Tampoco le gustaría que le viera el personal de guardia en compañía de ella, y ello será así, tanto si se dirigen al vestíbulo de recepción como si se refugian en alguna de las cocinas.

—En el único sitio en que puedo ofrecerle un café y una copa es en mi despacho —se brinda con temor de que pueda malinterpretarse el ofrecimiento.

—¿Y hace menos viento que aquí? —comenta ella con media sonrisa.

~

El senador se levanta a tientas y va hacia el cuarto de baño guiándose por la pálida luz de los suaves indicadores verdosos de luz distribuidos sabiamente por los zócalos, hasta que su mano tropieza con la rugosa superficie de la puerta de cristal. Podría encender la luz sin temor a molestar a su mujer, que duerme plácidamente con la profundidad de una *girl scout*, pero teme despejarse demasiado. Últimamente, cuando se despierta por la noche acuciado por una vejiga a la que la próstata comienza a empujar, le sucede que se queda casi una hora o más despierto, sin lograr encontrar de nuevo el sueño reparador. Siempre hay algo que le ronda, asuntos grandes o pequeños, las putadas en el seno del partido, las maniobras parlamentarias de complejos acuerdos, a veces tan complejos que él mismo se pierde, las perspectivas de su carrera política, que, en este año, cuando faltan todavía dieciocho meses para las elecciones presidenciales, puede tomar un giro definitivo.

No es un parlamentario brillante y él lo sabe, pero merced a un sólido entramado de alianzas e intereses resulta un elemento con el que todos tienen que contar de cara a las primarias. Controla muchos votos, y en unas primarias del Partido Demócrata su aportación puede ser necesaria para algunos aspirantes y conveniente para cualquiera, y ya ha notado los movimientos envolventes de los conmilitones que, al menos, quieren garantizarse su neutralidad.

Ha aceptado la invitación a este crucero por influencia de Nancy, pero él, como le sucedía a su padre, nunca se ha sentido a gusto con las familias tradicionales de Boston, siempre se ha encontrado fuera de lugar, como si estuviera hablando con la persona equivocada o como si temiera un juicio severo que en el fondo le importara. A pesar de sus éxitos políticos y de que en más de una ocasión ha tenido que desplegar sus influencias para favorecer algunos proyectos de su familia política, sigue sin sentirse uno de los suyos. Por un lado, no olvida las humillaciones que le hicieron pasar al principio, la férrea oposición a la boda, las martingalas, a veces miserables, de las que se valieron los padres de Nancy para desbaratar la formación de la pareja. Y, por otro, sus cuñados, tías y tíos vicarios —desaparecidos sus suegros—, aun después de someterse a la poco agradable prueba de solicitar sus favores, una vez realizada la gestión le dan las gracias como se las dan a los chóferes o a los criados. Nancy dice que son figuraciones suyas, y a lo mejor tiene razón y muestra una faceta paranoica producto de las vísperas de la boda, pero su intuición veterana en las complicadas lides de la política le corrobora sus impresiones.

Mr. Coldwood representa lo que más admira y lo que más odia. El senador sabe que es un privilegiado porque su padre tenía el suficiente dinero para satisfacer sus estudios, sus caprichos e incluso los costosos principios para hacerse un hueco en el Partido Demócrata, pero él no era miembro de ese club sin domicilio social en el que no se necesita inscripción pero al que se pertenece o no, y Mr. Coldwood pertenecía al club y no necesitaba exhibir ningún carné para reconocerse con alguien de ese club, fuera del mismo Boston, de Los Ángeles o del Reino Unido.

Con Mr. Coldwood, con los miembros del club, se siente tan inseguro como cuando trata a los negros. Cada vez hay más negros en el partido, y algún que otro hispano, y cuando en las reuniones se tiene que dirigir a ellos, nota un envaramiento interior que no le permite desenvolverse de manera natural. Está demasiado pendiente de no ser excesivamente brusco para que no se le tilde de racista, pero, a la vez, necesita contener las obsequiosidades, porque estos negros son muy soberbios y enseguida te acusan de paternalismo. Cada vez que entra a una reunión en un distrito y ve a un negro, o el pelo negro de un hispano en una tez que no es del todo blanca, nota el desasosiego interior que le avisa de una contención y una exhibición de seguridad que, en sí misma, logra ponerle nervioso. Los demás no lo notan, claro, pero en este asunto de las razas y las etnias, en el fondo está más de acuerdo con el pensamiento de algunos republicanos que con las convicciones oficiales de su propio partido.

Alivia la vejiga sentado —una cómoda postura que ha descubierto no hace mucho y que sólo emplea en los cuartos de baño de uso privado— y, por un momento, se acuerda de la grácil figura de la señora Coldwood, de sus hombros casi perfectos, de su elegante manera de andar y sentarse. Por Boston corren diversas murmuraciones, sobre todo ante la boda discreta a la que muy pocos asistieron, sobre el pasado de Patty, pero al senador le parece que sus modales son más distinguidos que los de su propia esposa, y le cuesta creer las historias que circulan porque también en ese club distinguido existen las envidias y las miserias.

Lo más desconcertante ha sido la nada velada propuesta de Mr. Coldwood sobre su ayuda directa en caso de postularse a encabezar las presidenciales por el Partido Demócrata.

El senador, que lo ha sopesado en muchas ocasiones y ha hecho cálculos aritméticos sobre la viabilidad que podría tener su candidatura, e incluso las tres o cuatro personalidades de prestigio a las que podría presionar para que la presentaran como cosa suya, ha negado enérgicamente con la cabeza y le ha dicho escueto:

—Nunca se me ha pasado por la cabeza.

—Supongamos que le creo —ha dicho conciliador Mr. Coldwood— y que eso es así, aunque la posibilidad de plantearse ser presidente del país es casi una obligación en los políticos de larga andadura como usted. Pero, insisto, usted no se lo ha planteado. Bien, se lo planteo yo.

El senador se ha quedado mirándole con tanto agradecimiento de la vanidad como desconfianza intrínseca. Mr. Coldwood es un simpatizante del Partido Republicano y tiene buenas amistades, incluida la del presidente Bush. ¿A qué viene esta propuesta? Así que, con falsa humildad, le ha confesado:

—No creo que tenga cualidades para ser presidente.

Mr. Coldwood se le queda mirando mientras piensa que no es más tonto que Bush, incluso tiene un punto de malicia superior al de su amigo Bush, pero resultaría descortés proclamarlo en voz alta. En lugar de eso le ha comentado:

—Eso, en todo caso, lo tendríamos que decir los demás.

—Pero usted es republicano —protesta el senador.

—Bueno, yo soy Mr. Coldwood. Y, sí, ayudo económicamente al Partido Republicano, pero también ayudo al Partido Demócrata. Puedo tener simpatías, pero no puedo despertar antipatías. Y el próximo presidente será demócrata. La triste manera de llevar la ocupación de Irak, la traición de Europa, que siempre espera que nosotros pongamos el dinero, el ejército y los muertos hasta que se pasa el conflicto y entonces nos recuerdan que somos aliados, pasará factura y los votos se los van a llevar los demócratas. Así que no es que me deje de importar, es que prefiero llevarme bien con el futuro presidente de Estados Unidos.

—Debería hablar con Al Gore o con Hillary Clinton —señala el senador.

—Al Gore está amortizado con su ecologismo, que le llevará a cenar con Jane Fonda, y Hillary Clinton es un *bluff* que no soportará unas primarias, y si lo hiciera, se caería en el primer debate. Tenga en cuenta que Estados Unidos está más preparado para recibir a un presidente negro que a una presidenta.

—Pero hay muchos nombres y figuras en el Partido Demócrata.

—Usted, por ejemplo —insiste Mr. Coldwood.

—No tendría posibilidades —comenta el senador.

Y la respuesta satisface a Mr. Coldwood, porque significa que acepta la hipótesis y entra en el juego. Es el primer paso.

—Calculo que sus posibilidades son, en este momento, de una entre cinco. Más o menos el veinte por ciento. Habría que ver quiénes se mueven hacia las primarias, y, si se logran truncar algunas candidaturas peligrosas, podríamos llegar empatados con el rival más próximo. O casi empatados. En esos casos, conviene tener una buena maquinaria detrás... y algo de dinero.

El senador se ha sobresaltado, porque en los cálculos que él ha hecho y que no ha puesto en conocimiento de nadie, ni siquiera de Nancy, le sale entre un diecinueve y un veintiuno por ciento de apoyos dentro del partido. ¿Cómo diablos está Mr. Coldwood al tanto de eso?

Y éste, como si adivinara los pensamientos del senador, prosigue con su charla de seducción.

—La maquinaria electoral no es problema. Es lo mismo que alquilar un coche. Se alquila y ya está. Lo más problemático sería el dinero, pero creo que hay unas cuantas personas que estarían dispuestas a ayudarle.

El senador se pone alerta, porque esta circunstancia ya se la conoce. Generosos ofrecimientos a cambio de algo que no es fácil, es decir, de algo que, por mucho dinero que se tenga, no se puede comprar en ninguna parte. Y no dice nada, esperando que le desvele cuál es la contrapartida.

—No quiero halagarle la vanidad. Su nombre es sólido. No es muy conocido, pero no suscita rechazos. Y esas personas a las que aludo se fiarían de mi palabra y se tranquilizarían al saber que el candidato sería usted.

El senador ya adivina que no es el momento de entrar en detalles y que el muy cabrón no va a explicar qué contrapartidas irán a exigir en el futuro, aunque todos los presidentes llegan al juramento con el lastre de unos compromisos tan abstractos en esos momentos como concretos lo serán en días posteriores.

Mr. Coldwood no pretende abrumar en esta primera jornada, en este tanteo de vísperas. Conoce bien la ambición humana y sabe que no hay nadie que, tras una primera sorpresa, por muy enérgico que sea su rechazo, a la larga no se considere digno de la propuesta. En la curia no hay nadie que rechace ser papa. En la milicia no hay ningún militar que no desee ser general, ni ningún general que no quiera ser comandante en jefe. Y en la política profesional tampoco hay nadie que se oponga a ser elevado a jefe del grupo. En su casa, cuando ya era Coldwood Junior y su padre le permitía el acceso a las reuniones importantes donde se decidían asuntos trascendentes, vio fabricarse dos candidatos, uno de los cuales llegó a la presidencia de la nación. Después ocupó el puesto de su padre, y son ese tipo de retos los pocos que ya le estimulan.

Se siente cómodo, pero nunca desprecia a los tipos como el senador. Si están allí es por algo. La actividad política es una tarea en la que la constancia tiene tanto mérito como la inteligencia, y la inteligencia tanto como la intuición. El porcentaje de mediocres es muy alto, pero los que destacan y resisten tienen demostrado que no lo son. A Mr. Coldwood el senador le puede parecer ingenuo y primitivo en muchos aspectos, pero nadie ha escrito que no sean ésas buenas cualidades para ser presidente. El presidente tiene detrás muchos técnicos, muchos consejeros, muchos equipos, muchas personas de mayor valía que él, profundos conocedores de materias difíciles pero que no resistirían las dentelladas de unos políticos mediocres si tuvieran que sobrevivir en el seno de un partido. Y, a veces, también los técnicos fallan en sus informes, y la intuición del presidente le impele a no hacer caso de lo que dicen los técnicos, y acierta. O al revés, y comete un desatino de dimensiones considerables.

Tras una pausa que casi es incómoda, el senador desea despejar dudas.

—Supongo que habla usted en serio.

—No me permitiría una broma con algo tan importante —le responde rápido Mr. Coldwood.

—No sé... —aparenta dudas el senador—. Es algo que me sorprende y lo tendría que pensar. Y hablarlo con Nancy.

—No creo que Nancy vaya a ser un problema. Ella es ya una profesional.

Sí, es cierto, una profesional, aunque en la vida íntima y doméstica la encuentra alejada. Parece más cariñosa cuando hay personas delante que cuando están a solas. La prueba es el escozor de la uña que ha intentado cortarse, por la desatención de su esposa, y que ahora, al subirse el pantalón del pijama para volver a la cama, le hace sentir una especie de molesta quemazón.

Se echa la sábana por encima y vislumbra un letrero reconfortante que dice *Hotbush for president*. Casi se le dibuja una sonrisa en la boca cuando, de repente, se sobresalta y piensa en el chiste que circulará enseguida: «De un

Bush a un Bush-Caliente». Se lo debería comentar a Mr. Coldwood.

~

En el despacho de Tremonti hay un sofá de rinconera y una mesita baja. María y Tremonti se han sentado cada uno en un lado del rincón, frente a sendos vasos de leche.

—Si tomamos café no vamos a dormir en toda la noche —ha observado Tremonti—. ¿Quiere un coñac?

—No, gracias. ¿Hay leche?

Y ante la afirmación gestual de Tremonti, le pide un vaso de leche. Y allí están, con sendos vasos de leche, María contenta de no estar en su camarote, y Tremonti aliviado de no pensar en su esposa.

María no es tan cosmopolita como Tremonti, pero sabe que cuando dos personas no tienen nada en común de lo que hablar lo mejor es interesarse por las actividades profesionales del otro, así que comienza con una batería de cuestiones sobre la organización y dirección del crucero, algunas porque siente cierta curiosidad y otras por mera cortesía.

Tremonti responde con profesionalidad, pero no deja de captar la atención mecánica de ella, los tics en las manos, como si algo le desasosegara, sus bruscos cambios de postura, tal que un durmiente que no encuentra el hueco adecuado en la cama, o como esos perros que, antes de echarse sobre el lugar en el que se van a enroscar, dan varias vueltas para dar con la orientación más apropiada.

En un momento de su explicación, Tremonti deja la cuestión sobre la que peroraba y le plantea directamente:

—Perdone, pero me da la impresión de que estas materias le interesan a usted tanto como a mí el cultivo de las hortalizas, y le aseguro que las hortalizas sólo me interesan como comestibles, y me despreocupan por completo sus formas de cultivo.

—¿Por qué dice eso? —inquiere medio sorprendida María, pero sin muchos esfuerzos por disimular.

—Porque desde que nos hemos encontrado la noto inquieta y nerviosa. Nerviosa para encender un cigarrillo o para seguir una explicación. ¿Tiene algún problema?

María se le queda mirando y sopesa la pregunta como si debiera responderla con sinceridad.

—Sólo tengo un problema. Un único problema.

—¿La puedo ayudar? —se ofrece cortésmente Tremonti, pero con escaso entusiasmo.

—No, no puede. En realidad mi problema es mi vida. Y eso no lo puede arreglar usted. Es más: ni siquiera yo sé cómo hacerlo.

Y la tensión acumulada a lo largo de todo el día estalla por dentro, y los hombros sufren una convulsión y María se inclina hacia delante, se cubre la cara con las manos y se pone a llorar.

Tremonti ha visto llorar a princesas herederas porque se les ha roto una cremallera horas antes de asistir a una recepción ofrecida por la embajada de su país; y a cantantes porque los afiches de publicidad del concierto se han perdido en el vuelo y no llegarán a tiempo, y a actrices porque la estilista no les ha acertado con el bucle exacto en el cabello o en el tono del maquillaje, pero en estos hombros convulsos hay algo conmovedor, el *sprint* final de una pena que ha llegado a la meta y se desparrama delante del público. Tremonti es el único público y calla por respeto, a la espera de un indicio que le sirva de apoyo para ejercer el papel de consolador. Si tuviera confianza, le pasaría una mano por los hombros. Si fuera una pasajera desconocida, se ofrecería para llamar al médico y que le recetara un alprazolam para conciliar el sueño. Si se tratara de una vip, habría tendido el pañuelo y pronunciaría frases tan mecánicas como calmantes, en ese tono ronroneante y monótono que requiere la circunstancia. Pero ha extraído de sus adentros una cierta solidaridad, incluso un cierto afán de protección, porque ver los hombros, que se vislumbran huesudos, estremecerse con periodicidad mientras las manos que tapan el rostro intentan tapar el mundo, o puede que su propia biografía, le amohína a la vez que nace esa especie de hermandad que crece en las desgracias similares, aunque él todavía no sepa cuál es su naturaleza. Por un momento se distrae en la comparación entre esos hombros, que bajo el conjunto de punto se conjeturan puntiagudos, y unas rodillas sensuales y carnosas, con un suave acolchamiento hacia el inicio del muslo, pero le parece inoportuno su deslizamiento mental mientras los sollozos son claramente audibles, y, al cabo de un rato, precisamente cuando María parece aquietarse, opta por abandonar el lugar en el que está sentado junto a ella y alejarse para evitar un gesto de compasión que podría ser contraproducente.

María se quita las manos del rostro, saca un pañuelo de una de las mangas como un prestidigitador que ha decidido confesar sus trucos, y se limpia las humedades con ese cuidado añadido de no arrastrar afeites y maquillajes, sombras de ojos y rímel. Luego se percata del desplazamiento de Tremonti, que se ha refugiado en uno de los dos sillones confidentes que hay frente a su mesa de despacho, y le interroga.

—¿Le doy tanto miedo que se aparta de mí? ¿O es el temor a que las penas sean contagiosas?

Tremonti duda un poco y vuelve a sentarse junto a ella, mientras aclara:

—Las penas ajenas no me causan miedo: me producen respeto.

Hay personas a quienes las lágrimas avejentan, pero en esta madrugada la expresión de María se aniña. Esfumada la seguridad del escenario, diluido el falso aire mundano, el enrojecimiento de la nariz y la desaparición de parte del maquillaje le proporcionan a la expresión un aire infantil, una sinceridad recién llegada.

Tremonti está más despejado que antes, a pesar de la hora. De la misma manera que ocurrió la primera vez, hay algo en esta mujer que le impele a prolongar su permanencia, y se dispone a escuchar unas confidencias que no tardan en fluir, como si María necesitara hacer repaso general de su biografía, y Tremonti recibe las noticias del coro del colegio, de la propuesta de ser solista, de los concursos de radio, de las primeras apariciones en programas infantiles de televisión, de la oposición de los padres, de la ruptura, de una vida bohemia y divertida pero que no era divertida, sino que estaba amparada en los años, el encuentro con el músico de jazz, el peregrinaje por los hoteles turísticos, el varamiento final en este barco cuando las ilusiones están rotas y parece que ya han pasado todos los autobuses.

En un intento de paliar la pena de María, Tremonti proporciona algunos detalles de su peripecia personal, dos desconocidos que hace tan sólo unas horas apenas sabían el nombre y cometido del otro, y que se desahogan mutuamente como si disfrutaran de una antigua y cimentada amistad.

María juega con un estuche de azucarillo que no ha empleado y lo abanica de tanto en tanto, y en uno de esos movimientos pendulares el estuche cae al suelo. Tremonti y ella se agachan para recogerlo y las caras quedan juntas, casi a punto de darse un encontronazo, y ella se ríe de lo ridículo de la situación, y Tremonti siente que la tristeza que le ha acompañado a lo largo del día, desde que Cleanta y Clidia fueron a comer con él, se empequeñece y hay un estiramiento felino en alguna parte ignorada de su cuerpo, como si las uñas retráctiles de la conciencia salieran en busca de la luz, y la sonrisa de ella se prolonga tanto que se vuelve seria mueca y él la toma de la barbilla y ella cierra los ojos, y los escondidos felinos dan el salto, y hay un beso que comienza suave y se torna brusco y apasionado cuando ambos se incorporan y comienza la urgencia del abrazo, las hambrientas manos de ciego intentando reconocer al otro cuerpo mientras en el propio otras manos, no menos ávidas ni ciegas, hacen lo mismo. Y, pasados unos minutos de tacto, de repente, el sentido de la vista siente envidia y reclama su parte, y viene la urgencia de apartar las ropas, de hallar la adánica desnudez, o, mejor aún, la morbosa semidesnudez que cubre y destapa, que anuncia y excita, mientras las manos siguen investigando y las bocas buscan otras zonas, y el olfato recoge mensajes del antiguo anfibio, y la memoria reptiliana se animaliza, y comienza el primer apareamiento que hubo en el mundo, porque la primera vez que un hombre y una mujer se conocen y se sueldan, se integran y se funden, es siempre el primer día al día siguiente de haber perdido el Paraíso.

Cuando los dos cuerpos sufren casi al unísono, pero primero él y luego ella, un espasmo profundo que los deja casi al punto del desmayo, el barco comienza a entrar por la bocana del puerto de Dubrovnik.

4

El primer síntoma pasó inadvertido para Patty. La bronca de la señora Stoner con su madre fue muy fuerte, porque ella se había olvidado de acudir a la cita que tenía con un cliente, y aunque Patty, al ir al baño, se había encontrado con un tipo gordo y sudoroso que mantenía la cabeza baja, como si le avergonzara estar allí, creyó que todo se habría debido a alguna mala interpretación y no le concedió mayor importancia.

Incluso creyó que las confusiones posteriores de horas o fechas o nombres se debían a las equivocaciones normales que cualquier persona sufre alguna vez, pero lo que le produjo una alarma real, porque resultaba algo insólito, fueron los ataques inopinados de ira, la deriva de un comentario en contra hacia un ataque de cólera desproporcionado con el asunto de que se trataba. Esos arrebatos de mal genio de su madre le preocupaban más que su aparente descuido o desorden con citas y obligaciones.

Si algo era su madre, si de alguna manera se la podía resumir, era como una mujer alegre, porque aun en los momentos en que las cosas no iban bien —y ello no resultaba infrecuente— mantenía un optimismo difícil de descabalgar y una presencia de ánimo que le había contagiado a Patty una especie de seguridad sobre el futuro que parecía partir de la certeza de que las cosas, al final, terminan por arreglarse.

Aquellas perturbaciones coincidieron con el término de su estancia en la Universidad Loyola. La necesidad de abandonar o, al menos, intentarlo, su actividad tradicional durante las vacaciones académicas en Los Ángeles predominaba sobre cualquier otra preocupación. Le habían hablado de una galería en Nueva York que requería un ayudante de dirección o algo así, y su formación y su expediente le hacían acreedora del puesto. Tras la primera entrevista se percató de que se trataba de «algo así» más que de una verdadera ayudante de dirección, y, como el dinero que le pagaban era ridículo, inició de nuevo sus actividades en compañía de una amiga que había conocido precisamente en Los Ángeles, sin abandonar la galería, hasta que la incompatibilidad de horarios se hizo tan evidente que se despidió de su primer intento de actividad fuera de la prostitución.

Su amiga tenía un par de contactos en una empresa de publicidad y en otra de servicios generales, y a través de estos individuos a los que a veces se les tenía que invitar a un servicio por cuenta de la casa, lograron reunir una cartera de clientes que les permitía mantener una actividad regular y constante.

Su amiga conoció en un congreso a un hombre de negocios alemán, del que creía que formaba parte de la convención, porque su cliente se había quedado borracho en la habitación, y el hombre le contó las desventuras de su primer divorcio, ante lo que la amiga de Patty mostró tanto interés y comprensión que, a los pocos meses, viajó a Alemania y se casó con él.

Dueña del negocio, con una lista de colaboradoras habituales que en una ciudad como Nueva York no era difícil aumentar, Patty se consagró a la dirección de la agencia, a la que añadió una convencional de azafatas para congresos que le permitía mantener una fachada normal y que se mostró como una excelente fuente de ingresos, aunque daba mucho más trabajo porque había que llevar una cuidadosa prelación de fechas y personal disponible. No era lo mismo localizar una chica para un cliente, con destino a una cena y una noche, que prever un mes antes la presencia de veinte o cuarenta jóvenes azafatas profesionales para una empresa, un hotel o un local especializado en congresos.

Una vez al mes, por lo menos, viajaba a Chicago para ver a su madre. Ya se había separado de la señora Stoner y había tomado un apartamento en una calle que llevaba a la parte alta de la avenida Michigan. Estaba llena de manías y sus irritaciones seguían siendo frecuentes, pero Patty lo achacaba a la edad, posiblemente también a su ausencia, porque no recibió nada bien la noticia de que se iba a vivir a Nueva York.

A veces, cuando estaba calmada y posaba su mano sobre la de ella, como si quisiera confirmar físicamente que su hija estaba allí, le hablaba del pasado, de su padre, es decir, del padre de Patty, de la miserable vida que habían llevado casi siempre, de las deudas y de la obsesión por el dinero, la pesadilla de su escasez, la vergüenza de recibir a los acreedores.

Patty se acordaba de algunas cosas, pero la mayoría le parecían cuentos lejanos de los que no tenía memoria de haber sido testigo o protagonista, mientras que había detalles que no se le borraban, como aquellos zapatos blancos, con las puntas grises por el uso, cuando arribaron a Midtown y las acogió la señora Stoner, o los viajes al colmado de los Matteni y el diferente comportamiento que debía adoptar según estuviera solo el señor Matteni o acompañado de su mujer. Y la leyenda de aquella hija suya que había conocido a un príncipe azul y se había casado con él.

Su madre, no obstante, insistía en recordar épocas mucho más lejanas, incluso cuando era ella niña, y le proporcionaba tantos detalles que a Patty le parecía que poseía una memoria extraordinaria.

Pero junto a estas exhibiciones de retentiva la sorprendía dejándose encendida la vitrocerámica o el grifo de la ducha abierto, despistes inesperados que comenzaron a preocuparla. No obstante, al pasarse el lapso de irritación, al superar las distracciones, la veía tan contenta y tan feliz en aquel pequeño apartamento, que regresaba a Nueva York tranquila y satisfecha.

Le había propuesto que se fuera a vivir no con ella, pero cerca, en Long Island o Nueva Jersey, y su madre siempre se había negado, porque pese a no ser muy mayor no se encontraba con fuerzas para adaptarse a una ciudad desconocida, sin olvidar que haber conquistado un lugar fuera de Midtown, vivir cerca de la avenida Michigan, significaba haber vencido a la ciudad, haber logrado, ya que no la conquista de un sueño, al menos la sensación de haber llegado a la victoria.

No transitaba mucho por el *downtown*, pero las pocas veces que se desplazaba reconocía los lugares y, sin llegar a pasearse como un general victorioso, Patty sabía que su madre se sentía como un soldado perteneciente a un ejército que había logrado una parte del botín.

Se había comprado un Seville de tercera o cuarta mano que guardaba en una plaza de garaje situado en otra manzana, pero apenas lo usaba. Chicago es una ciudad incómoda para moverse con el coche y atravesar la ciudad, y a Patty le tranquilizaba que su madre no tuviera un gran entusiasmo por conducir.

No obstante, una tarde —una de esas tardes en las que la actividad de las dos agencias era frenética— recibió una llamada de la policía de Chicago. Habían encontrado a su madre en la Expressway John F. Kennedy, cerca del aeropuerto internacional de O'Hare, aparcada en un lado de la autopista, vestida sólo con un camisón, aterida de frío y con señales evidentes de desconocer su identidad, que pudieron recomponer gracias a la documentación hallada en el automóvil.

Encontró un vuelo en United Airlines que salía a las ocho de la tarde y llegaba a Chicago pasadas las nueve y media, pero del aeropuerto Newark, lo que suponía que debía calcular más de una hora hasta llegar allí. No le dio tiempo de hacer ningún equipaje. Eran casi las cinco y

Manhattan se ponía estupenda. Sopesó la posibilidad de tomar el tren, pero el traslado a la estación suponía introducirse en el laberinto del atasco, así que decidió coger un taxi.

En la hora larga que el vehículo tardó en arribar a Newark recordó que su madre casi nunca había estado enferma. La oía quejarse del calor en los veranos, pero los duros inviernos de Chicago parecían no hacer mella en su persona, y, sin tener una apariencia robusta, porque más bien era femenina, y no muy alta, le costaba rescatar una imagen de ella en la cama.

Patty se sorprendió con una obviedad, y fue que la relación que se tiene con una madre carece de términos de comparación. Se puede comparar un amigo, un marido, un novio, si se tienen varios, incluso un hermano si uno pertenecía a esas familias italianas o chicanas de larga prole, pero en el apartado de madres no existía cotejo posible. Descubrió que la relación que tenía con su madre era paradójica. Por un lado, había gozado de intimidades que eran insólitas, puesto que pocas madres e hijas habían estado a la vez con el mismo hombre en la cama. Ahora bien, al margen de los aspectos técnicos del acto amoroso, en los cuales jamás hubo una barrera de pudor, tampoco se puede decir que hubieran abundado las confesiones entre ellas, la traslación de esos anhelos que los extraños ignoran. Si bien en los últimos tiempos, prácticamente desde que se había ido a vivir a Nueva York, durante las visitas a Chicago su madre se mostraba más comunicativa, también era cierto que se constreñía a confidencias referidas a su pasado, pero que dejaban al margen gustos y deseos más allá de los que cualquiera descubre durante una larga convivencia. Y ella, Patty, tampoco le había revelado nunca sus sueños, esas aspiraciones que se comparten con la persona que está más cerca en afecto y presencia. En realidad, acostumbrada en la residencia y las aulas de la Universidad Loyola a ocultar su faceta nutricia, y, en Los Ángeles, a que no se le escapara nunca su identidad como estudiante de Bellas Artes, parecía como si ese ejercicio mecánico de ocultación, casi natural, se hubiera trasladado también a la relación con su madre.

Se adormeció en el avión y, cuando llegó a Chicago —pasaban las diez de la noche—, un somnoliento policía le indicó que allí no había nadie detenido y, cuando ella le volvió a explicar la naturaleza de lo sucedido, el hombre hizo unas consultas por teléfono y le tendió un papel con la dirección de un centro de acogida.

Fue una noche larga, paseando en un taxi con su madre envuelta en una manta que le habían prestado para echarse encima del camisón y tratando de convencer a un conserje malhumorado de que se vistiera y les abriera la puerta del apartamento porque su madre no llevaba un camisón con bolsillos o con llavero al salir de casa.

Amanecía cuando dejó a su madre acostada, tras obligarla a beber un vaso de leche caliente, mientras ella le preguntaba: «¿Qué haces aquí, qué haces aquí?», con la humilde sensación de haber hecho algo que no estaba bien visto.

Patty le preguntó al conserje, mientras les abría la puerta con aspecto agraviado, si la había visto salir el día anterior, pero fuera por sentirse atropellado en su sueño o porque no se había dado cuenta, contestó que no lo recordaba.

Puesto que el Seville estaba en un garaje situado a una manzana de distancia, no era posible que hubiera salido de casa vestida con un camisón sin que le hubiera extrañado a nadie. Y no llevaba las llaves de casa, pero en algún sitio tendría que haber puesto las del automóvil. Patty se adormeció en el dormitorio de su madre reflexionando sobre esa incógnita, echada a su lado, sin desvestirse, y se despertó cuando el sol ponía claridades amarillas sobre las cortinas de la ventana.

Su madre dormía plácidamente y ella se encontraba destemplada y con una sensación de profunda fatiga, como si llevara una semana por caminos y sendas, trasladándose a pie. Entonces se percató de que había emprendido el viaje sin maleta alguna, y aunque en lo que hacía de cuarto suyo había algún abrigo, algún impermeable, un par de jerséis y tres blusas, no disponía de ropa interior. Dudó entre salir a comprar y dejar a su madre sola, o esperar a que se despertara. Al verla tan profundamente dormida, se arriesgó a acercarse a una tienda que había a unos metros de la esquina de la avenida Michigan.

Al regresar, se asustó al ver la luz de la cocina encendida. Allí estaba su madre haciendo unos huevos revueltos, sorprendida al verla y preguntándole con extrañeza cuándo había llegado.

—Ayer, mamá —le contestó con cansancio.

—¿Ayer? ¿Y dónde dormiste anoche?

Patty no contestó y se fue a consultar la guía de teléfonos para localizar un médico que la reconociera aquella misma mañana.

Su madre estuvo muy simpática con el médico y hasta hubo un momento en que Patty se sintió esperanzada de que el incidente se hubiese debido a algo puntual, como esas pájaras que dicen que padecen, a veces, los deportistas y que les hacen olvidarse del sitio donde se encuentran. Pero el médico estuvo sometiéndola a una batería de preguntas tras escuchar atentamente lo que había sucedido y, luego, pidió hablar con Patty.

—Pienso que debería reconocerla un especialista que confirme el diagnóstico, pero creo que no me equivoco.

Y Patty recibió su primera clase de divulgación sobre el Alzheimer, de cuyas características había leído artículos en alguna revista o había escuchado comentarios, pero como si se tratara de fenómenos que les ocurrían a personas de otro planeta. Esta vez se trataba de su madre, y la palabra «neurodegenerativa» penetró en su mente con toda la carga conceptual que la segunda parte llevaba consigo.

—¿Dónde estamos? —preguntó Mr. Coldwood, como si la desaparición de la leve y lejana vibración de los motores le hubiera inquietado hasta despertarle.

—En Dubrovnik —contestó Patty, que llevaba más de una hora desvelada.

~

—Es posible que el contacto tenga lugar en Dubrovnik —comentó Zeev Quinn, después de que Michael hubo leído y repasado el contenido del sobre blanco.

Por eso, Michael había desayunado un poco antes de las seis de la mañana, en un rincón de una de las cocinas, gracias a un favor de uno de los pinches, y por eso fue el primero que bajó del barco y se dirigió apresurado hacia la salida del puerto, donde localizó enseguida un automóvil, aparcado a escasos metros de la garita de vigilancia, con un tipo medio adormilado sentado al volante.

Golpeó con la mano el cristal de la ventanilla para despertarle y, sin darle tiempo, pasó al otro lado, abrió la portezuela correspondiente al copiloto y se sentó junto al amodorrado conductor.

—¿Lleva la documentación? —preguntó Michael, extrayendo del bolsillo de la chaqueta su pasaporte, su permiso de conducir y un bolígrafo.

El conductor ya se había recuperado y se volvió hacia el asiento posterior, donde reposaba una cartera de la que fue extrayendo los papeles del seguro y el contrato de alquiler.

—Ya sabe —le recordó Michael— que dejaré el coche aparcado por aquí, con las llaves dentro del parachoques, sujetas con celo.

—Eso no está autorizado —comentó el conductor.

—Ya lo sé. Por eso pago esta tarifa abusiva —dijo tendiéndole la tarjeta de crédito para que tomara la numeración.

Zeev Quinn le había ofrecido la posibilidad de dotarle de una doble documentación falsa, pero Michael consideraba que llevar dos pasaportes encima, o dejar uno de ellos en un camarote que se comparte con otra persona, no era ninguna solución. «Por una vez, actuaré con mi nombre artístico verdadero», pensó.

Tras marcharse el empleado de la agencia, ocupó su lugar tras el volante y se dispuso a esperar. Hacía tanto tiempo que estaba retirado que sentía cómo las suprarrenales descargaban la adrenalina, y una especie de tensión activa, pendiente de manifestarse, se extendía por todo su cuerpo.

A las ocho y media de la mañana comenzaron a salir los primeros pasajeros camino de las murallas. Michael tenía memorizadas las dos cuidadas melenas rubias de Nancy y Patty y la gordura que rayaba en la obesidad del senador, así como la figura enjuta y elegante de Mr. Coldwood. Sabía que no serían de los primeros en salir, pero cuando el reloj iba a marcar las nueve y media de la mañana y los grupos se espaciaban y menudeaban tanto que parecía que no quedaba ya nadie en el barco, notó los primeros síntomas de nerviosismo.

Nerviosismo que se calmó al localizar, tal como suponía, paseando con parsimonia, al matrimonio Hotbush y a Patty. Pasaron cerca del coche, pero la chaqueta oscura que se había puesto y la gorra que casi le tapaba los ojos no contribuían a ayudar a su identificación, sobre todo al encontrarse en el interior del automóvil.

Al cabo de casi una hora entró un taxi que alertó a Michael casi tanto como le alegró. Esperaba una de esas limusinas de cristales ahumados, y no le gustaba nada seguir una liebre cuando a lo peor la liebre no estaba dentro. Un taxi normal era otra cosa, porque se podía ver si estaba ocupado o no, e incluso quién lo ocupaba.

Dentro del coche comenzaba a hacer calor, porque ya le daba el sol, y Michael bajó unas rendijas las cuatro ventanillas con objeto de que circulara el aire. No quería poner el motor en marcha para encender el aire acondicionado, porque un coche parado durante tanto tiempo, con el motor en funcionamiento, concluye por llamar la atención.

Michael no quería confesárselo a sí mismo, tal que si temiera que sus cavilaciones pudieran ser adivinadas por el joven Zeev Quinn, pero notaba una especie de vigorización interior algo inesperada.

A los veinte minutos divisó el taxi, y, en su interior, un traje gris y un rostro que, a pesar de protegerse con unas gafas de sol, era el de Mr. Coldwood.

Siguió al taxi con alguna dificultad mientras circularon por la zona urbana, pero pronto se dirigieron a una carretera de salida hacia el norte, y ya se sabe que los taxistas de todo el mundo son mucho más veloces en el centro de las ciudades que en las vías exteriores. En cuanto salieron a una especie de autovía, el taxi aminoró la marcha y Michael pudo seguirle con comodidad a unos cien metros de distancia.

Llevaban recorridos seis o siete kilómetros cuando el taxi se desvió hacia una carretera estrecha que descendía de nuevo hacia la costa. De no ser por la concentración que requería el trabajo, Michael hubiera disfrutado de la vista de un litoral majestuoso, aunque algo pelado, que se desmoronaba hacia una rada, pero en lugar de eso sintió un sobresalto cuando divisó, al final de la rada, un puerto deportivo.

Podría ser que la reunión tuviera lugar en el interior de un barco, pero a medida que se iba acercando comprobaba con temor que las dimensiones de los barcos eran bastante pequeñas. Si hubiese avistado un gran yate de más de treinta metros de eslora se habría tranquilizado, porque resultaba coherente que la reunión pudiera celebrarse allí, pero la información recibida no casaba con la modestia de las embarcaciones presentes.

El taxi se acercó hasta la entrada de los pantalanes, se apeó Mr. Coldwood y despidió al taxi. Michael consideró que era una mala señal, y tuvo un presentimiento oscuro que se fue agrandando a medida que Mr. Coldwood entraba en el primer pantalán y, del segundo punto de atraque, ocupado por una lancha, surgía un tipo grande que le hacía una seña apenas perceptible y le ayudaba a bajar a la lancha.

El oscuro presentimiento se convirtió en evidencia cuando a los pocos minutos, un poco después de que Michael se hubiera apeado del automóvil, la lancha desatracó y enfiló hacia la salida de la rada.

Por si fuera poco, por encima de su cabeza, casualidad o no, pasó una avioneta y, seguidamente, un helicóptero, también camino del norte. Michael no era un geógrafo, pero sabía que la costa dálmata está repleta de pequeñas islas, de ensenadas maravillosas, de cabos desde los que se disfruta de una vista magnífica y de mansiones bellas y misteriosas, algunas de ellas construidas a principios del siglo pasado. Un hombre solo, dentro de un automóvil alquilado que, además, tenía que vestirse hoy de esmoquin para cumplir con su papel de *gentleman of dance,* no era suficiente para someter a vigilancia una reunión tan importante como parecía la que se iba a producir.

Frustrado, sin posibilidad de recibir ayuda de ningún tipo, se metió en el automóvil y decidió que la única carta que le quedaba en esa desigual partida era Patty, aunque le pesara, aunque le doliera.

Porque le iba a doler.

Muchas, muchas veces, cuando andaba solitario y descalzo por la playa de Matalascañas, o cuando se quedaba absorto en su pequeño salón frente al mar, en esas tardes en que la despedida del día se muestra perezosa, en ese momento en que el día no acaba de morir y la noche no acaba de nacer, o tumbado en la cama de madrugada, con los ojos abiertos hacia la oscuridad, cuando la mente se poblaba desordenadamente de fantasmas, había rememorado algunos de los momentos pasados con Patty, y el que más se repetía era la salida, tomados del brazo, del Giant's Salad, puede que la única vez en su vida en que creyó que el mundo era una fiesta, puesto que incluso antes de que el profesor Leroy Skelton le comprometiese en su casa con aquel mapa aterrador y le arrebatase la inocencia, no recordaba un momento juvenil tan arrebatado, una ilusión tan intensa que casi llegaba a doler y que era mejor aliviar sin perder el movimiento. Es posible que a la salida del Giant's Salad hubiese recuperado la ingenuidad, y aquel largo paseo que les llevó hasta la biblioteca fue su desfile triunfal, la participación en una cabalgata de ensueño tan impensada como real, porque los dedos de la mano izquierda de Patty se entrelazaban con los dedos de su mano derecha, y en ese contacto se podía palpar que esa marcha hacia el paraíso no era producto del candor, sino que tenía un acompañante imprescindible, un testigo para poder demostrar que aquello no era una entelequia, uno de esos delirios en los que caen las personas vulgares —y ellos dos no eran personas vulgares—, sino el comienzo de la aventura hacia ese país del que todo el mundo hablaba y nadie había visto.

Y estuvieron allí durante varios días. Y sintieron que la delicia forma parte del cuerpo y del pensamiento, que todo lo empapa y todo lo cubre, y que esa fruición que no se agota sino cuando se agotan las fuerzas y sobreviene el sueño, se renueva y amanece de nuevo, como si todo lo anterior hubiese sido una incómoda antesala para llegar a esta calle del gozo, que no tenía fecha de caducidad. Y aunque eran discretos y desconfiados y no se atrevieron a pronunciar la palabra «siempre», la meditaban, porque se encontraban en ese periodo de gracia en el que todavía no ha llegado la más leve duda, el más pequeño aviso, la más tenue inquietud.

Nunca vivieron en casa del otro. Pasaron dos días y medio sin salir de la habitación de un hotel de Brooklyn. La elección del Comfort Inn Brooklyn fue sugerida por un taxista. Se metieron en el vehículo sin saber adónde ir y fue Patty la que, más resuelta, dijo que les llevara a un hotel que se encontrara cerca y no estuviera mal. El taxista les informó de que acababa de dejar a un viajero allí y que le había hablado muy bien del establecimiento. Michael dijo en recepción que el equipaje lo traerían luego y el empleado ni le miró. Podría haberle dicho que estaba lloviendo en Tokio o que tenía una sobrina acatarrada. Patty sonrió por su ingenuidad y Michael se disparó una bala imaginaria, apuntándose con el dedo en la sien.

La habitación era amplia, con dos camas gemelas casi tan anchas como una cama de matrimonio, tonos de un lila agrisado en las cortinas, las paredes y la colcha, y caobas rosados en los pocos muebles. No repararon en colores. Les acometió esa furia del atraso, esa urgencia por reparar tanto tiempo perdido —puesto que todo lo sucedido con anterioridad habían sido acontecimientos insignificantes—, esa precipitada exigencia en la que el gorila ancestral se abre paso y encuentra que cremalleras y botones, mangas y corchetes son impedimentos absurdos, obstáculos incoherentes que es necesario salvar, en una ceremonia que mezcla el primitivismo de la ansiedad con la pervivencia de ciertos retazos civilizados que impiden el desgarro de la ropa.

Dos días y medio.

Al tercer día Patty dijo que necesitaba vestirse con ropa limpia y salir a la calle.

—Llama a una ambulancia —solicitó Michael—, porque no puedo ponerme de pie.

Ella se echó a reír, se acercó a hacerle cosquillas y comprobó que era falso lo que le había dicho, porque todavía tenía fuerzas.

Cuando el personal de planta venía a hacer la habitación y a recoger los platos de comida, se refugiaban en el baño y les daba por reírse. Sólo se ríe sin motivo en la infancia y en el enamoramiento, y para los dos fue una recuperación, porque habían madurado demasiado pronto. Aunque Michael había nacido en una ciudad llena de sol y de alegría, poseía un carácter más bien introvertido, y los internados y la juventud en Inglaterra habían contribuido a insuflarle una relación social fluida pero distante. Y Patty conoció muy pronto que era una niña distinta. A ella nunca la invitaban a los cumpleaños de los compañeros de la escuela debido a las conocidas actividades de su madre, y nunca tuvo una fiesta de cumpleaños llena de niñas y niños ni una piñata grande colocada en un patio trasero. Su madre hacía auténticos esfuerzos para compensar estas ausencias que ella, al principio, no comprendía, y la llevaba al cine y le compraba helados y le regalaba algo demasiado caro para sus posibilidades. Un año Patty actuó de manera cruel con su madre y le preguntó por qué nadie venía a su casa ni ella iba nunca a jugar a casa de los otros niños. La madre de Patty le dijo que ella la quería mucho y que nunca le faltaría de nada, y Patty, con esa crueldad inconsciente de la infancia, le repitió que quería estar con los niños y romper una piñata, y así la invitarían a los otros cumpleaños, y su madre se echó a llorar y Patty se quedó extrañada, sin que se le pasara el enfado. Posiblemente, fue la única vez que vio llorar a su madre y la última que le reclamó una fiesta de cumpleaños, porque enseguida se dio cuenta de que ellas dos eran personas distintas.

Si alguna chica la acompañaba, porque le atraía su manera de ser, no tardaba mucho tiempo en que la madre de esa niña le prohibiera que fuera con Patty. Y todavía fue peor con los chicos, a medida que iba creciendo.

Al poco de cumplir los trece años se le acercó un compañero de clase y le dijo que tenía que enseñarle una cosa. En el Midtown, a los trece años, las niñas saben más que en los *colleges* de Boston a los diecisiete, y Patty le contestó que si se creía que ella era tonta. El chico insistió y ella, a la que la madurez obligada también le había proporcionado bastante seguridad, le acompañó a la salida de la escuela a un callejón que había entre dos edificios y que se empleaba para depositar la basura. Entonces, el chico se echó mano a la mochila y sacó de ella una pequeña bolsa de plástico de la que asomaban unos billetes de diez dólares. Patty, al principio, a pesar de su perspicacia, no cayó en cuál era el juego hasta que la mano del chico se acercó a su brazo y comenzó a acariciarla. Ella le dio un manotazo, y el muchacho, un poco extrañado por el rechazo, dijo como supremo argumento:

—Tengo dinero.

—No tienes suficiente dinero para comprarte un cerebro nuevo. Porque si vas a seguir con el que tienes, no vas a entender nunca nada —le recomendó Patty, antes de abandonar el callejón.

Percatarse de la singularidad a edades tempranas obliga a madurar, a saltarse etapas y a entrar en la realidad mucho antes de lo previsto. Pero también tiene otras ventajas, otros aprovechamientos de dispar calibre, no siendo el menor de ellos el estar mucho más preparado para aceptar las frustraciones y asumir los fracasos.

También es cierto que ello va acompañado del inconveniente de que la desconfianza se convierte en una compañera fiel y devota, en un perro guardián que evita problemas y, a la vez, impide placeres.

Si Michael había cumplido los cincuenta sin haber pasado del encaprichamiento pasajero, se debía a que la desconfianza no sólo era su arma de trabajo, sino una virtud necesaria para sobrevivir. Y si Patty, pasada la treintena, no había experimentado esta locura que se había apoderado de ella, también había sido porque la prudencia y el miedo al engaño le habían aconsejado huir o aplazar las ocasiones en las que el fenómeno podría haberse producido.

Michael regresa al barco doblemente frustrado. No tanto porque el seguimiento haya sido un fracaso —puesto que ese tipo de operaciones necesitan al menos tres personas combinadas—, sino porque no le gusta rememorar el pasado, hociquear en las propias intimidades. Por eso, cuando hace la visita quincenal a la biblioteca de Almonte, se detiene en los ensayos de Historia, no por fruición profesional o por obsesión de su etapa profesoral, sino porque las biografías y los hechos históricos están llenos de dramas, problemas, tragedias y miserias ajenas de personas muertas. A Michael siempre le gustaron estos fantasmas que existieron en la realidad casi tanto como la realidad de los actores encarnando personajes que no existieron nunca. ¿O sí?

Llega un momento en que es difícil distinguir si es más real Creonte o Pisístrato; un instante en que Alejandro Magno parece el héroe de una epopeya novelada y Aquiles un caudillo real del siglo VI antes de Cristo. O puede que haya un exceso de teatralidad en las crónicas históricas, la vocación literaria de Estrabón y Ptolomeo, Pomponio y Plutarco, que, aprovechando los sucesos que están transcurriendo en su época los toman como punto de partida para escribir sus historias inventadas. Como contrapartida, los autores literarios, asumidos los pasajes de la Historia, beben en ella y, sin saberlo, recrean hechos semejantes con otros nombres, y su arte es tan certero que nos parecen más verídicos que los otros.

Michael, al volver antes del mediodía, devuelve las llaves del automóvil en la oficina de la agencia cercana al puerto, renuncia a dejarlas con celo en el parachoques para evitar detalles estrambóticos que siempre quedan en el recuerdo de los demás, aunque el barquinazo que ha dado el asunto casi exime de cualquier precaución. Se dirige al comedor de los desayunos, a esta hora vacío, donde suelen servirles la comida a los maestros de baile.

La presencia de Dusan Tripkovic en una mesa donde hay servicio para dos le produce el desagrado de tener que sentarse junto a él. Le gustaría quedarse solo y reflexionar sobre la forma más suave de encontrarse con Patty, que ignora que él está en el barco.

Intenta parecer despreocupado e ingenioso y pregunta, señalando el pequeño mantel frente al ocupante en el desierto comedor de desayunos:

—¿Está ocupado?

Pero Tripkovic hace tiempo que perdió el sentido del humor y niega con un gesto lo evidente, como si fuera necesario, a la vez que pregunta:

—¿Qué tal la excursión?

Michael lo mira a los ojos en el intento de escudriñar si la pregunta es protocolaria o posee alguna intención, pero Tripkovic tiene la cabeza baja y está luchando por enrollar unos espaguetis con el tenedor.

—No ha ido mal —responde Michael, con tono despreocupado—. Ha vuelto el anticiclón.

~

La vuelta del anticiclón es una buena noticia para Tremonti, que se siente doblemente satisfecho. Desde uno de los puentes, cuando ha subido a hablar con el capitán, ha visto las hamacas de la piscina ocupadas al completo, mientras el *jacuzzi*, que se mantiene con agua tibia, es el lugar de mayor aceptación. Antes ha pasado por el gimnasio y también ha visto que una de las profesoras estaba gritando a un grupo de una veintena de mujeres. Es decir, que el pasaje se siente complacido con el buen tiempo, lo que es un anuncio de escasos problemas. Por otro lado, lo sucedido la noche anterior con María le ha proporcionado ánimos, al menos fuerzas y algo de seguridad para llamar a su mujer.

Está preocupado y dolido, pero el encuentro con María ha supuesto una palmada en la espalda de su vanidad masculina y una especie de soterrado halago por haber sido capaz de llevar a cabo una inconsciente venganza, o, al menos, una pequeña reparación a su maltrecho ego.

Así que durante el primer turno de comida, aprovechando esta paz que ojalá fuera duradera, se encierra en el despacho y decide llamar a su mujer.

—Hola —saluda con voz neutra.

—¡Ah! Eres tú —dice ella sin disimular una cierta decepción.

Tremonti duda un momento si pasar directamente al asunto que deben tratar o aplazar el planteamiento unos minutos. Opta por un camino intermedio.

—Sí, soy yo. ¿Esperabas alguna llamada más interesante?

—Hace mucho tiempo que no recibo llamadas interesantes —comenta ella con un matiz seco.

Tremonti piensa que es el momento adecuado, mejor ahora que no introducir el nombre pillado por los pelos. Así que sujeta fuertemente la caña del auricular y, dando un vuelco a sus intenciones primeras, pregunta:

—¿Ni siquiera de Toni?

Hay una pausa de silencio al otro lado. Tremonti se alegra de haber tomado el teléfono convencional en lugar del móvil. Le parece más serio y le permite estar sentado. Con el móvil ya estaría andando por el pequeño despacho, y ese peripatetismo cree él que le resta solidez a las conversaciones.

—¿Has estado sometiendo a las niñas a un interrogatorio?

—No, no ha hecho falta. Y nunca lo hubiera hecho. Pero hemos estado hablando de muchas cosas, y hablando, hablando…

—¿Qué te imaginas?

—Tengo un trabajo que no me permite echar a volar la imaginación. Me encuentro la mayor parte del tiempo con problemas reales a los que hay que proporcionar soluciones reales. Si fuera escritor, o pintor, pero…, en fin, ya sabes cómo soy. Antes te gustaba y ahora puede que lo consideres un defecto, pero no tengo demasiada imaginación.

Vuelve otra vez la pausa y se la imagina a ella en el salón, o en dormitorio, o en el pequeño cuarto de estar, intentando encontrar un discurso coherente.

—¿Estás ahí? —inquiere él, tras un largo rato.

—Sí, estoy aquí.

—¿Y no tienes nada que decirme?

—Hay cosas que no me gusta hablar por teléfono.

—He estado en Atenas hace unas horas, ayer. Tenías una oportunidad magnífica para que habláramos personalmente, pero no quisiste.

—Tú querías ver a las niñas.

—Vamos a ver: quería ver a las niñas y quería verte a ti. La que no me querías ver eras tú. Por eso me enviaste a las niñas.

—Siempre tienes ganas de discutir —dice ella.

—No, no, perdona. Yo no tengo ganas de discutir. Pero si me dices que hay cosas de las que quieres hablar personalmente, y cuando puedes hacerlo te escondes…

—¡Yo no me escondo de nadie! —dice ella algo más alto de lo normal.

Tremonti, cosa rara, siente un principio de nerviosismo, lo que no suele ocurrirle ni con el más intemperante de los clientes. En general, entiende a los clientes, pero en particular no entiende a las mujeres. Las ha visto llorar desconsoladamente por la noticia de la muerte del marido y compartir ese mismo día habitación con otro hombre. Fue la esposa de un piloto destinado en Vietnam, y le sorprendió tanto que nunca se le olvida. Por cierto, al otro día se marchó gimoteando. Despedirse con risas del comedor y, a continuación, llamar al servicio de habitaciones y organizar una monumental bronca porque el cuarto de plancha le ha dejado una arruga imperceptible en un vestido. Ha escuchado despedidas llenas de felicitaciones y, esa misma mujer, ha enviado al día siguiente una carta de protesta dirigida a él mismo. Pero, sobre todo, le cuesta seguir a su mujer en los meandros de sus argumentaciones. Intenta enfocar de nuevo el contenido de lo que están hablando, y le hace una propuesta.

—Mañana llegaremos a Venecia. Si tomas un vuelo a Milán y yo alquilo un coche desde Venecia, podríamos vernos en Milán.

—¿Y las niñas?

—Podrían quedarse con Hypatia.

—Hypatia está enferma.

—No me habían dicho nada las niñas.

—¿Las niñas son tus hijas o consideras que son mis espías?

—Son mis hijas. Y me molesta que se puedan quedar con Hypatia cuando sales con el tal Toni, y no sea posible cuando tú y yo tenemos que hablar.

—Toni es el hermano de Janira. Me recogió para reunirme con su hermana, porque fuimos una noche al teatro. Otro día, nos lo encontramos y les regaló un bolso a las niñas. Es el hermano pequeño de Janira. Debe de tener poco más de veinte años. ¿Por qué te inventas historias? ¿No podías preguntarme?

—Te he preguntado.

—No, no me has preguntado. Me has interrogado como si fuera una sospechosa. ¿Te interrogo yo sobre las pasajeras?

Tremonti nota la molesta punzada de la culpabilidad. Janira es la amiga íntima de su mujer. Y, en efecto, cree recordar que tiene un hermano al que bautizaron con el exótico nombre de Antonio. Tremonti recurre a su profesionalidad.

—Soy muy torpe, pero te aseguro que no era ésa mi intención.

Otra larga pausa. Tremonti teme que su mujer haya colgado.

—¿Sigues ahí?

—Sí, estoy aquí —y su tono parece de buen humor—. ¡Dios mío, liada con Toni! ¿Crees que me quedo en Atenas para asaltar cunas?

A Tremonti le desconcierta el tono casi alegre que percibe en la voz de su esposa, bastante diferente a la inflexión seca del principio.

—Perdona —insiste él, humillado.

—No, si casi te lo agradezco. ¡Liada con un veinteañero! Bueno, alguna vez me fijo en los hombres, porque estoy la mayoría del tiempo ejerciendo de viuda blanca, pero ya sabes que me gustan maduros. ¡Con el hermano pequeño de Janira!

Y la modulación es claramente risueña. Es algo tan reconfortante como temible. En realidad, Tremonti no puede tomar ninguna iniciativa, y se limita a repetirse.

—Lo siento. De verdad que lo siento.

—Casi me dan ganas de coger un avión a Milán y mirarte la cara que debes de tener en este momento. Claro que para entonces es posible que ya se te haya pasado.

—No te he acusado de nada.

—¡Naturalmente! No me puedes acusar de nada. Pero, al menos, esto sirve para tranquilizarme, en parte. ¡Eres capaz de sentir celos! ¡Qué novedad! Creía que me había convertido en la *nanny* de tus hijas.

Aunque la explicación parece tan verosímil como convincente y despeja las ansiedades que ha sufrido Tremonti durante los últimos días, no se siente satisfecho del todo, porque le deja el poso de un doble sentimiento de culpabilidad. Primero: ha pecado de desconfiado y ha dado por supuesto que su mujer le era desleal. Segundo: lo que parecía una especie de contraofensiva, de pequeña venganza, su encuentro con María, le pone en la lista de los deudores. Y aún cabría añadir un tercer factor sobre el que no quiere reflexionar, y es que, más allá del encontronazo de una noche de otoño y de su correspondiente desahogo sexual, el hallazgo de María le ha producido un efecto más perdurable que el de otros semejantes. No es un donjuán ni un mujeriego, pero con toda la prudencia que debe conllevar la discreción de su trabajo, no han faltado ocasiones en que la mujer de Putifar se ha salido con la suya, y Tremonti no es el casto José. Pero en esta ocasión le incomoda reparar en una especie de instinto de protección sobre esta mujer de la que hace cuarenta y ocho horas no sabía nada. Hay algo vulnerable que reclama respaldo y tutela, no del tipo que suscitan sus hijas Cleanta y Clidia, sino esa reclamación de auxilio que algunas mujeres provocan en determinados hombres y que los hombres nunca saben si procede de una manera de actuar espontánea o responde a un cálculo premeditado. Tremonti está convencido de que María no es una especialista en armas de mujer, y ese convencimiento es lo más peligroso, puesto que evita el rechazo que, tras la conversación que acaba de tener con su mujer, debería poner en práctica.

Antes al contrario, sin formar parte de su cometido, pasa a visitar al director artístico, que parece recuperarse de su lumbalgia.

—Es un honor —dice el director artístico, cuando tras los golpes en la puerta del camarote invita a entrar y comprueba quién aparece—. ¿Algún problema?

—Ninguno, ninguno... Venía solamente para ver cómo va su recuperación.

—La doctora es muy buena —afirma con la cabeza, y parece que va a esconderla bajo las solapas del batín—, pero el doctor me parece poco experimentado. Quería recetarme capsaicina, mientras la doctora insiste en el paracetamol. A mí la capsaicina me da miedo, y eso que he leído que es anticancerígeno, pero estamos hablando de una lumbalgia.

Tremonti teme haberse dado de bruces con un hipocondriaco. En realidad ha venido a buscar información sobre María, así que soporta con estoicismo los detalles de la enfermedad del director artístico.

—¡Y encima estoy solo! Porque ese canalla de ayudante ha huido.

Teme Tremonti que siga un desgranamiento de vituperios para el ayudante y, sobre todo, amante, pero el lumbálgico se detiene, como si a sus espaldas se tramara alguna conspiración.

—¿Duele?

—Menos, pero es difícil dormir. Gracias a la doctora que me ha dado unas pastillas para poder conciliar el sueño…

—Desde Barcelona iremos a Miami y allí organizaremos la temporada del Caribe. Tendrá tiempo de contratar a otro ayudante.

—Sí, sí, me imagino. Pero es que ese canalla era insustituible. Es muy bueno. Y muy malo, muy perverso. Por eso huyó.

Antes de que el director artístico tenga tentaciones de caer en la confidencia y la melancolía, Tremonti le pregunta si, en general, le bastará con el elenco actual.

—Creo que sí. El musical del teatro lo vamos a reforzar con algún humorista que hable inglés, y vamos a dejar fuera al ilusionista cubano, que es muy vulgar, muy vulgar —y al pronunciar el término «vulgar» arruga el rostro como si estuviera ante un montón de infecta porquería—. ¿Se ha recibido alguna queja? —pregunta, de repente alarmado, como si su capacidad de selección estuviera bajo sospecha.

—No, no. Al contrario. Ayer, por ejemplo, me hicieron comentarios elogiosos del dúo este que actúa en la sala Venus. Los Diamond's Brothers, me parece que se llaman.

—¿Ah, sí? —exclama algo sorprendido el director artístico, como si recibiera noticias de que el ilusionista cubano ha sido muy elogiado.

—Sí, sí —miente Tremonti con una gran naturalidad—. Me parece que fue un matrimonio canadiense y creo que él es músico. ¿Los contrató usted?

El director artístico se queda observando a Tremonti con algo de desconfianza. No acaba de entender este súbito interés por un dúo bastante anodino y que, desde luego, no es el que posee mayores valores artísticos.

Dispuesto a que el asunto no se le vaya de las manos, por si acaso informa con malevolencia nada encubierta, como si desvelara un gran secreto celosamente guardado:

—Él bebe.

—Sí, algo me habían dicho —comenta Tremonti con un leve encogimiento de hombros—. Tenía entendido que casi todos los músicos beben.

—Bebe mucho —insiste el lumbálgico, pronunciando el adverbio de cantidad con un alargamiento que parece que va a tener el poder de convertir los litros en hectolitros.

—Ella canta bien, ¿no?

—Sí, no está mal —admite.

—¿Continuarán también en la temporada del Caribe?

El director artístico, receloso, intuye que no es normal que el director del crucero se interese tanto por un par de artistas, e intenta saber la causa.

—Por mí no hay ningún inconveniente. Son suficientemente vulgares como para acertar con los vulgares gustos de nuestros clientes.

A Tremonti no le gusta el tono empleado y, de la misma manera que puede ser obsequioso y cortés con los pasajeros, también sabe ser ácido y autoritario con el personal.

—Estas personas de gustos vulgares son las que me proporcionan mi nómina. Y la nómina de todos los artistas contratados. Y a nosotros la compañía no nos ha empleado aquí para que juzguemos sus gustos, sino para que les complazcamos. Vendemos placer, diversión y vacaciones. El que desee renovar el Arte puede irse a los grupos *underground* de Nueva York o a los teatros experimentales de Londres. Allí se paga peor el talento, pero se tienen inconmensurables cantidades de libertad. La libertad es barata.

El director artístico se queda sorprendido de la parrafada e intenta echar marcha atrás.

—Sólo era una observación de uso interno.

—Se comienzan haciendo observaciones de uso interno y se terminan haciendo las observaciones en el uso exterior, o, peor aún, empapando la manera de actuar. Usted sabe de esto más que yo. Y no creo que les convenga a sus artistas que piensen que van a ejercer su talento delante de gente sin categoría y sin gusto.

El director artístico intenta incorporarse, pero el lumbago le envía un mensaje de dolor y le entran ganas de llorar por todo, por la lumbalgia, por el canalla de su novio, que le ha dejado abandonado, y por la injusta reprimenda que está recibiendo del director del crucero por un mero comentario.

—Y piense —añade Tremonti— que algunas de esas personas de mal gusto toman o han tomado decisiones muy importantes para el mundo y han llegado a ocupar u ocupan puestos muy relevantes en la sociedad. Mucho más relevantes que «sus artistas» en el mundo del espectáculo.

Y como lo ve con lágrimas en los ojos y le parece absurdo quedarse allí, tenderle un pañuelo o pedirle perdón, Tremonti se levanta, le da una afectuosa palmada en la espalda y se despide con un deseo.

—Que se mejore.

En cuanto sale del camarote se recrimina a sí mismo por perder los papeles —circunstancia que nunca ocurriría con un cliente—, haberse cebado de manera inicua en el director y no haber logrado ni una pizca de información, porque, en el fondo, lo que deseaba era corroborar algunos de los detalles que la noche anterior le había contado María.

~

Una noche de primeros de marzo, uno de esos engañosos días de Boston que amanecen soleados y, tras el crepúsculo, bajan las temperaturas como si fuera navidad, Mr. Coldwood estaba sentado frente a la chimenea, con la mirada perdida en el entrelazamiento de rojos y amarillos de las llamas, cuando se levantó, fue hasta su despacho, abrió un cajón de la mesa con una llave plana que extrajo de una estantería de la biblioteca y sacó una carpeta amarilla en cuya portada podía leerse «Patty Degrasse».

Con ella en la mano volvió a colocarse frente a la chimenea, pero esta vez no se sentó en el sillón, sino que, de pie, fue arrugando las hojas que contenía la carpeta y, una a una, las fue arrojando al fuego. El papel añadía un punto más de luminosidad, pero se apagaba enseguida y unas ligeras cenizas flotantes trepaban hacia lo alto de la chimenea impelidas por el calor. Cuando sólo quedaban las tapas amarillas de la carpeta, la arrojó sin doblar, y el amarillo se ennegreció y las tapas se doblaron como si fueran un ser vivo que sufre un espasmo, y ardieron con un tono algo más azulado que el papel. Luego volvió a sentarse en el sillón.

Con el informe detectivesco le había sucedido lo mismo que cuando sometía una empresa a los análisis de una consultoría: le decían lo que ya sabía, pero a un precio muy caro. Bien es cierto que sus conocimientos eran nulos cuando encargó la investigación, y que fue la misma investigada la que, sin ningún disimulo, le fue proporcionando los datos de su biografía, no tan turbulenta como aparentaba si prescindimos del tipo de actividades desarrolladas.

Poco después de navidades, en un día tan gélido como el de la quema del informe, cuando la telefoneó para reunirse con ella a la hora de la cena, Patty le dijo que no era una gran cocinera, pero que le invitaba a cenar en su apartamento. Había nevado en Nueva York los dos días anteriores y las aceras presentaban ese aspecto sucio y gris de la nieve que parece haber pasado antes por una carbonería. Mr. Coldwood sopesó la posibilidad de aparecer con un ramo de flores, pero no quería hacer el ridículo delante del chófer, y encargar el envío a una floristería le parecía de una frialdad demasiado protocolaria.

—No he traído ni siquiera unas flores —dijo él nada más traspasar el umbral.

—No he hecho la cena —dijo ella, a pesar de que llevaba puesto un delantal de cuadros azules y blancos y sujetaba con la mano izquierda un guante de paño.

—He despedido al chófer —se lamentó Mr. Coldwood, creyendo que tendrían que salir fuera.

—No he hecho la cena, pero la he encargado a un *catering*. Espero que no me hayan engañado.

La cena consistió en una larga serie de pequeñas raciones frías y calientes, de escasa cantidad y sabores muy variados, que agradó a Mr. Coldwood. La anfitriona le había dado a elegir entre una botella de California de *cabernet sauvignon* y una de *rioja* mezcla de *merlot* y *cabernet,* y él se inclinó por el caldo riojano, del que ambos disfrutaron con relajada complacencia.

Si en los primeros encuentros la formalidad del restaurante era una buena salvaguarda de silencios y pausas, el grado de amistad y afecto al que habían llegado le permitía a Mr. Coldwood disfrutar de un relajamiento que no hubiera tenido en cualquier restaurante de la ciudad.

Patty, que ya comenzaba a orientarse en el laberinto de nueras y nietos, le hacía preguntas sobre las últimas novedades o pedía detalles de alguna cuestión que había quedado inconclusa, y Mr. Coldwood se sentía a gusto con esta especie de camarada con la que cada vez tenía más confianza. Pero, eso sí, un camarada con tetas, porque Patty se había desprendido del delantal y llevaba un corpiño ajustado, bastante más escotado y llamativo que los que solía ponerse cuando salía fuera, en el que «las dos corzas gemelas», que llamaba Salomón, formaban el principio de un surco sobre el que se perdían, con alguna frecuencia, las miradas del invitado.

—Tomaremos el postre en el diván, junto al equipo de música —indicó Patty, a la vez que se levantaba y desaparecía, pero no hacia la cocina, sino hacia el baño.

Mr. Coldwood, obediente, se sentó donde le habían indicado, y, aprovechando que se encontraba a solas, se aflojó ligeramente los cordones de los zapatos, «una tentación en la que no debe caer nunca un caballero», según recordaba haber oído a su padre en muchas ocasiones.

Patty, a la vuelta, le sorprendió en esa tarea y, rápida y eficiente, se puso de rodillas frente a él y no sólo le aflojó los cordones, sino que le quitó los zapatos y le masajeó los empeines, uno detrás de otro, colocando el pie sobre su pecho, pero de una manera tan natural, que Mr. Coldwood casi se encontraba culpable de la excitación que sentía al notar la turgencia de los pechos de ella a través de su corpiño en la planta de los pies.

—¿Estás más cómodo? —le preguntó ella incorporándose.

—Sí. Muchas gracias. Menos mal que mi padre, muerto hace ya tanto tiempo, no se enterará.

—¿No te dejaba ir a casa de chicas que vivían solas?

—Le parecía una grosería aflojarse los cordones de los zapatos. Era una especie de obsesión. En las largas y tediosas fiestas de gala, si sorprendía a alguien aflojándose los cordones de los zapatos del esmoquin, aunque lo apreciara por sus cualidades, aquel detalle ensombrecía para mi padre el resto de sus virtudes. Era una especie de obsesión. En el fondo, le desagradaba cualquier intemperancia, y solía decir que una persona que no es capaz de someterse a unas reglas sociales es incapaz de sujetar sus instintos. Una vez, un pariente lejano, perteneciente a una conocida familia, fue acusado de asesinar a su novia. Ocurrió en los años setenta y conmocionó a la ciudad, por lo inesperado y por lo sorprendente. El único que, ante nuestras conversaciones, no se sorprendió nunca fue mi padre. Un día, un hermano suyo le preguntó la razón de aquella impasibilidad, incluso ante los detalles escabrosos que se iban conociendo, y mi padre le dijo que no le extrañaba nada lo que hubiera hecho, porque le había sorprendido más de una vez, en las fiestas del Club de Campo, aflojándose los cordones de los zapatos. Es decir, para mi padre, un tipo que caía en esa tentación era ya un asesino en potencia.

—Si llega a saber que irías más lejos y que un día te descalzarías en una casa ajena, igual te habría desheredado —comenta Patty.

A Mr. Coldwood el comentario humorístico le empuja a reflexionar y, tras sopesar la posibilidad, piensa en voz alta:

—Puede que desheredarme, no. Pero habría tenido consecuencias. No sé. Era una especie de obsesión, y las obsesiones más simples tienen explicaciones complicadas.

—De la misma manera que a las obsesiones complicadas suelen corresponder explicaciones simples —añadió rápida Patty.

Aquella agilidad de Patty en las conversaciones complacía a Mr. Coldwood. Estaba rodeado de personas muy inteligentes en el mundo de los negocios, pero su aureola de hombre poderoso inhibía a sus acompañantes, que nunca se atrevían a mostrarse ingeniosos, osados y, mucho menos, críticos. Patty poseía la audacia natural de criticarle una corbata o llevarle la contraria. ¿Cuánto hacía que no le llevaba la contraria nadie?

—¿Y el postre? —inquirió Mr. Coldwood, observando que ni siquiera existía el preparativo de platillos y cubiertos.

—Lo tienes delante de ti —dijo Patty, haciendo una reverencia.

Hacía ya tanto tiempo que salían y cenaban juntos, no habiendo pasado nunca más allá de las educadas galanterías del flirteo social, que, en un primer momento, a Mr. Coldwood le costó entender el ofrecimiento, y fue la mano tendida de Patty para ayudarle a incorporarse del sofá la que le sirvió para vislumbrar que el final de la velada iba a ser diferente. No obstante, incluso después de levantarse, hasta que ella no dijo: «Creo que será mejor que tomemos el postre en mi dormitorio», no se ahuyentó la última duda.

Aquella noche Mr. Coldwood pudo comprobar, de primera mano, que los elogios de su antiguo socio sobre las habilidades de Patty, y que él, en no pocas ocasiones, se había tomado como exageraciones del ego masculino, respondían a la realidad. Pero lo que le cautivó no fue la confirmación de estos aspectos, que la revalidaban como una geisha casi perfecta, sino la delicadeza y la ternura con la que había obrado con él en todo momento. Mr. Coldwood era heterosexual, normalmente constituido, y respondía sin problemas ante una mujer bella, pero la sorpresa del regalo, o del postre, le provocó demasiada excitación al principio, tanta que causó una llegada a la estación casi antes de que el tren se pusiera en marcha. Esos accidentes suponen una humillación de la que cuesta reponerse, pero

Patty actuó con tanto afecto como naturalidad, no le dio importancia, frustró un leve intento de él de abandonar la cama y, poco a poco, mezclando la conversación con suaves caricias, introduciendo un detalle de humor sobre lo ocurrido, relajando el ambiente con un anecdotario que nada tenía que ver con la circunstancia en la que se encontraban, insistiendo y abandonando la insistencia, proyectando la sensación de que no había ninguna prisa y de que lo mejor que podían hacer hasta el resto de sus días era quedarse allí conversando medio desnudos, consiguió que los ánimos se recuperaran y le ayudó a recorrer el viejo y placentero camino alargando el trayecto, aplazando las premuras para acrecentar el placer de la llegada.

Al término, Mr. Coldwood se acurrucó en posición fetal, de espaldas a ella, notó que le cubrían con el edredón y cayó en un sopor profundo, antesala de un sueño que no le abandonó hasta la madrugada. Cuando se despertó, junto a él, en una esquina de la amplia cama, estaba ella dormida en decúbito supino.

Pasada la infancia, las personas dormidas no suelen tener un aspecto muy estético, pero a la azulada luz que entraba en la habitación, cuando sus ojos se acostumbraron a la oscuridad, Mr. Coldwood contempló un rostro sereno y plácido, eso sí, con la boca ligeramente entreabierta, y una respiración suave que se reflejaba en el leve ascenso y descenso del edredón.

Se levantó con cuidado e intentó orientarse hacia la zona del cuarto de baño. Cuando se va camino de los setenta la próstata no da cuartel, se inflama, y la vejiga no es de madera. Tras el alivio de una buena micción, se planteó si debía regresar o buscar las ropas y marcharse. Decidió que abandonar el campo de batalla, sobre todo un campo de batalla tan agradable, era de cobardes, y que lo más correcto era quedarse para dar las gracias.

Regresó con un contento que hacía mucho tiempo que no sentía, se arrebujó en su lado, procurando respetar las distancias, y volvió a conciliar el sueño con una facilidad que hacía tiempo que le era huraña.

Las decisiones no se toman en traje de gala o a una hora fijada de antemano. Lo que constituye la etiología de una decisión se construye a retazos y, en un momento determinado, aparece claro lo que durante mucho tiempo se presentaba turbio y confuso.

Es probable que Mr. Coldwood tomara la decisión de casarse con Patty después de una larga y descansadora meada, de vuelta a la cama. O que fuera el momento en que comenzó a observar con nitidez lo que hasta entonces se mostraba desdibujado. O puede que fuera el día en que tomó el expediente de tapas amarillas y, una por una, fuera arrojando las hojas, como si aquel ardimiento representara la simbología de quemar el pasado de Patty, o como si el fuego recuperara su carácter purificador. El caso es que cuando las tapas amarillas se retorcieron, Mr. Coldwood sintió una sensación lustral, y en realidad, desde que conocía y trataba a Patty, se había iniciado en él una nueva etapa más completa y —¿por qué no confesarlo?— más feliz.

Su estado de ánimo era algo que ni debía intentar explicar a los demás, ni los demás iban a entender. Desde sus hijos hasta sus vecinos verían en aquel emparejamiento la clásica unión del viejo verde con la astuta jovencita que ha sabido administrar sus encantos. Habría comentarios procaces, guiños sobreentendidos, sonrisitas y hasta chistes. La familia no temería que fuera víctima de los excesos del sexo, sino que sentiría pavor sobre las consecuencias en la herencia. Nadie se atrevería a decirle nada a la cara. Nadie sería sincero. De las personas que le rodeaban habitualmente, la única que le hablaba con sinceridad era Patty.

No iba a mentirse a sí mismo y a convencerse de que lo único que le atraía de Patty era su conversación, su naturalidad y su inteligencia. Le gustaba verla desnudarse. Y vestirse. Y sentirse mimado. Y notar que, en un momento determinado, se le olvidaban los años y llegaba a creerse vigoroso y con fuerzas. Pero lo más importante era la sensación de que existe alguien a quien parece que le importas, sin que le pagues una nómina o espere una herencia. Y levantarse por las mañanas sin aquella sensación de *déjà vu* que había sido una constante en los últimos años y que sabía que era lo peor que le puede suceder al ser humano, porque no hay nadie que se muera que no se haya empezado a morir mucho antes.

Fuese de regreso del cuarto de baño o al término de la quema de unos papeles, el caso es que cuando de las tapas amarillas sólo quedaba una delgada capa gris que se deshacía sobre la gruesa brasa de un tronco, hurgó en los bolsillos del batín y, a continuación, subió hasta su dormitorio. Fue buscando por las superficies hasta que encontró el teléfono móvil. Se sentó en la cama y marcó el número de Patty.

—¿Insomnio? —preguntó ella, y entonces Mr. Coldwood se dio cuenta de que debía de ser muy tarde.

—No, no. Bueno —sonrió para sí—, la verdad es que estoy despierto. Y necesito estar muy despierto para hacerte esta pregunta: ¿te quieres casar conmigo?

Hubo un largo silencio. Y, al cabo, la voz de Patty, bastante neutra.

—Es una respuesta muy importante para la que se necesita estar muy despierta. Gracias. Debería estar muy contenta, pero me pillas adormilada. Voy a consultarlo con la almohada. A lo mejor, o a lo peor, mañana, cuando me despierte, resulta que lo he soñado.

—Mañana te lo volveré a preguntar.

—Gracias de nuevo. Eres un encanto. Pero si mañana se repite la pregunta creo que voy a aceptar. Y, si acepto, a partir de ese momento no me dormiré hasta que tú no estés dormido, no sea que mientras yo sueño tú estés haciendo proposiciones a las chicas.

—Un beso —dijo como despedida Mr. Coldwood.

—Dos besos —envió Patty produciendo onomatopeyas con los labios—. Uno de buenas noches, y otro, adelantado, para mañana.

A Mr. Coldwood le halagó la elegancia de su chica, porque si cuando establecía una OPA sobre una empresa ya consideraba que era *su* empresa, desde el momento en que se había arriesgado a lanzar la oferta matrimonial, consideraba que Patty era *su chica.* Le habría decepcionado una reacción alborozada, o la urgencia de tomar un avión al día siguiente, o la imposición de que él se trasladara de Boston a Nueva York para pasar por las liturgias de la petición.

Una vez le había propuesto la financiación de una galería de arte en Nueva York, una actividad que le permitiría sacarle partido a sus conocimientos, y ella le dijo que lo aceptaba como una galantería, pero que no era una de esas burguesas aburridas que necesitaban que el marido o el amante le financiase, a precios carísimos, una actividad comercial para justificar su hastío, y no se volvió a hablar del asunto.

Al cabo de una semana se reunieron en el despacho de la firma de los abogados Pace and Leahy, que habían asesorado a los Coldwood desde hacía casi un siglo. De la misma manera que los Coldwood ancianos daban paso a otros Coldwood más maduros e incluso jóvenes, los Pace y los Leahy también se iban sucediendo y en esta ocasión el Pace era *una* Pace, la nieta o bisnieta de los fundadores de la firma, mientras el viejo Leahy debía de tener la misma edad que Mr. Coldwood, y él lo recordaba cuando comenzó a acompañar a su padre y, a veces, se miraban intercambiándose el mudo mensaje de que ambos aguardaban el relevo.

Además de la abogada Pace y del viejo Leahy, había dos jóvenes más y una señora mayor, cada uno con una misión diferente en los departamentos de la firma.

Cuando entró Patty acompañada de Mr. Coldwood y vio a cinco personas que se levantaban de la mesa alargada para saludos y presentaciones, preguntó irónica:

—¿Ya estamos todos o el autobús con el resto no ha logrado encontrar aparcamiento?

El viejo Leahy captó con interés el comentario y se formó en sus ojos, casi huidos tras los párpados, una chispa maliciosa, mientras la joven Pace observó con curiosidad a la recién llegada.

El patriarca se encargó de explicar la presencia de los cinco.

—Parecemos muchos, pero estamos aquí para darle la bienvenida porque, a partir de hoy, ésta también será su casa para cualquier asunto que necesite.

Y Pace, que en las apariciones públicas se preocupaba de no dejar de intervenir cada vez que lo hacía Leahy, añadió:

—No se trata de un asunto difícil y complejo, pero a pesar de que el trabajo nos inunda, hemos querido establecer un comité de bienvenida.

—Yo tengo mucho más tiempo libre. Si prefieren, puedo venir otro día —contestó Patty, a la que no le había pasado inadvertida la alusión al agradecimiento que les debía por dejar su trabajo, como si aquello no formara parte del trabajo.

El viejo Leahy, a quien Patty cayó bien, porque mantenía un antiguo contencioso con la sucesora de su socio, intentó dulcificar el principio de la reunión:

—Éste es el encuentro más agradable de toda la jornada. Y el motivo es la felicidad de un viejo amigo. Así que nos hemos permitido encargar un pequeño desayuno.

Pulsó un timbre que había tras él y dos camareros correctamente uniformados entraron con unas bandejas en las que había jarras de zumo de naranja, leche y café, pastelillos, panecillos calientes y bollos con fiambre.

—Ya sabía que esta reunión iba a ser difícil para mí —dijo Patty, mientras se sentaba y dejaba que los camareros se marcharan y cerraran la puerta—, pero no tanto.

Y dejó una pausa, que pareció tensar la reunión, para añadir enseguida:

—Este ataque frontal a una pobre chica que intenta mantener la línea para ser una novia delgada el día de la boda no me lo esperaba.

Las sonrisas se extendieron, el relajamiento se impuso y Mr. Coldwood, que permanecía en silencio, se sintió orgulloso de las habilidades sociales de su chica para manejar a la gente.

No hablaba, porque llevar a la futura esposa a firmar unas capitulaciones matrimoniales no es otra cosa que un acto de desconfianza alejado de los tópicos, la sustitución del almibarado Cupido por los acuerdos mercantiles. Patty puso las cosas fáciles.

—Me aburriría mucho que me leyeran ustedes lo que han escrito en esos documentos que hay sobre las carpetas, no porque dude de su capacidad, sino porque se trata de un tipo de literatura que no me emociona. Tengo plena confianza en quien va a ser mi marido. Propongo que, mientras desayunemos, él lea lo que han preparado siguiendo sus instrucciones, y, si está de acuerdo, yo lo firmaré. —Y añadió—: Además, de esa manera lo mantenemos apartado de la mantequilla y contenemos el colesterol.

—Se comporta usted ya como una auténtica esposa. Tenga cuidado —advirtió el viejo Leahy—, a los hombres nos asustan las esposas.

—También a las mujeres nos llegan a aburrir los maridos —replicó Patty—, por eso es siempre preferible que esté en forma, porque un marido enfermo es doblemente aburrido.

—No, no —contradijo Mr. Coldwood—. Un marido enfermo no es nada aburrido. Al contrario, resulta muy entretenido, porque de las gotas se pasa a las inyecciones, y de las inyecciones al operatorio. Lo que resulta en verdad es un fastidio. Así que por no fastidiar, leeré y no tomaré mantequilla.

En el acuerdo se estipulaba que Patty renunciaba a cualquier herencia en caso de fallecimiento del marido y que, de producirse una separación a instancia de cualquiera de las partes, dentro del primer año recibiría una pensión que iría incrementándose en un diez por ciento hasta el décimo año. Si la pareja llegara a celebrar su décimo aniversario, amén de la pensión estipulada con los porcentajes añadidos, en el momento en que falleciese Mr. Coldwood, la señora Coldwood recibiría una indemnización de diez millones de dólares.

Patty conocía las cláusulas, porque Mr. Coldwood se había empeñado en leérselas antes de enviarlas al bufete para formalizarlas, y aunque sintió la tentación de echar una ojeada antes de estampar su firma, rubricó cada hoja como si se tratara de un trámite que se debía despachar con mecánica rapidez.

A la salida, dentro del automóvil de Mr. Coldwood, no hablaron demasiado. Patty notaba una mezcolanza de sentimientos difíciles de definir. Por un lado, acababa de firmar un seguro de vida que le permitía contemplar el futuro sin sobresaltos financieros. Por lo que le había contado su madre de sus abuelos, y de los padres de sus abuelos, era la primera Degrasse que lo lograba. Por otro, sentía la no pequeña frustración de que, a pesar de sus esfuerzos en los estudios, de la renuncia a unas vacaciones para poder pagárselos, de la ilusión por haber encontrado un trabajo digno en una galería, en una fundación o en un museo, no había sido posible, o el pragmatismo y la impaciencia habían mermado las posibilidades. El caso es que, paradójicamente, había vuelto a entrar en calidad de cliente a la galería de arte de la que se despidió, pero no le había producido demasiada satisfacción. No es que se arrepintiera de la decisión que acababa de tomar, pero le habría gustado conocer al hombre que estaba a su lado en otras circunstancias. No estaba enamorada, por supuesto, pero le había tomado cariño por su delicada manera de tratarla, algo que no era corriente entre las personas de mucho dinero, es decir, de mucho poder.

Mr. Coldwood callaba por respeto al mutismo de quien iba a ser su esposa, y porque acostumbrado a todo tipo de transacciones, ésta era de las menos frecuentes, y no es lo mismo presionar, imponer condiciones para firmar un contrato ventajoso con unas personas que juegan con las mismas armas, que hacerlo con alguien que pertenece a otro ejército y al que se supone que quieres. Estaba en paz consigo mismo porque creyó que había sido generoso, pero no se le ocurría ninguna broma para relajar el ambiente.

Y Patty, mientras veía los reflejos de los edificios por los cristales ahumados del coche, nunca supo por qué, se acordó de otro vehículo mucho más modesto: un taxi que la llevaba hacia un hotel de Brooklyn en compañía del único hombre al que había amado. Y se echó a llorar.

Mr. Coldwood le tendió un pañuelo y Patty se pasó el borde bajo los ojos para evitar hacer un estropicio con las sombras y el maquillaje.

—Has estado muy valiente ahí dentro —le dijo complacido él.

—Esto no quiere decir que me haya derrumbado, sino que creo que es obligación de la novia, en estos casos, derramar unas lágrimas. No quiero que te pierdas la tradición.

—Los ojos color miel te brillan más con ayuda de las lágrimas.

—Está bien lo que dices. Un novio debe ser un hombre galante y protector.

~

A Juanita su cuñado le pareció siempre galante y protector, pero le desconcierta que apenas le hable, que no haya querido conversar con ella, aunque él tiene un puesto muy importante, ella lo sabe; que no le haya dicho alguna de esas cosas bonitas que antes, incluso cuando era más chica, le decía en las fiestas familiares.

Se siente poderosa con él, aunque no lo racionalice, pero es consciente del influjo de su presencia, de que él actúe según sus deseos, pero le gustaría poder ejercer ese instigamiento en otras facetas que no sean las de siempre. Porque ella se siente mujer, y se siente fuerte por la capacidad de persuasión que ejerce su figura, y le complace y le halaga, pero le desconcierta su huida posterior, que sí, que es cierto que hay mucho trabajo en las *suites*, pero parece como si él la hiciera a ella culpable de algo, y eso la desconcierta y la hace sentirse culpable de verdad, no ya por la reacción del sobrecargo, por su vergonzante final, sino por la educación recibida, por los mensajes religiosos en los que la mujer es siempre la causa del pecado, la perdición de los hombres desde los tiempos de Adán.

Y luego está su hermana, claro, su hermana mayor, pero ella jamás destrozaría el hogar de su hermana y de su cuñado, ni sería la causa de un divorcio, ni siquiera se le ha pasado por la cabeza que el sobrecargo se vaya a enamorar de ella, faltaría más, ni tampoco que esto vaya a suceder fuera del barco, en Colombia, en alguna fiesta familiar, pero aquí es distinto, porque Colombia está lejos, y el trabajo es constante, y hay tanta gente como soledad, y, aparte del momento de algunas conversaciones en los comedores para el servicio que hay aledaños a las cocinas, es difícil hablar con nadie, comunicarse y mucho menos encontrarse con alguien afectuoso. Puede decirse que, más allá de algún piropo perteneciente al personal masculino de cocinas o habitaciones, la única muestra de afecto es la carne caliente de su cuñado, tan palpitante como la de ella, en esos encuentros tan furtivos como apasionados, tan esperados como rutinarios, porque ella ya sabe cómo va a reaccionar, y aunque se diga a sí misma que no se va a portar como una vulgar gallina a la espera del salto del gallo, en cuanto mira el reloj —que por cierto se lo regaló su cuñado a la vuelta de uno de sus viajes— y nota que se aproxima el momento en que el sobrecargo abrirá la puerta de la *suite*, y pasan los minutos y no se escucha el más leve rumor en los corredores enmoquetados, y comienza a temer que ya se ha acabado, que este día no vendrá ni volverá a producirse otro encuentro, nota un desasosiego intenso, una angustia que la sofoca, que la ahoga, hasta que se oye el pestillo y los pasos, y ella se va hacia la cama y finge que arregla un almohadón, y casi nota el calor de los ojos de él en la parte posterior de los muslos, y un deseo de que se detenga y de que comience, de que alargue la ceremonia y de que se salte los preámbulos, aunque los preámbulos son escasos, y cuando nota las manos de él tirar hacia abajo del elástico de las bragas y su intimidad queda sin cubrir, nota el frescor del aire, porque siempre, en esos momentos, siempre está húmeda, y está segura de que se quedaría allí clavada aunque sonaran las sirenas de alarma, como cuando hicieron un ensayo general antes de que viniera el pasaje un ensayo general, y que su cuñado también se quedaría pegado a ella, dentro de ella, sin importarle incendios ni naufragios, tormentas o explosiones.

Juanita vive entre la ensoñación y la desorientación, entre el deslumbramiento y el desconcierto. Bien es verdad que las superficies enmoquetadas, los comedores majestuosos, los teatros, las salas, las *suites*, forman un mundo alucinante que hasta entonces sólo había entrevisto en el cine. Es cierto que el influjo de su cuñado, las vibraciones que provoca en ella son diferentes a las de los chicos de su edad, allá en su país, pero el resultado final es el mismo. Hay algo en que no se diferencia mucho su cuñado de los otros chicos, esa especie de desinterés al término del acto, como si se sintieran molestos por la debilidad que han cometido, como si el pecado del que hablaba el cura fuera evidente y ellos cayeran en una especie de culpabilidad y arrepentimiento que les impeliera a alejarse de la hembra.

Juanita está confusa e ilusionada. Confusa porque no alcanza a vislumbrar su futuro, e ilusionada porque nunca se había sentido tan útil y tan pujante. Algunas mañanas, cuando se levanta, aunque se encuentre entre las otras tres literas, en un camarote angosto en el que apenas caben las cuatro chicas, se despierta ilusionada de estar donde está, de haber conseguido un trabajo como éste, de presentir que dentro de unas horas tendrá lugar el encuentro tan esperado como fatal, y, después, la embrollada contradicción con la que se puebla su mente de chica ingenua y bondadosa.

Las cosas nunca son de la misma manera a como se las ha imaginado. Leía fotorromances en los que la chica se casaba con el apuesto galán y ella se transmigraba a la situación, y sentía el romanticismo que proyectaban aquellas cuidadas imágenes, pero, después, en la realidad, el temblor de la mano tomada, ese sublime instante en que la realidad parece estar hecha de poesía, la piel junto a la piel, la mano de él enlazada en la mano de ella, da paso enseguida, demasiado rápidamente, a la urgencia del sexo, maravilloso, sí, encandilador y deslumbrante, pero acompañado de las miserias físicas, de las dudas terribles, del miedo a los días genésicos y los correspondientes embarazos, de la vacilación de si se debe o no ceder, de la incertidumbre de si estará a la altura de las circunstancias, de si no se mostrará demasiado sosa y pacata, o el galán la tomará por una desahogada y una puta.

Si hay algo que no le disturba y le tranquiliza en los encuentros con su cuñado es que sabe de antemano lo que va a ocurrir, como si se tratara de un guión largamente ensayado, y no tiene que esforzarse en discurrir sobre lo que viene a continuación. Aquí está libre de las medrosidades habituales sobre la ropa interior que lleva, porque cada día se cambia de bragas, y de la irresolución sobre si debe ayudar o mantenerse pasiva, estimular o fingir indiferencia, colaborar de una manera precisa o dejar que sea él quien lleve la iniciativa. El programa se atiene a un protocolo, como el del baile en las fiestas patronales, aunque se trate de un protocolo rudo y poco galante, algo primitivo, pero con la garantía de que no existirán las sorpresas.

El sobrecargo, en cambio, ha recibido una sorpresa. Venía en un cablegrama que le han entregado —un sistema casi rudimentario en la era de las nuevas tecnologías— y con un mensaje breve que, si al principio le ha costado entender, a medida que relacionaba su sentido y la niebla de los recuerdos se aclaraba, notaba en el estómago esa molesta sensación de la congoja que no es debida a la comida.

El texto, muy breve, decía: «El hijo de tío Fausto te enviará un paquete. Abrazos de tu primo».

¡Qué lejos quedaba todo aquello! Ni siquiera cuando volvió como un triunfador tras conseguir su primer contrato de trabajo con Tremonti, lejos de la situación ilegal a la que ya había terminado por acostumbrarse, se sintió demasiado próximo a su pasado. Aquella inmensa fortuna, los mil quinientos dólares que le había prestado don Fausto, después de temer que le despachara y lo condenara al ostracismo, se habían diluido en un pretérito remoto que creyó que quedaba enterrado cuando se enteró de la muerte de don Fausto. Puede que en ningún otro momento volviera a tener la osadía y la inconsciencia de plantar cara a un jefe, sabiendo que su petición podía ser tomada como un descaro que le acarreara el encono y la enemistad del todopoderoso don Fausto.

No necesitaban un sistema informatizado. Las libretas con las partidas del debe y del haber de los favores debían transmitirse de memoria o a lo mejor usaban el procedimiento de los viejos tenderos, esos libros apaisados donde van anotando las compras a caña y que nunca son reclamadas, pero tampoco nunca se olvidan hasta que llega un día en que el tendero niega con la cabeza y la mujer se da media vuelta avergonzada, con la secreta esperanza de que ninguna de las vecinas presentes se haya dado cuenta, y se marcha, con su pequeña y familiar desesperación, a buscar ayuda en otra parte, a endeudarse a otro sitio.

El sobrecargo, que mantiene la frente arrugada cuando las cosas marchan bien, como si temiera que de un momento a otro se estropearan los fogones, se incendiaran las cocinas, se fundiera el sistema frigorífico y la mantequilla comenzara a derretirse, o se descubrieran centenares de huevas entre las cajas de pasta y hubiera que reemplazar centenares de kilos de espaguetis, macarrones, fideos y canelones, presenta una frente lisa y despejada, señal de que algo sucede.

Se lo ha preguntado Tremonti al caer la tarde, porque conoce las claves y se ha alarmado al no contemplar la frente arrugada, en espera del imprevisto desagradable.

—¿Ocurre algo?

—No, no, nada en absoluto.

¿Cómo le va a contar que en su lejana adolescencia y primera juventud hizo de camello? ¿Qué consejo puede darle si el director no conoce los ambientes y si ha visto algún especimen como don Fausto ha sido de cliente y sin que nadie adivinara el origen del dinero con que abonaba la cuenta?

Se puede aplazar un requerimiento del Fisco, incluso una citación judicial. Se puede negociar una deuda con un banco, pero aquí no hay apelaciones posibles ni derogaciones milagrosas. Ni se pierden los expedientes, ni siquiera existen inexplicables incendios en un despacho donde arden informes y cédulas.

Y tampoco se puede huir. Si le han encontrado en medio del Mediterráneo, a miles de millas de distancia, en otro continente, de igual manera lo encontrarían en otro océano, en otro barco o en otras tierras, por lejanas que fueran.

A veces, cuando no repartía semillas, cumplía encargos muy sencillos: apuntar las matrículas de los coches que paraban frente a un comercio, meter adrede una pelota en un jardín y saltar la valla para recuperarla y contar, luego, qué timbres han sonado y cuántos tipos han aparecido para preguntarle cómo había entrado allí. O llevaba sobres que no contenían semillas y, luego, tenía que quedarse por los alrededores para informar si el recipiendario salía enseguida.

Tienen ojos y oídos en cualquier lugar. Como repartidor de semillas, ha entregado mercancía a gentes muy principales que él no sabía muy bien quiénes eran, pero que tenían aspecto de personas que mandan. Y, alguna vez, cuando don Fausto no era todavía el fundador de la dinastía y aparecía por el invernadero y discutía con alguno de los mayores, no era muy complicado escuchar frases como «el juez hará lo que nosotros digamos», o «el alcalde no hablará, porque no le conviene», frases que pasaban por el consciente del niño, pero a las que el niño no daba demasiada importancia.

El sobrecargo no es un niño y ahora sabe que si don Fausto, cuando comenzaba a cimentar el negocio, movía peones de gente principal, qué no moverían ahora los herederos de la saga, cuando llevaban tantos años amasando dinero, comprando voluntades y estableciendo la urdimbre de intereses que defienden el negocio.

Y, en realidad, si a don Fausto, en el fondo, no le hubiera hecho gracia su osada petición, si no se hubiese visto reflejado él mismo en la arrogancia del jovencito, podría haberle abandonado a su suerte, seguro de que a las pocas semanas hubiera acudido vencido al invernadero, y entonces habría sido un pringado más, moneda de cambio para que la policía, de vez en cuando, se pusiera una medalla y fuera discreta con asuntos de mayor calado.

De no ser por aquellos mil quinientos dólares no habría podido conseguir las burdas falsificaciones que le permitieron subsistir, y hubiera sido más que probable que las autoridades de inmigración de Estados Unidos lo hubieran devuelto a Cartagena de Indias, donde le habría esperado la cárcel, y a la salida, marcado y conocido, peligroso para cualquier labor, habrían intentado enviarle a otra ciudad, o fuera del país, a intervenir en alguna de esas operaciones peligrosas de las que muchos, como su propio hermano, nunca más volvían.

Pero como sucede con todas las deudas, cuanto más tiempo pasa, más molesto y engorroso resulta pagarlas, más extemporáneas son, más fastidiosas cuanto más impredecibles, más enojosas, por inesperadas.

~

En algún momento Dusan Tripkovic llegó a la conclusión de que la sociedad estaba en deuda con él, o, mejor dicho, el mundo. No es un procedimiento sencillo el que puede llevar a un profesor de Filosofía a convertirse en un amoral, pero tampoco es infrecuente en los países convulsos. La gente se suele quedar muy impresionada cuando descubre los detalles de la biografía de un feroz terrorista y se informa de que no hay detrás un padre asesinado vilmente delante de sus ojos, sino un muchacho crecido en un ambiente burgués y acomodado que terminó sus estudios de Medicina y dedicó algunos años a salvar la vida de las personas hasta que decidió emplear su talento en matarlas al por mayor. De recuperar en un quirófano la vida que se escapa y luchar hasta que el corazón vuelve a palpitar a poner una bomba en un avión, hay un trecho desconocido pero existente, que cada uno recorre conforme a pautas no demasiado conocidas. Las de Dusan Tripkovic eran más vulgares. Todo empezó en el maldito viaje que su hermana, su cuñado y su sobrina hicieron a Kosovo. El cuñado de Dusan tenía allí familia y solían hacer una visita cada dos años.

De la guerra civil de los Balcanes ha quedado en Europa la sensación generalizada de que los serbios han sido siempre los perversos de la película, pero los que comenzaron las atrocidades fueron los musulmanes. A su cuñado se limitaron a degollarlo, pero a su hermana —todavía no ha comprendido por qué— le rompieron los brazos, a lo mejor por resistirse a las sucesivas violaciones. Es probable que toda una vida conociendo las teorías sobre el ser humano y su relación con el universo y los otros seres humanos, llevadas a cabo por los grandes filósofos, le hubieran servido a Dusan para soportar el golpe tras el estremecimiento. Pero ni el escepticismo que le iba empapando desde hacía tiempo ni una cierta tendencia a la misantropía que había comenzado a apoderarse de él fueron suficientes para racionalizar el conocimiento brutal de la violación salvaje a la que fue sometida su sobrina. El forense no se anduvo con paños calientes, y antes de levantar la sábana se lo advirtió:

—Es como si hubieran arrojado el cuerpo a una jauría de lobos hambrientos.

Había intentado aproximarse al entendimiento de que el odio puede llevar a un ser humano a rebanarle el cuello a otro; había hecho grandes esfuerzos para concebir el ancestro animal del macho que, en el momento en que se levantan las costosas barreras de la civilización, tiende a la violación como lo hacen no ya los hombres primitivos, sino la soldadesca actual en cuanto se ocupa una ciudad y se relaja la vigilancia de los jefes, a no ser que sean sutilmente animados por éstos. Con algo de tiempo hasta podría haber asumido que los brutales atacantes le hubieran roto los brazos a su hermana, tras caer en un bestialismo monstruoso. Pero cuando vio el cuerpo de Jadranka con las huellas cárdenas de los terribles golpes y el pubis de niña cubierto por la costra de sangre oscura a causa de los desgarros producidos, se negó a seguir no ya cualquier camino que le llevara al perdón, sino que renunció a todo tipo de esfuerzo que condujera a otro lugar que no fuera la venganza ciega. No esa venganza calculada que, según los cánones, es un plato que ha de comerse frío, sino la venganza indiscriminada, el agravio imborrable y universal, la furia permanentemente alimentada.

—Dentro de lo que cabe, ha tenido suerte. Muchos cuerpos no han podido ser recuperados —dijo el médico.

Y fue la primera vez que pasó por su cabeza la idea del asesinato. E incluso se asombró de que desechara matar al médico, porque estaban en un sitio público, lo verían salir y podrían reconocerlo, pero no porque le produjera una especial repugnancia. Más aún: no se sintió a disgusto con la especulación y decidió ponerla en práctica.

Había comenzado ya la locura y las fuerzas paramilitares organizadas sin demasiada discreción por Milosevic eran el puerto más seguro. No es que hubiera oficinas de reclutamiento, pero para un profesor de la Universidad de Belgrado no era difícil conseguir los contactos. Los consiguió. Pero antes, marchó a casa de su hermana para cerrarla y recoger algunas cosas familiares. El viaje en autobús hasta Dubrovnik estuvo lleno de incidencias, detenciones en la carretera, registros e intentos nada velados de extorsión. Un tipo lo apartó del resto de los viajeros y le dijo que le entregara el dinero que llevaba si no quería verse envuelto en problemas.

Dusan se echó mano al bolsillo interior de la chaqueta y extrajo con una facilidad pasmosa una Browning que, según le habían asegurado, perteneció a un viejo oficial de la Staci.

—Los problemas los puedes tener tú si te pego dos tiros ahora mismo, y es muy probable que te lleguen si se entera el comandante de la zona, que es compañero de la infancia.

Lo del comandante era un farol, pero la pistola era auténtica y, aunque el extorsionador llevaba un fusil ametrallador en bandolera, decidió no intentar hacer pruebas de destreza. Con tono untuoso se disculpó y le dijo:

—Perdón, camarada. No te había reconocido.

«Cómo cojones me va a reconocer, si no me conoce», pensó Tripkovic, irritado porque su descubierta vocación de asesino no significaba la renuncia al análisis intelectual.

—Seré de los primeros en subir, y no se te ocurra descolgar el cacharro.

Casi tuvo que ocultar una sonrisa, porque pronunciar la palabra «cacharro» refiriéndose chulescamente al arma le parecía mayor impostura que afirmar su amistad con el supuesto comandante.

Claro que lo peor no fue el viaje, sino el doloroso encuentro con las fotografías, esas estampas del tiempo detenidas un instante y más perdurables que los seres que las pueblan.

Recorrió toda la casa despacio y fue abriendo cajones, vaciando contenidos, hurgando en armarios, seleccionando aquello que había decidido llevarse. Y, otra vez, un recorrido más premioso de despedida. Lo peor había sido sentarse en la cama de Jadranka, una estrecha cama turca, plegable, que estaba extendida, como si su sobrina fuera a llegar de un momento a otro, como si le pidiera poder acompañarle al mercado, como si fuera a sentir su mano de niña, apretada fuertemente, o le fuese a preguntar cuándo la iba a llevar a Belgrado.

Si Dios existiera, Tripkovic hubiera querido morirse para escupirle en la cara y decirle: «¡Era una niña, una pobre niña!». Pero debía aplazar la puerta de la muerte para hacer daño a esta reata de caínes que se había despertado tras una larga preparación y torturaban a mujeres y niñas. Su sobrina, al principio, creería que era un juego; luego, se asustaría; más tarde, no habría entendido ese dolor terrible que le causaban, y deseaba que se hubiera desmayado, que no hubiera tenido que soportar el suplicio de descubrir que los hombres son monstruos que martirizan a las niñas como si fuera una diversión.

Sentado encima de la cama, agachó la cabeza como si no pudiera soportar el pesado fardo de los recuerdos, colocó las palmas de las manos sobre las rodillas y, por un momento, le pareció que no merecía la pena incorporarse a no ser que Jadranka fuera a aparecer por la puerta y le preguntara si iba a ir hasta el puesto de telas de Abu Azham, si la llevaría a ella, y si, cuando fuera mayor, iba a ser tan lista como él, porque su madre decía que su tío era muy listo. A veces, en el autobús que tomaba por la A1, le preguntaba en voz bajita por cosas que veía, como si temiera que los demás fueran a reírse de ella. Una vez, subió al autobús una señora con un abrigo de pieles y Jadranka le tiró de la mano y le planteó al oído si la señora era muy rica. Dusan se encogió de hombros, porque también él sentía timidez por hablar en voz alta en el interior del vehículo como hacían con impudor la mayoría de los viajeros, y, al final del trayecto, cuando iban andando hacia la calle Plaka, le habló de la riqueza material, de la riqueza que supone saber cosas, de la riqueza de portarse bien con mamá, con papá, con los compañeros de la escuela, de que hay gente que tiene mucho y es pobre porque quiere más, y que un tal Séneca había dicho que el más rico era el que no sentía envidia ni necesidad de comprar nada. Jadranka se quedó un momento callada y dijo que ella debía de ser dos veces pobre: era pobre porque quería una bicicleta, y era pobre porque no podían comprársela. Dusan sonrió ante la lógica aplastante del razonamiento y a los dos días, cuando se despertó Jadranka, lo primero que vio fue el brillante manillar de una bicicleta que alguien había dejado en la habitación.

Dusan se incorporó como si hubiera estado sentado varios años, y dentro de una vieja maleta que había encima de un armario fue metiendo el modesto joyero de su hermana, que consistía en una pulsera de plata y unos pendientes antiguos, de oro, que Dusan pensó que habían pertenecido a su madre; algunas fotografías, tras desprenderlas de sus marcos de madera o latón, una flauta dulce de Jadranka y un diploma de la escuela por haber quedado la segunda en la prueba de salto de altura; un tabardo de su cuñado, forrado de lana de oveja, que podría servirle, aunque le viniera un poco grande, y un reloj de péndulo, no muy voluminoso, pero que ocupaba más de la mitad de la maleta.

Cuando la hubo cerrado después de guardarlo todo, volvió a recorrer la casa y dudó entre llevarse o no la maleta. Consideró que llevarla consigo sería un triunfo añadido de los verdugos que habían exterminado a su corta familia, una especie de cilicio para que la visión del diploma de Jadranka o de la fotografía de su hermana y de su cuñado el día de la boda, felices y sonrientes, le ablandara los ánimos y supusiera un obstáculo para esta nueva personalidad que le permitía, sin miedo, sacar una pistola frente a cualquiera y apuntar sin que le temblara el pulso.

Al salir, cerró la puerta cuidadosamente y se guardó la llave, pero con la intención de arrojarla en cualquier parte, lejos de allí. Le sorprendió el silencio de la calle, como si no viviera nadie. Al caminar junto a las tapias del pequeño jardín de Abu Azham pasó de largo, pero después volvió sobre sus pasos porque sabía que nunca iba a regresar, y no quería dejarse pendiente una mirada ni acusarse de cobardía por haber huido de una visión. Empujó la puerta y, extrañamente, estaba con el pestillo sin correr. Penetró en el pequeño recinto de tierra donde, como siempre, se aburría la parra y sesteaba la higuera. Llamó en voz alta a Abu y no contestó nadie. Le extrañó porque era sábado, y aunque Abu Azham no era muy creyente, no bajaba al mercado ese día.

Ya se iba a marchar cuando notó que la puerta de la casa tampoco estaba cerrada. Por la rendija salían y entraba moscas, y algunas parecían muy grandes. Al empujar la hoja de madera notó un olor pesado y fétido, como de algo podrido. Se dirigió a la cocina y allí estaba tendido en el suelo Abu Azham, boca arriba, con dos destornilladores clavados en los ojos y cuyos mangos ofrecían un aspecto grotesco y terrible. Le dio con el pie en un costado, pero hacía al menos dos o tres días que Abu Azham había dejado de existir y ya no emplearía más los dos viejos destornilladores que le ayudaban a montar su tenderete, al final de la calle Plaka.

~

—¿Qué tal los negocios? —preguntó Patty a su marido antes de la cena.

—No eran negocios. Una engorrosa entrevista con viejos conocidos.

—Dijiste que eran negocios —recordó Patty, mientras descolgaba del armario una percha con un vestido liso de color verde manzana y unas falsas puntillas en los bordes de la falda y las mangas.

Mr. Coldwood miró rápidamente hacia su esposa y, viéndola absorta en la contemplación del vestido que había extendido sobre la cama para observarlo mejor, se vio obligado a ampliar sus andanzas.

—Se trataba de una antigua amistad. Necesitaba ayuda.

—¿Y te avergonzaba ir conmigo?

Mr. Coldwood volvió a mirar a su mujer, pero ésta había desechado el vestido y había sacado otro de color marfil, y no parecía estar muy pendiente de sus palabras.

—Hubiera sido incómodo para él.

—Y si era un amigo, ¿por qué me hablaste de negocios? Te he oído decir más de una vez que no se deben mezclar las amistades con los negocios.

Por una vez, Mr. Coldwood, en lugar de sentirse satisfecho por la inteligencia de su esposa, se llenó de incomodidad. Naturalmente, no le puedes pedir a una mujer que sea inteligente en unas ocasiones y, en otras, no, pero no le agradaba nada tener que andar dando explicaciones sobre sus entrevistas o sus andanzas. Y, mientras buscaba con rapidez un argumento verosímil, le alarmó que ella le planteara una hipótesis descabellada.

—¿O es que mi marido me está engañando?

Seguía sin mirarle, sacando los colgadores o poniéndolos sobre la cubierta de la cama, como si la conversación que llevara con él fuera algo secundario, porque lo importante se basaba en el cotejamiento de tonos de las prendas.

—No tengo edad para engañarte.

—La experiencia es la que permite las mentiras maestras. Por eso a los niños siempre les pillan.

Mr. Coldwood no estaba de buen humor. Había recibido informaciones que no es que llegaran a inquietarle gravemente, pero le causaban molestias, y casi le irritaban más las pequeñas molestias que los inconvenientes serios.

—Estoy cansado, Patty —comentó para zanjar el principio de una discusión que podía enviscarse por derroteros desconocidos.

A Patty no le pasó inadvertido el tono y el semblante de su marido y, solícita, cambió de tono.

—¿Quieres que nos quedemos? A mí no me importa.

—No, no. Tengo que hablar con Hotbush. Y espero que me ayudes.

Patty eligió una falda algo larga de un tono verde tenue y ensayó a ver qué efecto producía con una blusa de un color esmeralda que tenía unos adornos bordados en los ribetes de las mangas.

—¿Por qué estás empeñado en que Hotbush se presente a unas primarias? Creía que votabas a los republicanos.

—Suelo votar a los republicanos, pero aporto fondos a los dos partidos. Y como eres una chica tan lista que quiere saberlo todo, incluso dónde he almorzado —añadió como una censura nada encubierta—, he de confesarte que no confío en que Hotbush saliese bien librado, pero su candidatura puede producir dos efectos beneficiosos. Si, finalmente, saliera candidato del Partido Demócrata, yo asistiría con sosiego a unas elecciones en las que me daría igual quién fuera a ganar. Y si, como es lo más probable, lo tumban en las primarias, habrá logrado neutralizar a uno de los candidatos del Partido Demócrata, que es el que menos me gusta.

—De acuerdo.

Eso era lo que le agradaba, sobre todo, a Mr. Coldwood: que a su mujer no le tenía que repetir las cosas dos veces. Al principio lo hacía, porque no se había fiado nunca de empleados y colaboradores, pero bastaron dos observaciones irónicas de Patty para percatarse de que a ella no le complacían las iteraciones.

—Suavemente —matizó él.

—¿Te parece esta falda lo suficientemente suave? —preguntó mientras la extendía al aire y el vaporoso tejido dejaba una sonrisa verde pálido en el espacio—. Pues así de suave estaré..., amo —concluyó, pronunciando la palabra «amo» con mucha más picardía que signo alguno de obediencia o acatamiento.

Esta salida hizo que Mr. Coldwood recuperara el buen humor, y, al poco, ya sonaba el teléfono interior, porque los Hotbush querían saber si ya estaban preparados. Podrían haberlo hecho asomándose a la terraza contigua, y el primer día fue el procedimiento que usó el senador, pero se impuso la escuela bostoniana de la discreción y, tras el afeamiento que hizo Nancy a su marido, siempre llamaban por teléfono, e incluso anunciaban por ese procedimiento que pasarían a recogerles, a pesar de que las dos *suites* estaban contiguas.

Tremonti les había asignado una mesa privilegiada bajo el estrado de la orquesta pero lo suficientemente alejada como para poder conversar sin forzar la voz, cerca de la gran cristalera de popa, a través de la cual podían verse las espumosas alburas que iban dejando las poderosas hélices del barco.

Mr. Coldwood y su mujer bebían vino mientras el senador y Nancy optaban por la Coca-Cola o el agua mineral, según estuvieran sus ánimos, y esta noche tocaba agua mineral. Y críticas a Europa. El senador no tenía muy buen concepto de la Unión Europea.

—La Unión Europea es una entelequia que sólo sirve para quedar paralizados en cuestiones políticas. Es como si, cada vez que nuestro Presidente tuviese que tomar una decisión de política exterior, se tuvieran que poner de acuerdo Oregon con Georgia y California con New Hampshire. Pasarían años antes de que se lograse la unanimidad.

—Hay mucha historia detrás de cada uno de estos países, y es lógico que se resistan a perder sus identidades —apunta Mr. Coldwood.

—Eso es lo malo —corrobora con entusiasmo el senador—, que existen demasiadas identidades y demasiada diferencia. En nuestro país cambia el horario y el clima, pero comemos lo mismo, vemos los mismos programas de televisión, gustan las mismas cosas por muy alejado que esté un estado de otro. Pero esto es un mosaico imposible de contemplar. ¿Qué tiene que ver un griego con un austriaco, y qué tiene que ver un británico con un español o un francés con un polaco? Yo me pierdo. Miro el mapa y cada cagada de mosca es un país.

—Nosotros procedemos de esas cagadas de mosca —advierte Mr. Coldwood.

—Sí, por supuesto —le da la razón el senador—, y por ello hemos venido dos veces a sacarles las castañas del fuego. Y parece que se han olvidado. No digo que lo de la guerra de Irak fuese un acierto, pero la espantada de los europeos fue notable. En esas y en otras muchas cosas, comenzando por los franceses. ¿Sabe cuántos franceses murieron en la Segunda?

—No, no lo sé —admite Mr. Coldwood.

—Parece que entre civiles y militares hubo casi cincuenta millones de personas muertas —recuerda Patty.

—Sí, en efecto, casi cincuenta millones de personas. Pero ¿saben cuántos soldados franceses cayeron frente a los alemanes? Doscientos cincuenta mil. ¿Y saben cuántos soldados estadounidenses murieron para que los alemanes dejaran el territorio francés? Trescientos mil. Y seguimos poniendo muertos en muchas zonas en conflicto. Y gracias a esos chicos que se sacrificaron en Vietnam y en Corea, y en muchos otros puntos, el comunismo no avanzó más, y un día, un buen día, por cierto, cayó el Muro de Berlín.

—Senador, creo que coincide plenamente con Bush. Tenga cuidado, no vaya a pasarse al Partido Republicano —apunta con malicia Mr. Coldwood.

—No me avergüenza coincidir en esas cuestiones —dice muy serio.

—Comprenderá ahora por qué me gustaría tanto que aspirara a liderar su partido, y por qué mucha gente estaría dispuesta a ayudarle.

—Un momento —interviene Nancy—. ¿Estamos hablando en serio?

—En estas cuestiones yo siempre hablo en serio —confirma Mr. Coldwood.

—Pero esto no ha surgido de repente. Parece que ustedes ya habían hablado.

—Muy por encima —se excusa el senador.

—Muy por encima, pero lo habíais hablado y no me has dicho nada —dice dirigiéndose con reproche a su marido—. Por favor. ¿Es lo que me imagino? ¿De verdad queréis convertirme en una aspirante a primera dama? —termina preguntando con un punto de sarcasmo incrédulo.

—Nada se debe descartar —interviene Patty, poniendo la palma de su mano derecha sobre el dorso de la mano izquierda de Nancy—. Y tendríamos una primera dama con unos ojos bellísimos.

La mujer del senador sonríe, pero no es una sonrisa de satisfacción ni de vanidad, sino una sonrisa de compromiso para intentar explicarse el bloqueo que siente ante el contacto de la mano de Patty, el mismo que percibía en los tiempos de adolescente, cuando los primeros escarceos, las primeras salidas, y la mano era el pórtico a otras caricias. Se ruboriza ligeramente, y Mr. Coldwood piensa que es por la posibilidad de verse de primera dama, pero su mujer, que posee otras sapiencias aunque sea mucho más joven, sabe que no, que es por la confusión que le produce la confianza del gesto, ya había notado algo cuando la ayudó a maquillarse y por eso se demoró cuando le probó la ropa, y quiso comprobar si sus intuiciones eran ciertas, y hubo detalles que no se le escaparon, tal que la falta de naturalidad de ella al quitarse la ropa, su envaramiento, que podía ser debido a un exceso de pudor, pero no era la causa de su respiración agitada, esa expectación de la hembra, pero contenida por los tabúes de la educación, adormecida, larvada en lo más hondo, y no porque ella supusiese que la mujer del senador fuera lesbiana, sino por esa zona sin explorar de hombres y mujeres que puede no aflorar nunca, o ni siquiera existir, o quedarse oculta tras el complicado marasmo de la adolescencia.

De cualquier manera, retira la mano y hay en Nancy un alivio y una decepción, pero vuelve a ser ella misma, y en tono firme da su opinión contraria: está harta de la política, la política le ha arrebatado muchos momentos que ya no podrá recuperar nunca, y embarcarse en una larga campaña, y soportar las traiciones de los conmilitones, mucho más sonadas cuando está en juego la candidatura a la presidencia, es algo para lo que no se siente con fuerzas.

—De cualquier manera —interviene Patty, como si se sintiera autorizada al tratarse de una persona de su mismo sexo, o como si su criterio fuera a tener más peso que el de los hombres al ser mujer—, cuando haya elecciones al Senado volverás a tener que estar en campaña, Nancy. En realidad casi es lo mismo.

—No, no —niega con firmeza—, no es lo mismo. Massachusetts nos la conocemos como la palma de la mano y ya sabemos en qué distritos nos votan, cuáles flojean, qué sectores hay que trabajar... Bueno, lo sabe él, que para eso es el senador. Pero lo otro es recorrerse Estados Unidos de punta a punta. ¿Cómo se titulaba aquella película? Sería algo así como «si hoy es martes, esto es Carolina del Norte».

—Me alegra que ya hayamos ganado las primarias y nuestro senador sea el candidato a la presidencia. Es entonces cuando tendría que recorrer todos los estados, pero no en la primera fase, que es en la que estamos —observa Mr. Coldwood.

—Querido, no estamos en ninguna fase —le recuerda Nancy.

A Patty, al principio, le resultaba curioso que Nancy tuteara a su marido, y que su marido y el senador se tratasen de usted. Intuye que las familias de Nancy y de Mr. Coldwood pertenecen al pedigrí bostoniano, y que el senador procede de otro sector que no forma parte del Gotha.

—Se podría decir que estamos en la fase preparatoria de la fase preliminar —dice Patty, pero su humor no lo capta el senador, que comienza a impacientarse por que todo el mundo parece creerse con derecho a orientar su carrera política.

—Se trata de una hipótesis, que yo no he sugerido... —comienza diciendo.

—La culpa es mía. Lo admito —reconoce Mr. Coldwood.

—Y esa hipótesis ni siquiera he tenido tiempo de reflexionarla —continúa el senador—. Y, cuando la piense, puede ser el momento de retomar la conversación.

—Te pido disculpas, mi querida Nancy, pero te aseguro que mi propuesta está llena de afecto hacia vosotros y que está dentro de la lógica, puesto que, precisamente por afecto, sería incapaz de incitar a un amigo, o en este caso a un matrimonio amigo, a una locura —interviene Mr. Coldwood, conciliador.

—No me lo puedo creer —insiste Nancy—. Y no entiendo cómo viviendo juntos y ocupando el mismo camarote no me has dicho nada. Creo que soy tu esposa.

Patty teme que el planteamiento derive en una discusión matrimonial y se ve obligada a interceder.

—Bueno, si fue sólo un comentario, es lógico que él no quisiera alarmarte con una lejana e hipotética propuesta. Me imagino que lo hizo para no intranquilizarte en vano.

—En efecto —asegura el senador, asiéndose al argumento como una tabla salvadora para evitar una disputa probable.

—De cualquier manera —aporta Mr. Coldwood en un tono apaciguador—, somos unos amigos que están disfrutando de unas vacaciones y de un viaje que a mí me está resultando muy agradable. Es lógico que hablemos de todo, y no creo que las actividades a las que nos dedicamos estén excluidas. Repito que la culpa es mía. Pero vaya en mi descargo que soy un observador desde fuera y que, aun no siendo neutral, puesto que le tengo afecto a nuestro senador, también me interesan las cosas de nuestro país, y creo que nuestro senador tiene cualidades, y, todavía más, posibilidades para llegar a la presidencia. Y, perdona —se excusó ante Nancy, que pretendía interrumpirle—, ignoro si él lo desea, si tú estarías dispuesta a secundarle y, por ignorar, ni siquiera sé cuáles son sus proyectos, pero también es cierto que traicionaría mi sentido de la amistad e incluso mi sentido patriótico, aunque suene demasiado prosopopéyico, si me hubiera callado.

Es más: me lo hubiera reprochado a mí mismo, y prefiero que me lo reproches tú.

—No tengo nada que reprocharte —dice Nancy más calmada—, e incluso te agradezco que tengas en tanta estima a mi marido. Lo que ocurre es que..., no sé, todo esto me ha pillado por sorpresa, e incluso daba la impresión de que llevabais conspirando hace tiempo. Bueno, por un momento, y os pido excusas, he llegado a pensar que tu amable invitación a este viaje tenía como objetivo...

—Tenía como objetivo pasar juntos unos días —ataja Patty para impedir que aparezca sobre la mesa una acusación que, aunque supuesta, pudiera ensombrecer el ambiente e incluso incitar a análisis posteriores—. Cuando me habló de la posibilidad de estar con vosotros, me pareció una idea estupenda. Nos vemos tan poco en Boston...

Y dirigió una mirada a Nancy tan llena de afecto que ésta casi se sintió conmovida.

—¿Qué os parece si vamos al teatro? —propone el senador, que desea aplazar una cuestión por la que ya está seducido y necesita planificar para vencer la resistencia de su mujer.

—O a bailar —plantea Patty.

—Eso. ¿Por qué no vamos a bailar? —se adhiere Nancy, que está arrepentida de su aspereza anterior.

Los dos hombres se miran con aspecto resignado y Mr. Coldwood se erige en portavoz de ambos.

—Los deseos de las damas son órdenes. Iremos a una de las salas de baile. Entended el matiz. Iremos y nos sentaremos, y tomaremos una bebida, y vosotras podéis convertiros en las reinas de la pista. A mí del baile sólo me interesa el aspecto contemplativo.

—Podemos dar el espectáculo —amenaza Patty.

—Podemos comprobarlo —dice animado el senador.

5

Para Patty, la relación con Michael supuso una liberación en todos los sentidos. Se liberó su yo de mujer, por primera vez pudo ser espontánea y natural con un hombre, incluso impúdica, sí, porque las impudicias calculadas de las relaciones anteriores no tenían nada que ver con la sinceridad, y le ayudó a encontrarse a sí misma.

Puede decirse que fue un antes y un después, y aunque tras la ruptura su sentido del humor se volvió más socarrón y un punto escéptico, se le afinó en los catorce meses que estuvieron juntos y hasta recuperó la ingenuidad de la carcajada inocente, esa que nace de la alegría interior, de la percepción de que se vive algo muy parecido a ese mito llamado felicidad. Incluso hubo unos pocos instantes, escasos y breves, pero existieron, en los que le rondó la idea de la maternidad, algo que nunca le había sucedido, que de habérselo sugerido antes otra persona lo hubiera tomado por una extravagancia, y que vislumbró y se desvaneció, nunca supo si por un acendrado pragmatismo o por esa convicción, heredada de su madre, de que cualquier situación, por segura que parezca, es siempre provisional.

La niña que apenas pudo hacer prácticas surgió pasados los treinta y encontró divertido visitar un zoo, pasear bajo la lluvia, aceptar el regalo de una muñeca, patinar e incluso recibir unas lecciones de esquí, tan breves como divertidas, porque el descubrimiento de su propia torpeza, que en otras circunstancias le hubiese enfadado, podían provocarle ataques de hilaridad que desconcertaban al monitor y provocaban en Michael una ternura que hasta entonces no había sentido por ninguna otra mujer.

La semana anterior en el Copper Mountain Resort, a pesar de lo cansada que llegó al aeropuerto de Denver, fue una sucesión de risas y caídas y, al poco, de atrincheramiento en el hotel, como cuando se habían conocido, hasta el punto de que un día Michael comentó con una sonrisa, después de una de las habituales batallas en el altar de Venus:

—No sé por qué nos hemos venido tan lejos, si esto lo podíamos hacer igual en Brooklyn.

—No creas. Noto alguna diferencia. El aire puro te fortalece.

—¿Me fortalece? Si no tengo fuerzas, Patty.

Y entonces ella lo quería comprobar empujándole y él seguía el juego tirándose al suelo, y continuaban el esparcimiento como dos cachorros que acaban de descubrir las posibilidades motrices bajo la mirada atenta de la hembra madre, aunque allí estuvieran solos, junto a un lago helado, en el interior de uno de los dos edificios de cuatro plantas.

Los entrenamientos de ella, o más bien los esbozos para tenerse en pie sobre los esquíes, tenían lugar en el Kidz Terrain Park, que era un lugar lleno de niños y principiantes, pero después tomaban alguno de los dos elevadores de alta velocidad, uno de seis plazas y el otro de cuatro, que subían dando la impresión de ir en el interior de un cohete. Luego contemplaban un paisaje majestuoso, sobre todo en los tres días más claros y despejados que les tocaron en suerte. Los veteranos se lanzaban por las pistas cuesta abajo y él lo hizo en un par de ocasiones, pero la mayoría de las veces se quedaban los dos en el refugio, o en el exterior, y Patty decía que daban ganas de volar, incluso de lanzarse a intentarlo, como si la atmósfera limpia, la sensación de transparencia del aire y la acogedora y algodonosa presencia de la nieve garantizaran que iba a ser posible o que, de alguna manera, habría un blando y acogedor colchón para amortiguar cualquier caída.

Acostumbrados a las separaciones continuas y a la alegría inusitada de los reencuentros, aquella semana les pareció un largo periodo de vacaciones, y aunque los veinte grados Fahrenheit no permitían paseos demasiado largos, Patty estaba dispuesta a lucir las botas que le había regalado Michael, tremendamente ligeras y cálidas gracias a unos calcetines especiales, y se lanzaba animosa por los senderos despejados de nieve, como una chiquilla encerrada durante mucho tiempo en un ambiente urbano ansiosa de respirar ese aire límpido de las Rocosas, desconocido para ella.

A la vuelta, Patty le pidió no ir directamente al aeropuerto, porque quería ver en el *lower downtown* de Denver, algunas galerías de arte, y Michael organizó un pequeño lío de equipajes y facturaciones que les permitió sorprenderse de la belleza de la ciudad y del gran número de edificios victorianos que existían. Las galerías de arte, en cambio, no respondieron a las expectativas que se había creado Patty, y se pararon a tomar un tentempié en un local llamado Sing-Sing y en el que daban ganas de volver a la noche, por las actuaciones anunciadas. Fue allí, en medio de una luz ambiental demasiado rojiza para el gusto de Patty, cuando Michael la tomó de las manos y dijo en voz alta que, por primera vez, le hubiera gustado atisbar el futuro.

—¿El tuyo o el mío?

—Me gustaría que coincidieran.

Fue allí, precisamente al final de aquella semana feliz, cuando Patty volvió a ser consciente de la provisionalidad, de que el destino dormía en las rodillas de los dioses y los dioses rara vez están tranquilos.

El regreso fue una mezcla de regosto satisfactorio por las vacaciones y de apuntes de melancolía. Al poco Michael se marchaba a una de sus misteriosas misiones a América del Sur, y ella sabía que durante ese tiempo no habría señales de ningún tipo convencional. Como mucho, un ramo de flores con saludos ininteligibles para cualquiera y que contenían algún término en clave interna, y, en la mayoría de las ocasiones, ausencia de cualquier noticia.

Había encontrado una residencia para enfermos de Alzheimer en las afueras de Milwaukee e ingresó allí a su madre, a quien le dijo que estaría unos meses para recuperarse y que, luego, regresaría a su apartamento. La mentira piadosa no pareció surtir demasiado efecto, ni para bien ni para mal. Al día siguiente puso el apartamento en manos de una agencia inmobiliaria, porque los gastos mensuales de la residencia ascendían a cuatro mil quinientos dólares, medicinas aparte. Cada quince días o, al menos, una vez al mes iba a visitarla. Había ocasiones en que en un coche alquilado salían hasta la ciudad, paseaban por el Centro Avenida, hacían algunas compras y Patty creía que se recuperaba. Otras, en cambio, su madre se quedaba mirándola como a una extraña y se negaba a salir, o le preguntaba por su padre, incluso —y eso fue lo peor— un día le planteó con desconfianza quién era ella y a qué había venido.

A medida que el deterioro avanzaba, Patty se sentía menos angustiada, como si asistiera a una especie de evolución a la inversa y fuera espectadora de una recuperación maléfica pero liberadora. Habían sido mucho más mortificantes los días de brumosa lucidez, cuando en las recuperaciones su madre tomaba conciencia de lo que le sucedía.

Al final de uno de esos periodos de ausencia de Michael recibió una llamada suya avisándola de su llegada en pocas horas. Y, casi a continuación, otra en la que decía que había tenido que cambiar de planes. Las frustraciones no habían hecho nada más que comenzar, porque, al día siguiente, la avisaron de la residencia. Al parecer, su madre, burlando la vigilancia del centro, había logrado escaparse. La habían encontrado, pero con un fuerte golpe en la cabeza, seguramente producto de una caída. Lo malo era una especie de complicada neumonía que había obligado a ingresarla en el Covenant Healthcare System.

Cuando, tras un accidentado y complicado viaje, llegó hasta el hospital, su madre ya no ocupaba la habitación, porque la habían bajado al depósito de cadáveres. Una enfermera gruesa y amable, de raza negra, le ayudó a rellenar el papeleo y le indicó teléfonos y direcciones de las empresas funerarias de la zona.

Al cabo de cuarenta y cinco minutos se acercó al hospital un hombre joven, de traje gris, que le indicó las posibilidades que existían y, con esa frialdad de las transacciones, le informó de las tarifas de maquillaje, incineración, féretro, flores, etcétera. A sus propuestas, ella iba respondiendo y él anotaba todo en una agenda electrónica con ayuda de una especie de punzón. Cuando le preguntó por la religión de la finada, precisamente con esa expresión, «la religión de la finada», se dio cuenta de que nunca lo había sabido. ¿Era atea su madre? Tampoco era practicante de ninguna religión, así que, tras pensar un rato, dijo que luterana. El joven del traje gris terminó de anotar esta última cuestión y le ofreció los servicios de un clérigo que podría estar en la capilla de la funeraria al día siguiente por la mañana. Tras repasar en voz alta su lista, con la mirada puesta en la pantalla de la agenda, levantó los ojos hacia Patty y le preguntó si estaba de acuerdo. Ella, fatigada por el viaje, abatida por lo sucedido, dijo que sí mecánicamente y, entonces, el joven pulsó un botón y, por una rendija de la agenda, salió la lengüeta de la factura. De no ser por la pesadumbre y la postración que la envolvían se hubiera echado a reír ante aquella muestra de eficiencia y frialdad. Le mostró una tarjeta de crédito y, por el lado contrario al lugar por el que había aparecido la factura, el joven del traje gris introdujo la tarjeta y la conectó con la terminal.

Daba gusto morirse en Estados Unidos, y casi era una lástima que los muertos no se dieran cuenta de lo sencillas que les ponían las formalidades a los deudos.

Durmió o maldurmió en un motel que había a mitad de camino entre el hospital y la funeraria y a la mañana siguiente fue al tanatorio para despedirse de su madre.

La habían maquillado con esmero, y la sombra parduzca del golpe en la sien ya no se notaba. También estaba cuidadosamente peinada, puede que en exceso, porque la laca hacía que el cabello pareciera artificial, como si le hubieran colocado una peluca. De pronto se dio cuenta de que estaba calzada con unos zapatos negros y vulgares; preguntó a qué hora vendría el pastor y, cuando comprobó que aún faltaban dos horas, solicitó un taxi que la dejó en Centro Avenida. Recorrió el centro comercial con rapidez, porque recordaba en qué zonas se encontraban las zapaterías. Entró en una de ellas pero no le gustó lo que le enseñaron, y después, en otra, halló lo que buscaba. Con la caja de zapatos en la mano regresó en otro taxi al tanatorio y llegó justo cuando un sudoroso hombre vestido de negro y con alzacuellos se apeaba de una vieja furgoneta.

—Soy el padre Thyron. Siento lo ocurrido.

O en aquella funeraria no había mucho movimiento, o la gente no tenía la costumbre de morirse en Milwaukee.

A Patty el pastor le recordaba a un cliente que había tenido su madre y que, según la señora Stoner, pertenecía a la Iglesia adventista, pero no podía ser el mismo, porque ahora sería un anciano que a lo mejor recordaba con nostalgia los pecados de la carne de su madurez.

—¿Está dispuesta? —preguntó el pastor con una cierta impaciencia.

—No. Antes he de cambiarle los zapatos a mi madre.

Se acercó a la caja mortuoria y arrancó los vulgares zapatos negros de los pies del cadáver. Luego, extrajo de la bolsa de plástico la caja con los nuevos y sacó un par de color blanco, de empeine liso, talón cerrado y pulsera al tobillo. Los pies ya estaban rígidos y fue difícil ponérselos, pero lo consiguió. Brillaba su blancura. Eran de Charles Jourdan, muy caros, y los habría comprado aunque hubiese tenido que mendigar el dinero, porque tenía la obligación de resarcir a su madre, subsanar aquellos ridículos zapatos blancos que se habían vuelto grises, llevados en el invierno en que llegaron al Midtown de Chicago.

No había llorado en el depósito, ni esta mañana al encontrársela dentro del féretro. Era como su madre, de pocas lágrimas. Pero una vez colocados los zapatos blancos una congoja interior, paradójicamente lúcida y confusa, derivó en un llanto espasmódico que la sacudió sin control.

—La comprendo —dijo el pastor tomándola del brazo.

Patty se desasió con medio codazo y se adelantó un paso para no verlo. ¿Qué iba él a comprender? ¿Qué sabía de ella, de la vida que había llevado, de la chulería de un marido ludópata, de las miserias para sacar adelante a su hija, del final tan escasamente feliz, cuando parecía que ya se habían salvado todos los obstáculos y tenía derecho a unas migajas de tranquilidad? Apenas le habían dejado tres años de paz junto a la avenida Michigan, ni siquiera había llegado a tres años. Y sola. Siempre sola, porque una niña no es una compañía, sino una responsabilidad, y aun cuando las circunstancias las convirtieron en camaradas y ella nunca le había reprochado el señalamiento de una actividad que era tan servil como cualquier otra, puede que alguna vez se atormentara sobre si había sido una buena madre, esa aprensión que acompaña al compromiso, esa subsidiariedad responsable que aparece en cualquier persona que no haya sido devorada por la estolidez.

También a Patty la asaltaron los reparos sobre si no habría tenido que insistir más para llevársela cerca de ella; si no había recibido con alivio su negativa a dejar Chicago, porque así se liberaba de los compromisos de la cercanía y ganaba en independencia. Patty sabía que vivía en una sociedad que luchaba por no comprometerse, hasta que descubría que la falta de obligaciones desembocaba en el mar de la soledad. Puede que su madre también lo supiera y el penúltimo favor fuera esa negativa para evitar un lastre que a ella siempre la acompañó.

La muerte en abstracto no se parece en nada a la muerte específica. La irreversibilidad deja de ser un concepto y es un cuerpo yerto, con un peinado horroroso y una vida que ya sólo es un recuerdo para un testigo. De la misma forma que no se puede rectificar la muerte y transformarla en vida, también es imposible corregir las relaciones pasadas con el muerto. Fueran buenas o malas, generosas o deshonestas, pertenecen a ese libro que no admite ninguna corrección, formado por las páginas de los días pasados.

Los zapatos blancos son un homenaje que se merecía, piensa Patty mientras los sollozos se aplacan y, desde las vísceras a la piel, por todo el cuerpo, en las terminales nerviosas y en las neuronas, hay un hueco, un vacío, una tierra de nadie, como si el muerto se hubiera llevado una parte de quienes le despiden.

Apareció de nuevo el joven del traje gris que, en esta ocasión, llevaba un traje negro. Debía de formar parte de las liturgias del sueldo vestir traje gris para las operaciones de venta, y negro para la ceremonia de aplicación. El joven le indicó que habría que subir al piso de arriba, donde se encontraba la capilla y la entrada al crematorio. El pastor había desaparecido, pero se encontraba ya en la capilla. Fue una ceremonia rápida y limpia, excepto el DVD con la música, que se atascó, pero Patty ya había recobrado su dominio y recibió las excusas del fallo tecnológico a la vez que las cenizas. Era una urna cuadrangular. Durante algún tiempo la tuvo en el apartamento. Luego, pasados un par de años, un día cogió la urna, se fue a Chicago y la arrojó al lago Michigan.

~

Al sobrecargo no le gusta bajar a tierra, a no ser que tenga que ordenar algunas compras, y, sobre todo, no le gusta Venecia. Nunca se lo ha confesado a nadie, y es consciente de que millones de personas se desplazan desde cualquier punto del planeta para visitarla y quedarse maravilladas, pero a él le produce una sensación inquietante, una incomodidad que no sabría definir pero que le provoca saudades de Cartagena de Indias. No es un nostálgico, ni mucho menos, y en su ciudad hay muchas huellas de recuerdos desagradables, desde la muerte de sus hermanos hasta su huida voluntaria. Si hubiese amado Cartagena de Indias se habría quedado allí, a lo mejor hubiera hecho carrera a la sombra de don Fausto. Sin embargo, durante los cruceros de otoño, cuando se acercan a Venecia, y más si tiene que entrar a la ciudad, parece como si el arte bizantino le reclamara el recuerdo de las casas de una y dos plantas de la calle Tripita y Media, y de la del Solar, sus correrías por Getsemaní, entre las calles Treinta y Veinticinco, los colores claros, las paredes enlucidas con tanta simplicidad como imperfección, las macetas en los balcones o los locales con las puertas abiertas.

Le ahoga la plaza de San Marcos, y no digamos la fachada de la basílica, y precisamente le han citado en la *piazzetta*, entre el Palacio Ducal y la fachada meridional de la basílica, junto a los tetrarcas. Además, ha tenido que mentir a Tremonti, y no le gusta tener que mentirle. También ha tenido que mentir a Juanita, y le ha dicho que sí, que se quedará para los cruceros del Caribe, pero sabe que eso es imposible porque no puede concentrarse en su trabajo, no puede vivir pendiente de fornicar a una hora fija todos los días, ni poner en peligro su matrimonio, ni luchar falsamente contra la tentación, porque no lucha; no está dispuesto a que el culo de su cuñada rija su vida, aunque sea uno de los culos más esplendorosos y espectaculares que haya podido contemplar. La leyenda dice que los tetrarcas eran cuatro ladrones que entraron a robar a la iglesia y se convirtieron en piedra, otra mentira. Además siempre hay gente alrededor, sentada en los pedestales o tomando fotografías del grupo escultórico, ya sólo le faltaba que le fotografiaran junto a uno de los rufianes del cártel.

Llega sudoroso, con la frente tersa, y se queda por las cercanías de la estatua. Hay un tipo grueso que lee un periódico italiano, y una madre con dos niñas a las que trata de convencer para irse, y una pareja anciana que se ha sentado, como si no tuviera ya fuerzas para seguir caminando. Ella lleva un sombrerito verde y él, una gorra de tela. Le han asegurado que no se preocupe, que se pondrán en contacto con él. Casi se siente decepcionado, como si en el fondo hubiera esperado la transmisión de alguna consigna, algo así como «Hoy hace un buen día», a lo que habría que responder: «Al león de San Marcos le da lo mismo», o una fórmula semejante. Al cabo de cinco minutos se siente nervioso e intranquilo porque no le han proporcionado ninguna instrucción complementaria. Comienza a suponer que el tipo que se tiene que ver con él ha sido detenido por la policía y que, en el interrogatorio, les ha confesado que tenía una cita en la *piazzetta*. Lo lógico sería que los alertados policías acudieran en lugar del rufián y le involucraran, eso casi sería peor que si su mujer descubriera el lío que se trae con su hermana; bueno, no tanto, porque la policía italiana siempre se mostraría mucho más tolerante que su mujer.

El tipo gordo que estaba leyendo el periódico italiano se levanta con calma, pliega el periódico, toma un maletín de lona, pasa por su lado andando muy despacio y, entonces, el sobrecargo se sobresalta, porque el tipo, sin mirarle, le dice en español:

—Sígame hasta la parada del *vaporetto*.

El sobrecargo se queda un momento paralizado, pero el gordo camina hacia la estación sin detenerse y, aunque va despacio, el sobrecargo no quiere perderlo de vista y se sitúa a una distancia de un par de metros, considerando si eso será lo correcto. El gordo no se vuelve en ningún momento, va hacia las taquillas, parece que va a pedir un billete pero se sienta en una de las banquetas de espera y le hace una ligera seña en la cabeza para que se acomode a su lado. El sobrecargo obedece y entonces el gordo despliega el periódico y le dice, mejor dicho, se lo dice a las páginas del periódico, que coja el maletín de lona azul oscuro que hay a sus pies y se lo entregue a Dusan Tripkovic, el *gentleman of dance* serbio.

El sobrecargo siente un alivio momentáneo porque conoce al destinatario, pero no está muy seguro de si debe tomar el maletín y marcharse o esperar a que se largue el gordo. Tampoco puede preguntarle. El gordo le despeja las dudas, porque pliega el periódico, mira su reloj de pulsera que lleva en la mano derecha, no en la izquierda, se levanta y abandona el recinto de espera. El sobrecargo tarda unos minutos en imitarle. Cuando coge el maletín siente la angustia de que alguien le acuse de estar tomando algo ajeno, pero ni la pareja que se soba en un rincón ni las dos docenas de japoneses que se agrupan alrededor de una japonesa con un paraguas amarillo, ni nadie de los que se encuentran allí, parecen prestarle la menor atención.

Cuando repartía semillas, incluso en la última época, en que ya sabía que no eran semillas, no notó nunca la desazón que siente ahora. Le oyó decir a un paracaidista veterano que con los años el salto no es más mecánico y más sencillo, sino que produce más respeto y más temor, y debe de ser eso, que siente más temor, nunca recordaba esta inquietud cuando iba rodeando de Matuna a San Diego y, de allí, al centro, a la plaza de Santa Teresa y, antes, a la de Bolívar. Sería mucho más peligroso que esto, seguro, más incierto el operativo, pero nunca lo advirtió, y más bien se trataba de una actividad rutinaria.

No percibe nada de rutina cuando toma el maletín de lona, que apenas pesa, y marcha de vuelta a la plaza San Marcos, sin que el temor a que suenen silbatos o sirenas se cumpla. La invasión turística ha aumentado en número. El sobrecargo desea volver al *Cosmopoly* cuanto antes y, entonces, se da cuenta de que es mucho mejor regresar a la estación para tomar un *vaporetto* que le lleve hasta el puerto. Por un momento cree que se van a dar cuenta de sus extrañas maniobras, o quizá el gordo esté espiando sus movimientos, pero esta gente que le rodea, que fotografía con los teléfonos móviles y se arracima en grupos, y se empuja, y come mientras anda, puede que no le prestara atención a no ser que se desnudara y ejecutara una danza india frente al Palacio Ducal.

A medida que se tranquiliza —y no ha sido el factor menos importante notar que el maletín apenas pesa, porque temió que contuviera material pesado y peligroso—, desea que con esto quede saldada su deuda con los hijos de don Fausto. Hace tantos años que se alejó de las liturgias al uso que está desorientado, pero confía en que se olviden de él, tachen su nombre allá donde esté escrito y todo vuelva a la normalidad, lo que incluye que su cuñada torne a Cartagena de Indias.

La culpa originaria es de su mujer; sus presiones constantes, incluso en los momentos íntimos, para que empleara a su hermana en el barco han dado como resultado el cumplimiento de sus deseos y este desbarajuste en que se ha convertido su vida. Cuando se pone en la fila para subir al sesenta y uno, en medio de todos los propósitos de regeneración, echa una ojeada de comprobación al reloj y se da cuenta de que hoy, por vez primera desde que comenzó el crucero, no habrá encuentro con su cuñada en el camarote de los Coldwood. Todo largo camino comienza con un primer paso. También es cierto que no ha tenido que llevar a cabo ningún extraordinario esfuerzo de voluntad, porque las circunstancias le han alejado de la tentación, y no es menos verdad que la breve evocación de lo que podría haber sucedido de no haber sido por el encargo, le provoca una excitación que, de seguir recreándose, podría incluso hacerse evidente.

No va a ser fácil. La carne es débil. Pero lo peor no es eso, su debilidad, sino que en el caso de Juanita la carne está distribuida de una manera tan armoniosa y sabia que es capaz de derrumbar cualquier propósito de perseverancia y aniquilar las intenciones más puras.

~

¿En qué momento el gesto de la pareja, la frase, la actitud que considerábamos encantadora se transforma en algo molesto e incluso censurable? Patty se lo preguntó muchas veces tras la ruptura con Michael; intentó explicarse las claves del deterioro, hallar las causas de un desgaste tan silente como inevitable, tan lento como destructivo. O puede que no tan lento. De pronto, aquellas ausencias que formaban parte del misterio se convirtieron en desazón; lo que había constituido un descubrimiento, que fue el principio de su admirada atención, se mudó en un terrible inconveniente. Si alguna vez había sentido la tentación de pensar en un destino en común, aquel esbozo que Michael sugirió en el Sing-Sing de Denver, estos paréntesis lo hacían imposible. Pero puede que lo peor fuera el momento en que ella percibió que su independencia, su trabajada independencia, podía venirse abajo.

La prudencia de no formar un techo común —lo que no significaba que no pasaran juntos varios días el uno en casa del otro, y la presencia de cepillos de dientes duplicados en los cuartos de aseo respectivos— propiciaba un sentido provisional del que los dos gustaban. Asimismo facilitaba el desenvolvimiento de las actividades. Patty llevaba con mano férrea las dos agencias, y aunque estimulaba a una de las colaboradoras y cada vez delegaba en ellas mayores tareas de organización, no había abdicado de su máxima responsabilidad.

Un día en que Michael había planeado salir a cenar, estando en su casa con Patty ella recibió una llamada y le dijo que tendrían que dejarlo para otra noche porque tenía que marcharse.

—¿No puedes enviar a alguien? —preguntó frustrado y cariñoso Michael.

—Me temo que no —explicó Patty, mientras intentaba ponerse un abrigo de ante de color Burdeos.

—¿Se trata de un trabajo personal? —volvió a preguntar Michael, pero esta vez el tono era más inquisitivo que afectuoso.

Patty no quiso replicar enseguida. Le había molestado la forma y el fondo de la pregunta, incluso prefirió no contestar. Terminó de ponerse el abrigo, fue hasta el dormitorio en busca del bolso y, antes de marcharse, le dio un beso de despedida en la mejilla que él recibió con el hieratismo de un homenaje indeseado, e insistió en el asunto.

—Te he hecho una pregunta.

—La he oído —pronunció la respuesta todavía con quietud.

—¿Y no vas a responderme?

—Me parece una impertinencia.

Podría haber terminado allí, en el prólogo, pero Michael se sintió ofendido, o la ruptura de los planes le había causado un fiasco del que se consideraba agraviado, y los ultrajes subjetivos son los peores compañeros para discutir.

—¿Por qué es una impertinencia? —insistió.

Patty estaba de pie y tanteó la posibilidad de marcharse y aplazar para el día siguiente el contencioso que temía, pero consideró que Michael podría tomarlo como una especie de asunción de culpabilidad por parte de ella, y era partidaria de afrontar los problemas en lugar de aplazarlos.

—Supongo que no es una broma, y que no pretendes enfadarme —comenzó Patty con voz neutra—. Y tengo prisa.

—O sea, que tienes un trabajo personal.

—Todos los trabajos son personales, desde el que lleva a cabo la telefonista hasta el que hace el camarero. Cuando haces un trabajo en persona llevas a cabo una tarea personal —y aquí la inflexión fue mucho más desafiante.

Michael se dio cuenta de la deriva de aquello, pero no estaba dispuesto a renunciar.

—Envía a otro camarero.

—Yo nunca te he dicho, nunca, cuando te vas, a veces sin avisar, que envíes a otra persona. Y soy lo suficientemente educada y discreta como para no interferir en lo que haces, y tengo la lealtad y la higiene mental conmigo misma para no atormentarme con tu tarea. No especulo porque es tu trabajo, y no me planteo si atormentas niños, sacas los ojos al enemigo o se la chupas a un chino. No me meto en tu trabajo. Estoy contigo porque me gustas. De lo contrario, no estaría un minuto. Y lo que acabo de oír no me ha gustado nada.

—Puedes tomar la decisión con rapidez, porque ya llevas puesto el abrigo y sólo te separan de la puerta unos metros.

Patty se quedó sorprendida de la belicosidad de la respuesta, incluso paralizada durante un momento. No podía creerse que unos minutos antes estuvieran haciendo planes para salir a cenar y que, ahora, estuvieran planteando una ruptura por un asunto conceptual que ella creía que estaba de sobra superado.

Pero no podía ceder, porque la fase siguiente sería otra nueva exigencia. Sentía dolor, dolor físico en el estómago, pero su voz sonó serena cuando le dijo:

—No dejas demasiadas posibilidades. Vamos, no tengo más remedio que elegir la puerta.

Y dio media vuelta, y se acercó hasta la puerta creyendo, como hacen los guionistas de Hollywood, que sonaría la voz de él, que tras la tensión se escucharía la parte orquestal de las cuerdas y habría un abrazo con fondo de violines. Pero abrió la puerta, estuvo a punto de dar un portazo, consideró que eso no era digno de ella y la cerró suavemente, sin que se escucharan los violines.

Al cabo de un par de semanas, llamó para verse con ella. No era la voz del gato herido que lanza maullidos para incitar a la compasión, sino una voz fría y sin matices.

Patty, que al principio se alegró de escucharle, se desencantó al percibir el tono casi altanero de las frases, así que, reaccionando con rapidez, le inquirió si era para algún asunto de la agencia. «Si se trata de algo relacionado con la agencia de azafatas, puedo pasarle con una compañera», fueron sus palabras exactas. Hubo un silencio hasta que Michael dijo:

—No esperaba tanto rencor.

—Y yo no esperaba que llamaras.

Al cabo de otra pausa, la voz del hombre se volvió menos distante y sugirió un encuentro para tratar cuestiones personales.

El estudio de la entropía en unas relaciones amorosas puede captar con rapidez los efectos, pero es difícil que halle con exactitud las causas.

Michael se mostró humilde, pero esa docilidad no produjo en Patty la liberación esperada, el restañado orgullo gracias a la petición de perdón, sino una micra de desprecio, muy pequeña, sí, pero sorprendente, como si el Michael orgulloso, exigente y soberbio, es decir, el que motivó su alejamiento, fuera preferible a este otro manso y paciente.

Por su lado, Michael se había imaginado una reconciliación apasionada, pero Patty tenía que tomar un vuelo al día siguiente a Miami y debía madrugar, y aunque la sabia evocación de los recuerdos por parte de ambos propició que las manos se volvieran a tomar con el ilusionado aferramiento de una segunda parte, puede decirse que se instaló entre los dos la tenue sombra de la sospecha, esa ligera desconfianza que exige reflexión en las contestaciones, prudencia en las palabras y que, con el noble intento de limar asperezas, termina por ahogar la sinceridad. La tensión exigida para tratar de no molestar al otro se resuelve en tensión, sin más, y de ello deriva un exceso de tirantez que concluye en falta de calma, todo lo contrario al bienestar pretendido.

Ello no quiere decir que en las semanas siguientes no disfrutaran de momentos gratos y que la perspectiva de estar juntos no fuera un acicate casi automático tras cualquier separación, pero la desconfianza larvada y compartida impedía que se repitieran los estallidos de antes, y que ellos mismos fueran conscientes de que había cambiado el vuelo de algunas aves del paraíso.

Un día, en ese intento de evitar suspicacias, Patty debía atender personalmente a un cliente. Sus maniobras de retirada se habían iniciado antes de conocer a Michael y no por ningún tipo de repugnancia, sino porque había descubierto que era más rentable y más cómodo encargar el trabajo a terceros que llevarlo a cabo de manera personal. Sin embargo, existían todavía unos cuantos compromisos ineludibles que, de momento, no podía soslayar.

Antes de la discusión le habría planteado a Michael el compromiso sin ningún embarazo, pero contando con el antecedente de lo que había sido el origen de su primera ruptura, decidió no contarle la verdad, y, a media tarde, le llamó diciendo que le dolía mucho la cabeza, que la jaqueca era tremenda y que deseaba volver a su apartamento y acostarse temprano.

—¿Quieres que vaya a cuidarte? —se ofreció Michael.

—No, no, de verdad. Te lo agradezco. Me sucede a veces. Se me cura durmiendo.

Todas las actividades producen cierta deformación profesional, y Michael era espía. Llevaban más de un año juntos desde que se comieron la ensalada gigante y habían descubierto que estaban destinados a encontrarse, y, en ese tiempo, jamás Patty había tenido migrañas, jaquecas ni nada parecido, ni le había hablado de algo semejante. Una vez, un amigo le presentó a su esposa, que acababa de llegar de estar en la nieve con unas amigas, y en cuanto Michael observó la tez bronceada se dio cuenta de que mentía y se lo dijo en privado a su amigo. «¿Por qué crees que miente?», le preguntó el amigo con desconfianza. «Porque si hubiera estado en la nieve, no tendría también las manos morenas. Cuando se esquía, se llevan guantes, y el sol no atraviesa los guantes».

De Patty conocía muchas cosas; desde su infancia en Chicago hasta la enfermedad de su madre, desde los nombres de algunos compañeros de Bellas Artes hasta las rarezas de algún cliente del pasado, pero nunca había tenido noticias de que sufriera dolores de cabeza.

Sopesó si debería admitir la excusa o si, por el contrario, debería emprender un camino que podía llevarle a la molesta comprobación de que le mentía. Lo más cómodo, puede que lo más rentable, fuera hacerse el tonto. Más aún: razonó que, simplemente, Patty no quería estar con él por lo que fuera, a lo mejor por esa angustia que nos produce en ocasiones no poder elegir un rato de soledad, y ella tenía tanto derecho como él a presentar una excusa. Incluso él recordaba que había obrado así no hacía muchas semanas. Así que, una vez convencido de su razonamiento, hizo todo lo contrario y decidió comprobar que le mentía. Primero llamó a la agencia fingiendo una voz más grave y quejándose de que estaba esperando a una señorita que no llegaba. «¿Es usted el señor Breakson?», le preguntó la compañera de Patty. Michael dijo que sí y la chica comentó que le extrañaba mucho, porque hacía más de una hora que la señorita había salido. Michael refunfuñó algo y colgó. Como el conserje del edificio de apartamentos le conocía, no podía presentarse allí, porque se lo comentaría a Patty, así que empleó de nuevo el teléfono fingiendo esta vez ser el agente de una agencia de viajes que debía entregarle personalmente unos billetes. El conserje dijo que no la había visto, pero se aseguró por la línea interior y, en efecto, no se encontraba en el apartamento.

Cuando llevaba a cabo estas verificaciones dentro de la rutina del trabajo y comprobaba que sus intuiciones habían atinado, notaba un espaldarazo narcisista que se daba él mismo, un punto de satisfacción incluso necesario para aliviar la monotonía y el automatismo de los protocolos aplicados. Claro que en esta ocasión no era lo mismo. No se trataba de recopilar datos para redactar un informe sobre un individuo desconocido, o sobre una ciudadana que podía ser peligrosa, sino que venía a confirmar que sus prevenciones eran ciertas y que había sido objeto de un engaño. Ramoneó los datos con paciencia de rumiante e intentó convencerse de que, en realidad, él era el culpable de esta falta de confianza, puesto que la había provocado en una circunstancia similar. Pero enseguida el fiscal se oponía al abogado defensor y le recordaba que una relación no puede basarse en la desconfianza y en la mentira. ¿Hay límites para la mentira? ¿Hay mentiras de primera categoría y mentiras secundarias? Entonces aparecía su ego profesional, que le advertía de que cualquier gradación de la falsedad es perversa, y que sólo existen las mentiras y las verdades.

Consciente de que plantear una queja sobre lo ocurrido, conociendo el carácter de Patty, significaría más pronto o más tarde la reanudación de las hostilidades, Michael se aconsejó a sí mismo pasar por alto el episodio y no darle más importancia que la escasa que tenía.

Claro que resulta muy diferente definir que algo no tiene importancia a sentir que no la tiene. Y, a pesar de que Michael intentó olvidar lo sucedido, cada vez que había un asomo de tensión entre ellos necesitaba frenar los deseos que sentía de reprocharle la pasada mentira.

Un domingo al mediodía, con la pesada edición de un par de periódicos y sus correspondientes suplementos, tomando el *brunch* en un local al que habían acudido más de una vez, en el Village, Michael le planteó a Patty que tenía que bajar a ver a sus vecinos. Jamás decía que se marchaba a América del Sur o a América Central, y, mucho menos, a qué país. Bajar a ver a los vecinos significaba que estaría por algún lugar entre Florida y el polo austral. Claro que una vez creía que había estado con los «vecinos de abajo» y venía de Europa, posiblemente de España, aunque estos detalles ni ella los preguntaba ni él los mencionaba.

Patty borró de inmediato un gesto de fastidio que no pasó inadvertido para Michael y que provocó la pregunta de si le había estropeado algún plan ya previsto.

—No, no —se apresuró a negar Patty—, simplemente tenía pensado escaparme unos días antes de Navidad.

—Supongo que conmigo —comentó Michael vanidoso.

Patty sonrió sin demasiado entusiasmo y alentó su ego diciendo que sí.

—¿Me ibas a llevar a algún sitio exótico?

—No juego —dijo Patty, un punto enfurruñada.

Michael se llevó un pedazo de filete a la boca y lo masticó un largo rato, como si fuera un ingresado en una clínica de adelgazamiento. Después tomó un sorbo de cerveza, se limpió los labios con la servilleta y pronunció con solemnidad prosopopéyica:

—Lo siento.

Patty sintió la molesta sensación de haber vivido esa misma circunstancia en el pasado, el desazonante efecto de que el futuro puede estar lleno de días repetibles y previstos, el futuro convertido en una cárcel invisible construida con los barrotes del pasado. Miró a su alrededor y vio parejas de diferentes edades, similares a las de otros domingos, homosexuales algunas, heterosexuales la mayoría, con la vista fija en el plato, en el periódico, en los ojos de su acompañante, y percibió otros muchos domingos aquí o en otro sitio de características semejantes y Michael anunciando que se iba a marchar. Se sentía pesimista, y no era ajeno a ello que la menstruación de ese mes le tocaba al óvulo izquierdo, y el óvulo izquierdo era taciturno desde la menarquia, había tardado varios años en darse cuenta, pero el óvulo izquierdo, sobre todo en los dos o tres días de vísperas, era un desanimado crónico.

—Tú lo sientes, yo lo siento, lo sentimos los dos.

—Haces que me sienta culpable —comentó Michael.

—Tú sabrás los datos que tienes para sentirte así —comentó ella sin demasiada amabilidad.

—Los datos son los de siempre.

—Pues si son los de siempre, no le des más vueltas.

—Es que pareces enfadada.

Patty lo miró un momento como si de repente estuviera ante alguien extraño y dijo:

—¡Estamos llevando una conversación tópica! Parecemos un matrimonio burgués que discute con los sobados argumentos de todos los matrimonios. ¿Te tengo que preguntar si hay otra mujer? ¿Me vas a interrogar para saber si te sigo queriendo? Puede que seas un tipo difícil de localizar y, desde luego, imposible para quedar con antelación para un acontecimiento social, pero hasta aquí no eras vulgar.

—¿Soy vulgar porque te digo que siento tener que marcharme?

—Déjalo —le rogó Patty.

Michael depositó el tenedor y el cuchillo en el plato junto al filete a medio comer, como si el filete fuera el culpable de lo que estaba ocurriendo. Patty fingió que no se daba cuenta de su repentina desgana y tomó un sorbo de zumo de naranja. Se pasó la servilleta de papel por los labios y preguntó, de la manera más amable que pudo, cuándo se marchaba.

—Mañana —le informó Michael.

—Menos mal que tienes el detalle de avisarme con suficiente antelación. Un individuo menos delicado que tú hubiera sido capaz de decírmelo por teléfono un poco antes de subir al avión.

—Lo supe ayer por la noche.

—Pues nada, feliz viaje —deseó ella con una sonrisa tan premeditadamente falsa que molestó a Michael.

—Ya te he dicho que lo siento, Patty. ¿Qué quieres que haga?

—Podrías coger el cuchillo que has dejado en el plato y hacerte el haraquiri en prueba de amor, todos estos aburridos que están por aquí lo agradecerían para contarlo mañana en sus despachos; pero sería más práctico que te terminaras el filete. Has dicho antes que tenías un hambre de lobo. Ahora va a resultar que comes como un cordero: sólo ensalada.

Michael sonrió con cortesía, pero no siguió comiendo y, al poco, caminando en busca de un taxi, le informó de que tenía que recoger parte del material y que no se quedaría a dormir. Patty asintió con educada cortesía, pero no habló una palabra, excepto algún monosílabo, hasta que llegaron al edificio de su apartamento. Michael pagó la carrera y se apeó también.

—¿No dijiste que ibas a marcharte? —se extrañó ella.

—Creí que me podrías invitar a un café, o a una copa.

Patty entró en el ascensor en guardia ante cualquier asomo de zalema o caricia, porque no iba a transigir hacer de reposo del guerrero en vísperas de que el guerrero se marchara a sus batallas, y Michael intentó en el ascensor algún acercamiento físico, pero le detuvo la evidente reserva de ella.

La copa y el café se transformaron en un té para dos, tomado en silencio. Michael intentó hacer un juego de palabras con la conocida melodía, pero Patty estaba dispuesta a demostrar con su actitud de fajadora inmutable que era inútil cualquier prueba de ingenio. Sonreía con labios de guardarropía, asentía o hacía como que no escuchaba, mostraba solicitudes inesperadas sirviendo el azúcar o, ante una provocación que pretendía ser divertida, enarcaba una ceja como si se estuviera preguntando a sí misma si estaba ante un ser racional o ante un frívolo inmaduro. Es decir, desplegó todas las habilidades femeninas para que, con tanta cortesía como evidencia, el otro se diera cuenta de que su despedida sería recibida con alivio.

—Me marcho enseguida. No te preocupes.

—No me preocupo —comentó Patty con sosiego.

—Desde que hemos entrado parece como si estuvieras esperando a alguien.

—No espero a nadie, pero de cualquier forma estoy en mi casa y podría esperar a alguien sin tener que solicitarte permiso.

Y Michael formuló la pregunta inadecuada, la que no debe hacerse, la que irrita a cualquier mujer y convierte a los ídolos en personajillos vulgares.

—¿Qué te pasa?

«La pregunta del patán —pensó Patty—, la que tranquiliza el ego de los hombres situando a las mujeres en el sector incomprensible de la humanidad. Si no te has roto una pierna, si no te has quedado ciega de repente, ¿por qué te quejas? No trates de averiguar lo que me sucede, no respetes un estado de ánimo que puede ser pasajero o no, pero que es un estado de ánimo al que tengo derecho, me toque el óvulo izquierdo o el derecho, o tenga acidez de estómago como la que padeces tú. No te esfuerces en reflexionar sobre la relación, las torpezas cometidas, porque los hombres cometen torpezas, y salva tu ego sugiriendo —sí, sugiriendo— que estoy loca, porque si no estoy alegre y servil y amante y solícita y no me desnudo enseguida como lo estás deseando desde que te has metido en el ascensor, es porque no me encuentro en mi sano juicio, el macho *dixit*».

Pero no dijo nada de lo que pensaba y, puestos a ser convencionales, contestó:

—No me pasa nada.

Patty vaticinó que, a continuación, Michael diría que a nadie que la conociera le parecería que se encontraba normal, y que desde que le había comunicado que se marchaba parecía demostrar que no se encontraba a gusto y que deseaba estar sola.

—Nadie lo diría —comenzó Michael—, desde que te he dicho que me tenía que ir no has dejado de demostrar... ¿Por qué sonríes? —preguntó, mosqueado ante la divertida expresión de ella.

—Porque los hombres sois tan previsibles como una máquina automática.

—¿Ah, sí?

—Sí —corroboró secamente.

—Entonces tú sabes lo que yo voy a hacer anticipadamente.

—No con exactitud, pero puedo intuir con bastante facilidad qué es lo que quieres y, a tenor de ello, casi con seguridad lo que vas a decir o las maniobras para conseguir tus objetivos.

—¿Y cuál crees que es mi objetivo en estos momentos?

Patty negó con la cabeza y añadió:

—Déjalo. Te molestarías.

—No me voy a molestar. Simplemente, me gustaría conocer tus dotes adivinatorias.

Patty hizo un movimiento de resignación con la cabeza, y, aunque era consciente de que sus palabras no iban a ser recibidas con igual conformismo, ni siquiera con pasividad, accedió a la peligrosa petición.

—Al principio, estabas preocupado por la frustración que me producía tu anuncio de viaje. Y te has sentido culpable. Luego, cuando no he reaccionado dando saltos de alegría, has intentado tranquilizar tu egoísmo achacando al mío la falta de jovialidad en mi comportamiento. A continuación, te has imaginado que una auténtica y cariñosa compañera lo que haría sería dejarle un apasionado recuerdo amoroso a su guerrero. Y desde que hemos tomado el taxi te sientes contrariado porque lo que de verdad te gustaría es echar un polvo, y eso colmaría todas tus expectativas. El colofón sería quedarme melancólica en la cama y rogarte que tengas cuidado y vuelvas pronto, que es lo que dicen las buenas mujercitas a sus maridos. En fin, siento defraudarte, pero te vas a marchar sin la, a tu parecer, merecida ración de sexo. Lo siento, pero el nene no va a follar esta tarde porque la nena no tiene el ánimo para fiestas.

A Michael le molestaron tres aspectos de la explicación: la segura convicción de ella de que lo que decía era cierto, la desagradable comprobación de que había atinado y, por último, la negación a la relación sexual, que él creía merecida como cualquier soldado en vísperas de marcharse al frente. Tres contrariedades acumuladas producen una agitación que perturba el ánimo, primero, y el comportamiento, después. Así que no resultó muy extraño que el comentario intemperante de Michael fuera tan grosero como insultante.

—Reducir la psicología de las personas a una cuestión de pollas y coños es típico de una... —vaciló un instante porque la palabra que venía a continuación dejaba de ser un sustantivo para convertirse en un calificativo—..., de una mente simplista.

—Una mente radical, más bien. Lo simple puede ser lo contrario de complicado, o avecindado con la estupidez. Claro que no es lo mismo que eso lo diga Freud a que lo diga una puta.

—Yo no he pronunciado esa palabra.

—Porque has logrado frenar a tiempo. Te has detenido justo en el abismo.

—¿Es otra adivinación, premonición, estudio psicológico, o estamos ante un mero presentimiento? —intentó ser sarcástico sin lograrlo del todo, porque estaba demasiado irritado.

—Es una constatación para la que no hace falta demasiada inteligencia. El insulto es siempre el argumento de los coléricos, y tú estás a un paso de estar colérico.

A Michael esta última observación le irritó profundamente. Y como marcharse sin más era admitir la derrota, y como la frustración derivada de la anunciada castidad seguía importunándole y, en el fondo, considerándolo un castigo injusto que no se merecía, decidió dejar alto el pabellón de la porfía.

—No estoy a un paso de estar colérico, ni mi vida se concentra en echar o no echar un polvo. Es probable que quienes acostumbran a pensar con el coño crean que los demás discurren con la polla. Puede que ésa sea tu equivocación.

Patty sabía que su observación había mordido, y decidió retirar agresividad en la dialéctica.

—Bueno, a lo mejor estoy equivocada. No pretendo tener siempre la razón.

Este encogimiento repentino sorprendió a Michael tanto como le molestó, porque hay un momento en que la agresividad desplegada necesita realizarse. No puedes ordenar a las suprarrenales que descarguen adrenalina y, a continuación, ordenar al trompeta que lance el toque de retirada de las tropas.

—Está bien, creo que si seguimos hablando —y empleó un tono que parecía conciliador—, diremos alguna de esas tonterías de las que luego uno se arrepiente. No quiero despedirme con una discusión. Y tampoco quiero que, después, te duela la cabeza —concluyó ladinamente.

—A mí no me duele nunca la cabeza —arguyó Patty con rapidez, con demasiada rapidez, y enseguida se dio cuenta de que le había tendido una trampa.

—¡Ah! ¿Nunca? —se mostró falsamente sorprendido—. Yo creí que era uno de tus problemas. Al menos el otro día me explicaste que te daban con frecuencia y que se te curaban durmiendo. Me alegro de que en unos pocos días hayas encontrado la terapéutica adecuada a un problema que parecía crónico. Es casi un milagro.

Patty calla, pero él no añade nada más. No es tonta y recuerda el enigma de la agencia de viajes, según el conserje. Ella creyó que se habían confundido de destinatario, pero fue el mismo día en que un falso señor Breakson llamó a la agencia, como si ella se hubiera retrasado en la cita.

Michael tampoco dice nada. Se regodea en su triunfo. Se ufana por dentro. Este asalto es suyo. Y toma un sorbo de té.

Patty rememora que es la segunda o la tercera ocasión en que se plantea el insoluble problema de la desconfianza, y que los esfuerzos realizados no logran galvanizar las quiebras anteriores. Sabe que lo que sigue a continuación es duro, y lo será más en los días siguientes. Pero cualquier otro camino sería hacerse trampas ella misma en este solitario, porque ya es un solitario, porque en la partida, cuando uno se va, al que se queda sólo le resta el recurso de jugar contra sí mismo, porque las componendas lo único que harán será alargar la llegada del desastre, quién sabe si en peores condiciones y con los ánimos más maltrechos.

—Cuando termines el té, quiero que te marches.

—Es lo que iba a hacer. Sólo he subido a tomarme una taza contigo.

—Quiero que te marches —continúa Patty, como si estuviera recitando una melopea— y que no regreses nunca. Quiero darte las gracias por los buenos ratos que hemos pasado, y te ruego que pongamos aquí el punto final.

—No hace falta que dramatices —intenta Michael la avenencia, pero consciente de que las palabras de ella van en serio.

—No dramatizo, Michael, de verdad —insiste Patty—, pero hoy has estado a punto de llamarme puta, y yo he estado a punto de preguntarte por qué me espías a mí, por qué me controlas. Y no quiero decirlo. Incluso me arrepiento de haberlo mencionado como posibilidad. Estamos a un paso de perdernos el respeto, y si yo te pierdo el respeto a ti, haré algo peor que propiciar una ruptura que a los dos nos conviene. Y si tú me faltas al respeto a mí, me vas a dejar la postal hecha trizas.

—Estás exagerando, Patty. Otras veces hemos discutido y en un tono mucho más fuerte.

—Pero menos desencantados, Michael, menos desencantados. Tengo una sensación de derrota que para mí es nueva. Como fue nuevo conocerte. Piensa que somos una pareja formada por dos personas tan extraordinarias que son incapaces de convivir juntas. O que yo soy una tipa rara. O que no he sabido entender tus responsabilidades y me he mostrado tan exigente como cualquier mujer convencional. Pero márchate en cuanto te tomes el té, porque aunque no soy mujer de lágrimas, si acuden, me gustaría estar a solas, para salvar al menos un resto de dignidad.

Se levantó y se fue a su dormitorio.

Muchas veces, en los paseos matinales por la playa de Matalascañas, en los crepúsculos contemplados desde su sobrio cuarto de estar, cuando el mar se pone entre azul marino y gris oscuro, Michael ha recordado su decorosa manera de ponerse en pie y alejarse, sin un beso, sin un adiós, sin un saludo. Ha pensado en más de una ocasión en que si él hubiera intentado alguna frase apropiada podría haber detenido esta despedida sin pájaros ni flores. Pero desechados los gestos físicos, porque sujetarla del brazo hubiera sido contraproducente, cada segundo que pasaba, cada décima de segundo en que ella, erguida y altanera, se dirigía camino del dormitorio, hacía más difícil arreglar este final de acto dramático, este mutis que Michael aprecia como aficionado al teatro, aunque es mucho más duro que el tramo de la obra representada forme parte de la propia biografía.

Muchas veces, camino de la biblioteca de Almonte, en un restaurante de Jerez, esperando el Ave de Sevilla, ha visto a una mujer levantarse del asiento y caminar erguida, de espaldas a él, con ese sentido mayestático que tienen algunas mujeres del movimiento, como si supieran que son observadas y no quisieran decepcionar las expectativas, o como si fueran conscientes de que no pueden permitirse el abandono y la ordinariez con que la mayoría de las chicas jóvenes se desplazan por interiores y exteriores. Y le ha parecido ver a Patty, orgullosa y dolida, triste y honorable, siempre soberbia, camino de su dormitorio, de su celda, de su rincón en el que tendría que achicar, sola, como siempre, el último y definitivo desgarro.

~

Dusan Tripkovic se introduce en uno de los váteres del gimnasio, cierra por dentro, baja la tapa de la taza, se sienta sobre ella y pone en sus rodillas la maleta de lona azul. Aguza el oído por si en las cabinas de al lado hay alguien y, por si acaso, vacía la cisterna para que el ruido del agua, al llenarse de nuevo el depósito, ahogue el sonido de la cremallera, que se desliza suavemente y deja ver el interior. Dentro hay cuatro paquetes de billetes de quinientos euros. Cuenta uno de ellos al azar y comprueba que hay treinta billetes. Observa el grosor de los otros tres y desiste de contarlos.

No le interesa el dinero. O le interesa en el mismo sentido que al ludópata, porque lo importante no es ganar, sino la ansiedad del resultado. Se introduce dos paquetes en los bolsillos del pantalón del chándal y los otros dos en el bolsillo interior del cabezal. Mete la toalla que lleva al cuello en el maletín de lona, no cierra del todo, de tal manera que se vea sobresalir la punta de la toalla, y sale de la cabina.

Las cintas de andar y correr y las bicicletas estáticas están situadas frente a una de las terrazas de proa. Con no demasiada imaginación, los gimnastas pueden concebir la idea de que van en bicicleta o corren sobre la superficie del mar. En medio de la sala, sobre unas láminas de neopreno que han colocado sobre el parqué, un grupo de unas veinte personas hace ejercicios de estiramiento. Suena una monótona melodía oriental y la monitora, una chica muy joven y delgada, va contando con voz suave el número de ejercicios.

Tripkovic se acerca al toallero y saca la toalla del maletín y la deja caer en el depósito de lona de las toallas usadas mientras observa el conjunto del gimnasio. Parece que nadie se fija en él. Sale al exterior, a una especie de vestíbulo que da acceso también a los salones de masaje y belleza, baños de barro, baños de chocolate y todas esas mierdas que a los seguidores de Tito les ayudaban a convencerse de la decadencia capitalista y del futuro de la tercera vía. Algunos de su edad sienten nostalgia de los tiempos pasados, otros están muertos y unos pocos achacan la locura a la ausencia de Tito. Tripkovic ha dejado de analizar. Se limita al odio indiscriminado y total. No al selectivo de cristianos contra musulmanes, bosnios contra serbios, serbios contra kosovares, que parece justificar al odiador, proporcionarle argumentos. La llegada de los soldados de la OTAN no ha borrado el odio, simplemente lo ha contenido. No deja que se manifieste, porque detienen al odiador y el odiador no quiere que le detengan, puesto que desea con todas sus fuerzas seguir haciendo daño a sus odiados. A Tripkovic le da lo mismo. El día que contactaron con él los cuatro elementos de la mafia rusa, el más joven de ellos, un individuo impertinente, le despreció desde el principio. El mayor, que parecía el jefe, permanecía apoyado en un árbol, acompañado de los otros dos, que hacían todo lo posible para que se notara que eran sus guardaespaldas, o, al menos, para que lo notara el jefe.

El jovencito hizo varias preguntas impertinentes y Tripkovic se negó a contestar y manifestó su deseo de marcharse.

—¿Quién nos garantiza que no eres un soplón? —preguntó con desconfianza el joven.

—¿Quién me garantiza a mí que no abundan en esta organización los imbéciles como tú?

El jefe asistía divertido al duelo dialéctico y sonrió. Los guardaespaldas, que estaban muy serios y con las manos en los bolsillos de los abrigos, sonrieron también al ver que su jefe estaba relajado.

El jovencito se engalló y cogió a Tripkovic del brazo y comenzó a insultarle.

—Eres un viejo de mierda que no sirves para nada. ¿Qué podrías hacer, eh, anciano? —Y, mientras, le acercaba la cara e intentaba retorcerle el brazo sin conseguirlo.

—Podría matarte —dijo sin amenaza, como una mera posibilidad.

—¿Matarme? ¿Matarme a mí, viejo de mierda? ¿Y cómo lo harías? —fanfarroneó, en tanto se volvía hacia los otros para que corroboraran la insensatez de lo escuchado.

—Así —dijo Tripkovic, y en la mano del brazo que tenía libre apareció un estilete y se lo clavó en el cuello.

El joven se llevó la mano al estilete y cayó al suelo encogido. Los guardaespaldas sacaron sus armas y le apuntaron. Ni ellos ni el que parecía el jefe socorrieron al joven, que tenía aspecto de estar muerto.

—¿Por qué lo has hecho? —preguntó el jefe.

—Porque era un estúpido fanfarrón que os iba a traer más problemas que beneficios.

—Te vamos a matar —anunció el jefe.

—Me parece bien —dijo con un encogimiento de hombros, con una especie de resignada frialdad que llamó la atención del ruso. Y añadió—: Pero te pierdes un colaborador que podría serte útil.

Al ruso le impresionó la imperturbabilidad de aquel tipo. Tenía agallas. No vacilaría ante un encargo, ni se echaría atrás a causa del riesgo.

—No me gustan las exhibiciones ni las muertes gratuitas. Es tan peligroso un imbécil como éste —dijo refiriéndose al cuerpo que yacía en el suelo— como los sanguinarios como tú. Esto es un negocio, no es un placer. ¿Lo entiendes?

Tripkovic asintió con la cabeza.

—Otra caída en la tentación como ésta y vas a aborrecer tus excesos. Ya veo que no tienes miedo a la muerte, pero te podemos matar poco a poco, de esa manera en que la muerte es lo más agradable que te pueda suceder, la única esperanza. ¿Entiendes?

Dusan Tripkovic volvió a asentir. Había visto las torturas más infames y no le gustaba participar en ellas. Violar a las esposas delante de los maridos y de los hijos le repugna. Prefiere el estilete y la pistola.

—¿Tienes un correo electrónico?

Asintió de nuevo. No le gustaba hablar.

—Anótalo —ordenó a uno de los guardaespaldas.

El guardaespaldas lo hubiera asesinado allí mismo, pero se limitó a cumplir las órdenes del jefe. Luego se metieron en el automóvil. El jefe iba de copiloto, y de los dos guardaespaldas uno conducía y el otro iba ancho y solo en el asiento de atrás. Abandonaron el claro y se introdujeron en el camino rural. No le invitaron a ir con ellos, pese a que comenzaba a llover. Tripkovic se caló la gorra y se fue andando hacia el lado contrario. Allí, camino a través, llegaría hasta la carretera.

A la salida del gimnasio está la sauna, casi siempre solitaria, y, junto a ella, una papelera. Se asegura de que no hay nadie dentro, dobla el maletín y lo introduce en la papelera. Es posible que lo aprovechen los servicios de recogida, pero no quiere regresar con él al camarote porque llamaría la atención de su compañero.

Su compañero sale cuando él llega. Intercambian unas frases corteses y Michael le informa de que, precisamente, él va ahora al gimnasio. Dusan se echa las manos a la cabeza y dice que le acompaña, porque le parece que se ha olvidado una toalla de mano. Apenas hablan, ni en el ascensor ni en el largo pasillo hacia proa. Cuando Tripkovic se asegura de que Michael se monta en una de las bicicletas, y tras hacer la parodia de la toalla perdida, desanda de nuevo el camino a toda velocidad, llega al camarote y cierra la puerta por dentro.

Descubre la parte del colchón cercana a la pared y con el estilete hace dos cortes en ángulo recto, siguiendo el trazado de la esquina del colchón. Con unas pequeñas tenazas corta un par de muelles del interior y, en el hueco, introduce los cuatro paquetes de dinero. Tras recubrir la tela, la pega a los bordes con una cinta adhesiva transparente. Es una chapuza, pero sólo falta día y medio para llegar a Barcelona, etapa final del crucero. Quita la ropa de la cama, vuelve el colchón de tal manera que la chapuza quede en la parte inferior, coloca de nuevo la ropa de cama y se tumba encima con una ligera satisfacción. Dispone de treinta y seis horas. No son muchas, pero suficientes. Por si acaso, ya se ha informado de que ambos desembarcan en la ciudad española y, según ha podido saber tras curiosear en el contenido de la maleta, Michael Osborne tiene un billete de Iberia Barcelona-Sevilla para el mismo día del desembarco, por la tarde. El aeropuerto puede ser un lugar excelente. Hay mucha gente y toda ella está pendiente de sus maletas y de los retrasos. Los aeropuertos, los parques de atracciones, los conciertos de rock, los partidos de fútbol, cualquier lugar donde se concentre una muchedumbre son los mejores escenarios para un asesinato selectivo. No hay que salir huyendo, sino mezclarse con los curiosos y preguntar al de al lado por qué aquella persona está en el suelo y parece tener un picotazo de sangre en el cuello. Incluso se puede mostrar un gran espíritu cívico y decir en voz alta que se va a avisar a la policía, y alejarse del lugar del crimen. Le inunda un suave sopor y se queda medio dormido hasta que regresa su compañero, sudoroso, y se va a la ducha. La ducha no es un mal sitio, pero vendrán a hacer las habitaciones a la mañana siguiente, y en un barco, incluso en un barco tan enorme con éste, no es fácil esconder un cadáver.

~

El director artístico se ha recuperado de la lumbalgia y ha obligado a un ensayo matinal a todos los componentes de los tres espectáculos preparados. Por la tarde, llama a Richard y a Mary a una especie de habitáculo que hace las veces de despacho situado a la derecha del escenario, bajando las escaleras, junto al foso de los músicos, aunque la mayoría de la música está enlatada en el ordenador.

El dúo acude con la sospecha de que les van a decir que no se prorroga el contrato y que deben dejar el barco en Barcelona, pero el director artístico muestra una gran deferencia con ellos y les anuncia que, si lo desean, pueden formar parte del elenco para los cruceros del Caribe. María cree que esta actitud se debe a la influencia de Tremonti, y no está equivocada, pero no porque Tremonti haya insinuado absolutamente nada, directa o indirectamente, sino porque la intuición del director artístico cuando habló con él intentando recabar información sobre el dúo le ha alertado y, antes de que reciba una recomendación, desea adelantarse, sobre todo teniendo en cuenta la inesperada bronca recibida.

Nada más salir del tabuco, Ricardo quiere celebrar la prórroga del contrato.

—¿Te das cuenta de que siempre tienes un motivo para beber? —le plantea María.

Ricardo no entiende estos escrúpulos repentinos.

—¿Cómo quieres que lo celebre? ¿Con un zumo de zanahoria?

—Si nos hubieran dicho que desembarcábamos en Barcelona habrías ido a beber para recuperar los ánimos.

—Es que una copa recupera los ánimos.

—Tú ya necesitas más de una copa.

—¿Qué te pasa?

También María odia esa pregunta tópica de los hombres, cuando no haces exactamente lo que ellos desean. No es una pregunta, sino un certificado de incapacidad, de anormalidad. No quieren enterarse de lo que te sucede, sino dejar constancia de que ellos se han dado cuenta de que están frente a una persona desequilibrada, anormal.

María deja a Ricardo en la puerta del ascensor y se marcha hacia el despacho de Tremonti. La auxiliar, secretaria o lo que sea, una mosquita muerta con ínfulas de cancerbero, le pregunta si tiene cita. No, no tiene cita, pero debe darle un recado urgente. La mosquita muerta se mueve con rapidez para estar muerta y, al levantarse, los ajustados pantalones muestran unas abultadas pistoleras, al final de las caderas, que podrían albergar miles de mosquitas.

Penetra en el despacho de Tremonti, siempre con la puerta abierta, y se escucha un bisbiseo discreto. María piensa que saldrá Tremonti y la invitará a pasar, pero es la mosquita muerta la que exhibe una sonrisa de triunfo y dice que el señor Tremonti la recibirá, pero que ahora tiene unas gestiones urgentes que llevar a cabo.

María entrevé el sofá del rincón, el sofá de la noche mágica, y no sabe muy bien si sentarse a esperar o volver más tarde, pero para tomar esa decisión tendría que preguntar a la mosquita muerta, y no le gustaría preguntarle ni siquiera en un desierto dónde queda el oasis más cercano, así que se sienta y toma una revista de la naviera en la que aparecen gentes felices fotografiadas en la fiesta de disfraces, la noche más cargante para María porque la gente es mucho más patosa en esa velada, como si al ponerse un parche en el ojo o un vestido de época tuvieran la obligación de ser menos corteses.

María es tan enamoradiza como pesimista. En principio era enamoradiza sin más, pero la acumulación de experiencias negativas le han añadido el factor pesimista. El pesimismo ha empapado asimismo la actividad artística y ya no siente la misma angelical ilusión ante un nuevo proyecto, por muy maravilloso que parezca en principio.

Lo que no ha perdido ha sido la capacidad de creer que, en algún momento, puede surgir algo tan inesperado como prodigioso, no porque crea en hadas y magos, sino porque está convencida de que el azar es el elemento sorprendente que cambia el rumbo de las vidas.

Por ejemplo, cuando Ricardo le habló de la posibilidad de dejar los hoteles y embarcarse como atracción en los cruceros, le pareció un cambio que podría ser positivo para sus carreras, aunque el tiempo ha demostrado que los cazatalentos no viajan en paquebotes o que ellos no tienen el talento suficiente como para llamar la atención de los cazadores. Sin embargo, esa misma circunstancia la ha llevado a conocer a Tremonti, que parecía tan distante y desconocido y que la ha ayudado a recuperar ese hatillo de ilusiones que ya parecía perdido, a la vez que le plantea un problema con Ricardo, no ahora mismo, pero sí podría plantearse, dependiendo de la evolución de su reacción.

—Pasa, por favor.

Tremonti está de pie, delante de ella, y no está sonriente, sino con gesto de fatiga. Como si quisiera justificar su falta de entusiasmo al verla, añade:

—Hoy ha sido una jornada agotadora. Sucede siempre que navegamos sin tocar puerto. Cuando existe la perspectiva de atracar por la noche o de desembarcar por la mañana hay un relajamiento que se traduce en una actitud positiva. Pero cuando llegan dos jornadas seguidas de navegación, parece como si se instalara una especie de claustrofobia entre el pasaje, y todo es más difícil. Y eso que pagan por estar en un barco.

—Si quieres, vuelvo otro día —dice ella al levantarse.

—No, no. Lo que siento es que hayas tenido que esperar.

Las palabras son correctas y las explicaciones excesivas. María nota que es tratada como una clienta importante, pero no como una persona con la que se tiene un determinado grado de confianza e intimidad, por mucho que haya que disimular delante de la mosquita muerta.

Tremonti hace que ella le preceda y tiene la delicadeza de no parapetarse tras la mesa del despacho y se sienta a su lado en uno de los dos sillones confidentes.

A María le gusta la camisa blanca de manga corta y la corbata roja. Y le dirige una sonrisa de al fin solos que Tremonti recibe con timidez, y a María le agradan los chicos tímidos.

—Venía a darte las gracias —le dice María en voz baja, porque ya sabe que la puerta permanece abierta.

Tremonti se queda sorprendido, sin saber qué decir, y cuando está a punto de responder con una fórmula tópica de que el agradecido es él, por supuesto, María le informa de que le han renovado el contrato para la temporada del Caribe. Dice «me han» con premeditación, porque el «nos han» incluiría a Ricardo, y Ricardo no tiene nada que ver en este encuentro, al menos por ahora.

Tremonti acaba de hablar con su mujer y han quedado en verse en Barcelona. Ella volará al día siguiente de la llegada, cuando el barco esté vacío, es decir, exclusivamente con el personal de servicio, y ellos se puedan marchar a una cena romántica al Neichel, en Pedralbes, o al Oliver y Hardy, donde estuvieron una vez antes de nacer Clidia.

Acostumbrado a afrontar situaciones complicadas, se concentra ante la que tiene delante, porque no puede dejar despechada a una mujer, ésa es la mayor de las torpezas, pero debe cortar una relación que puede tener complicadas consecuencias.

Suena una melodía impersonal desde algún altavoz cercano a la puerta, al menos a María le parece que el sonido está en esa zona, y esa disposición es un truco de Tremonti para poder hablar sin cerrar el despacho, sobre todo en raras ocasiones como ésta, en la que no desea que el contenido de lo que se dice sea de dominio del personal auxiliar.

Tremonti baja un poco más la voz, porque sabe que cualquier interlocutor imita a quien le habla, y le dice a María que se alegra mucho por ella, y que espera que todos tengan un buen crucero por el Caribe, al menos tan bueno como está resultando este crucero de otoño por el Mediterráneo.

—¿Y no te alegras también por ti? —sugiere María con una sonrisa invitadora que incomoda a Tremonti más de lo que está porque es demasiado clara, demasiado incitante.

—Sí, por supuesto. Me alegro por mí, y me alegro por los futuros pasajeros, que podrán disfrutar de tu estupenda voz.

María va diluyendo la sonrisa, intuye que la mención del pasaje, el recordatorio de su presencia comercial en el barco, es un indicio de huida, pero necesita comprobarlo y, sobre todo, no quiere equivocarse en un juicio precipitado.

—Bueno, mi sentido de la alegría es más personal que artístico. Y en lo personal no entran los espectadores.

—Claro, claro —se apresura Tremonti, más que para darle la razón, para evitar que se deslice por la pendiente de las confesiones, no sea que se le vaya a escapar alguna frase que luego, recordada, pueda resultar humillante—. Quiero decir que es positivo en todos los aspectos. Conocerte ha sido una de las mejores experiencias…

La sonrisa de María vuelve a dibujarse.

—… una de las mejores experiencias no de este viaje, sino de muchos otros. —Y, cambiando de tono, como si fuera un profesor de sociología—: Es muy difícil encontrar a una persona de tus cualidades, de tu valía, de tu nobleza.

Lo digo en serio —alza un poco la voz, ante el inicio de una expresión de extrañeza en el rostro de ella— porque no es frecuente, María. No, no es frecuente —vuelve a repetir, como si repasara toda su existencia para comprobar que no ha habido una persona como María—, y me ha impresionado mucho conocerte. Mucho. Creo que si hay una persona que merece ser feliz, eres tú.

—¡Es que soy feliz! —declara María, todavía sin adivinar lo que esconde el preludio.

—Y tienes motivos: eres guapa, eres joven, eres una excelente artista, la gente aprecia tu trabajo. Dispones de todos los elementos para ser feliz. Y, si no lo fueras, serías una desagradecida a tantos dones.

—Yo para ser feliz no necesito nada más que una cosa: amor.

—Desde luego, desde luego —asiente Tremonti, pensando que no se puede decir que la chica esté dando muchas facilidades—. El amor es muy importante, pero no dura siempre y está sometido a inestabilidades. No es lo mismo el amor del primer día que el amor pasados los veinte años. Y, además, nunca sabemos cuánto durará. Hay amores de un día, como las mariposas —y Tremonti sospecha que está empezando a decir cosas muy cursis—, y otros que duran toda la vida. Pero, además del amor, se necesitan también esas cosas de las que hablábamos antes. La salud, por ejemplo. En uno de los camarotes exteriores de la cubierta quinta hay un pasajero que va en una silla de ruedas. Fue especialista cinematográfico, ya sabes, esos que se tiran del caballo, o pilotan un automóvil que choca y se incendia. Pues no está así por su trabajo, fíjate, sino por una caída en su casa cuando intentaba poner una canalera en el tejado.

María no es un compendio de inteligencia, pero tampoco es una mema y sabe que el jardín de la salud no es el sitio por el que transita un tipo que está enamorado, o dejémoslo en ilusionado, con una mujer. Si estuviera en Puerto de la Cruz y fuera un español, le diría: «¿De qué vas, tío?», pero están hablando en inglés, y, por lo que le ha contado, es hijo de griega e italiano.

No es la primera vez que se encuentra ante un tipo que no sabe cómo escaquearse. Los ha conocido más chulos, pero sinceros; más cobardes, de los que huyen al día siguiente sin despedirse; los ha sufrido de ida y vuelta, hasta que los ha despedido, pero de la clase discursiva como este Tremonti no tenía experiencia. Así que mientras perora sobre la médula espinal vuelve a comprobar lo bien que le sienta la camisa blanca de manga corta con la corbata roja, siempre le ha gustado ver a los hombres con esa mezcla que parece incongruente, puede que por alguna película norteamericana que vio de adolescente y donde uno de esos actores viriles que enamoran a las adolescentes encarnaba a un oficial del ejército y se pasaba la película con una camisa parda de manga corta y una corbata beis.

Casi sin querer se forma en el rostro de María una expresión de divertido cinismo, pero ella no es cínica, y, aunque lo puede aparentar, no deja de notar cómo la ilusión almacenada desde la otra noche se derrama y se marcha, otro fiasco para la colección, otro desengaño para enmarcar, pero habrá que salvar los muebles de la dignidad, así que decide interrumpirle.

—Un momento, un momento. Yo no sabía que tenías tantos conocimientos sobre la médula espinal, pero yo no voy a formarme como enfermera. Siento lo que le pasa a ese muchacho, y a otros muchos, pero sólo he venido para darte las gracias por la renovación. Nada más. Bueno, y también a otra cosa...

—¿Qué es? —pregunta él inquieto.

—Quisiera pedirte disculpas por lo de la otra noche. No me suele ocurrir. Y no comprendo cómo ocurrió, porque no eres lo que se dice mi tipo. Posiblemente estaría bebida. Sin estar bebida, dudo que se pudiera repetir.

Aliviado y un poco desconcertado, Tremonti se ve en la obligación de decir que nunca quiso molestarla.

—No, no. No fue una molestia. Espero que fuera placentero para ti. A mí me faltó un poco más. Estoy acostumbrada a mayor resistencia... Bueno, no quiero ofenderte, claro, pero tampoco me gusta mentir.

—No, no, no me ofendes, lo que siento es que no...

—No. Pero no te preocupes, seguramente no es culpa tuya. A lo mejor vives con alguien que se conforma con muy poco. —Y, levantándose—: Bueno, quería pedirte un último favor...

—Lo que tú me pidas —dice Tremonti fastidiado y expectante.

—No lo comentes. No estaría bien para tu fama que la gente se enterara de que te aprovechas de las pobres chicas que han bebido un poco. Dada tu jerarquía, te podrían señalar como culpable de acoso sexual. Y tú y yo sabemos que no es el caso.

María hace un mohín que pretende ser gracioso, da media vuelta, sale del despacho, y de la oficina, sin despedirse de la mosquita muerta.

Tremonti se queda más preocupado que antes de la entrevista. Creía que iba a tener que consolarla y resulta que ella le ha dicho dos cosas algo desconsoladoras. La primera, respecto a su potencia viril, puede ser a causa del despecho que le ha producido a ella misma la comprobación de su debilidad. Pero la segunda tiene el aspecto de una extorsión en toda regla. Eso de sugerirle la imputación de acoso sexual es algo potencialmente muy grave y debería haber reaccionado con mayor rapidez, no dejarla salir sin haberlo aclarado, aunque no hubiera nada que aclarar.

María ve algo borroso delante de ella. Como es de lágrima fácil, se pone en los ojos un pañuelo de papel que ha extraído de un paquete que suele llevar casi siempre consigo. La altanería de la que ha dado muestras se ha derrumbado en cuanto ha dejado de ser observada, y camina sin saber bien adónde va, hasta que se da cuenta de que ha ido en sentido contrario y que tiene que tomar los ascensores del lado de popa. Cuando llega al camarote que comparte con Ricardo, lo encuentra vacío. Se habrá ido a celebrar la prórroga del contrato y esta noche estará lo suficientemente borracho como para tener algún momento genial con el saxo, pero también para confundirla en cuanto se distraiga o se crea estupendo. Apenas se pone frente al espejo del lavabo para intentar arreglar los destrozos causados por el asomo de llanto en el maquillaje, cuando entra Ricardo.

María lo ve a través del espejo y lo encuentra abatido, necesitado de protección. Se vuelve y lo abraza, y lo cubre de besos, y se echan sobre la cama.

—No me digas qué me pasa, por favor, y quítame la ropa —le pide María.

Ricardo obedece, un tanto admirado de este rapto desconocido y tan infrecuente que no recuerda cuándo ocurrió por última vez. Y se queda más pasmado ante el ardor y la fogosidad de María, que se entrega a las caricias como si fueran las últimas.

—¡Richard, Richard! —exclama, porque en los momento de exaltación siempre le dice Richard, en tanto que para las broncas siempre le llama Ricardo.

Y Ricardo, enardecido por el arrebato de ella, estimulado por su ímpetu, responde con sólida contundencia, lo que provoca en María una efusión mayor aún si cabe.

Cuando terminan, María se cubre el cuerpo desnudo con la cubierta que está arrollada a los pies de la cama, cierra los ojos e intenta sumirse en ese hueco de la ensoñación donde todo es blando y no hay peligros. Quiere olvidarse de sí misma, del inventario que la atormenta, del repaso doloroso de sus equivocaciones, quizá desde que acudió a los primeros concursos de la radio en la Ser, en Gran Vía, 32, Madrid, cuando todos le decían que sería una estrella, una estrella como Barbra Streisand o como aquella Marilyn que murió a los treinta y seis años y que recibía cinco mil cartas diarias de todas las partes del mundo. ¿Qué tiene que suceder para que ante las muestras de admiración de cinco mil personas, que todos los días se molestan en escribir una carta pidiendo una foto o un autógrafo, una mujer decida quitarse la vida? A lo mejor notar esta vacuidad que ella misma nota, esta angustia que ni siquiera el acto sexual ha logrado calmar del todo, esta congoja de cien cabezas que la atribula y la persigue, que la aniquila y la entristece y sólo le produce ganas de dormir, incluso por ello tal vez no sería mala idea dormir para siempre…

Ricardo se viste con sigilo porque parece que ella se quiere quedar dormida, y piensa si no habrá vuelto a tomar alguna de esas pastillas que circulaban por Tenerife, porque de otra manera no se explica este ataque de lubricidad.

Una vez vestido, se pasa un peine por encima de los cabellos, sin encender la luz que hay encima del lavabo, y sale del camarote. A tomar una copa, claro, para celebrar que María vuelve a ser la de antes.

~

Michael comprueba que los billetes de Iberia, del avión que no va a tomar, sigan estando a la vista, mientras los billetes del Ave de Lérida a Madrid y de Madrid a Sevilla continúa llevándolos consigo a todas partes excepto cuando se ducha, que los introduce en el neceser envueltos en un estuche impermeable.

No tiene certezas respecto a Tripkovic, pero tampoco se fía. Los profesores de Filosofía de la antigua Yugoslavia no solían dominar los bailes de salón, como no es frecuente que un profesor de Historia como él, aunque asentado en las universidades de los países allí llamados capitalistas, trabaje de *gentleman of dance* en un crucero.

Sus conocimientos sabe de dónde proceden. Tenía que vigilar a una profesora de una academia de baile, en Buenos Aires, y le indicaron que se matriculara como alumno. Ya le había extrañado la escasa preparación bélica que había recibido, pero esto superaba cualquier expectativa. La profesora fue neutralizada porque colaboraba con la guerrilla, y él aprendió a bailar.

¿Dónde aprendería a bailar Tripkovic? En cualquier caso, Michael sabe que los recintos cerrados, como los barcos y los aviones, son lugares seguros, porque es muy arriesgado que nadie cometa una acción por la imposibilidad de huir.

Ha tenido que sobornar a Juanita, encargada de la *suite* de los Coldwood, para que le diera un recado escrito a la señora, y Patty, al principio de la lectura de la nota, ha sentido una rara familiaridad con esos rasgos dextrógiros que le resultaban conocidos, y, cuando ha visto la firma de Michael, al final, ha sentido un golpetazo de emoción. La ha citado, antes de la cena, en un bar-cafetería que hay entre las tiendas y el casino. Es un lugar de paso, a la vista de todo el mundo, y a Patty no le parece mal ni el sitio ni la hora, porque está al abrigo de cualquier sospecha y nadie que deseara mantener un encuentro secreto se citaría allí. A la izquierda de la barra hay una media docena de mesas, todas vacías excepto la que ocupa Michael, que se levanta al verla llegar, todavía sin arreglar para la cena, con un sencillo vestido de manga japonesa en color lila y zapatos de medio tacón del mismo tono. Michael va vestido de uniforme, con *blazer* azul marino y pantalón blanco. Es la penúltima noche, toca vestir «casual», y mañana será obligatorio el esmoquin, al menos para los *gentlemen of dance.*

Michael extiende la mano, pero ella se acerca y le da sendos besos en cada mejilla antes de sentarse. Está tan guapa que duele. Es probable que se haya puesto silicona en los labios, pero tan suave que apenas se nota, y es probable que bajo esos pómulos tersos haya algún hilo de oro sujetando la tersura, pero no le han cambiado los rasgos, no le han estirado la piel a fuerza de sacrificar la expresión, de tal manera que Michael se encuentra ante la misma chica del Giant's Salad pero puede que algo más joven.

Patty, en cambio, lo encuentra muy mayor. Si cuando lo conoció caminaba hacia los sesenta, ahora debe de estar muy cercano a convertirse en septuagenario. Bajo los párpados hay unas bolsas acentuadas con líneas bermejas, diminutos capilares que se han cansado de transportar micras de sangre, y los párpados tienen la pesadez de los saurios y hacen más pequeños los ojos, cuya azulada luz parece más sombría. El afeitado reciente descubre rojeces en las mejillas, y en la frente hay demasiadas manchas de sol. Mr. Coldwood no es más joven, al contrario, pero lo conoció ya en plena vejez. En cambio, con Michael disfrutó de la parte más espléndida del otoño, de la dorada madurez en la que los primeros anuncios del fallo de las fuerzas físicas se ven compensados por la seguridad que proporciona la experiencia y el lustre de una inteligencia exenta de ansiedades.

Como los dos huyen de las vulgaridades, ella no alude a ninguna sorpresa y él no hace ninguna referencia a lo insólito del encuentro.

—No sabía que te gustaran los cruceros —observa ella.

—No me gustan —explica él.

—O sea que estás llevando a cabo un trabajo personal —colige ella en voz alta.

Michael asiente y le pregunta qué quiere tomar.

—Lo mismo que tú —dice ella señalando el té.

No hay servicio en las mesas y Michael la abandona y se dirige a la barra. Patty aprovecha la ausencia para hacer una ligera introspección y percibe que le ha dado pena verlo tan mayor, que le ha gustado su arrogancia al levantarse, a pesar de que esas rodillas deben de sufrir en las flexiones, y que ella nota una punzada de indefinible tristeza. Y que, sin ser guapo, tiene esa apostura que le sedujo, una mundanidad que no es fácil de inventariar pero que se nota, por ejemplo, en la manera de recibirla, de saludar, gestos que también exhibe su marido.

Cuando deja la tetera y la taza junto a ella, coloca la silla más cerca, porque el deambular de la gente que va y vuelve de las tiendas forma un runruneo que le obligaría a levantar la voz.

Es Patty la que inquiere si ha sido una casualidad o tiene algo que ver con ella, y Michael le proporciona una versión de lo ocurrido en la que oculta unas cosas, añade otras, pero en la que narra que está ya retirado y que lo han buscado porque existen indicios claros de que su marido está involucrado en el tráfico de droga a gran escala.

Patty se queda, de momento, algo turbada, porque Michael no ha empleado ningún eufemismo, no ha introducido ninguna sutileza y ha soltado la información de golpe y sin ningún aviso previo.

—Lo que no entiendo es por qué me lo cuentas. Si es cierto lo que dices, soy su esposa y no lo voy a traicionar. Y si es falso, ¿qué pretendes? ¿O es que quieres que le haga jurarme que es inocente? No comprendo a qué viene este encuentro.

—Quería asegurarme de que no corres peligro.

Ella lo mira a los ojos y él aguanta esos ojos de color miel que ha amado, e intuye que no le cree.

—Vamos a ver, Michael. Todo esto es muy raro. En primer lugar, no me lo creo. No conozco sus negocios con minuciosidad, pero tiene intereses en bancos y en empresas relacionadas con el petróleo, y en la industria armamentística. No entiendo qué le podría aportar la droga.

Michael no se extraña del razonamiento. Y contesta, intentando ser didáctico:

—Las armas y el petróleo facturan ya menos que la droga. Pero la gran ventaja es que se trata de un dinero de control imposible. A veces, los negocios bancarios y la industria de armamento para lo que sirven es para lavar el dinero de la droga que se quiere que salga a la superficie, pero hay una parte que no aparece, que está fuera de las contabilidades y del Fisco, y es la que sirve para comprar almas.

—¿Para comprar almas? —pregunta Patty con desconfianza.

—Para comprar voluntades al más alto nivel. Estamos hablando de grandes sumas de dinero que nadie sabe qué rutas siguen y con las que se puede sobornar a jueces, fiscales, ministros, altos directivos de empresas y, por supuesto, jefes de Estado.

—Me estás contando un tebeo, Michael. ¿Cuándo aparece Supermán y detiene a los malos?

Michael calla sin pesadumbres. En realidad, no sabe qué hace hablando con Patty, puesto que su misión fracasó en Dubrovnik, a no ser que él mismo esté mezclando intereses personales con objetivos profesionales.

—Tómatelo a broma si quieres, y siento ser portador de malas noticias, pero creo que tenía la lealtad de decírtelo.

—En realidad, más que hacerme un favor, lo que haces es intentar sembrar la duda sobre la conducta de mi marido.

—No era ésa mi intención.

—Pues no lo parece. —Y, cambiando de tono, presa de la curiosidad—: ¿Y dónde están esos indicios que imputan a Mr. Coldwood? —desafía Patty, pronunciando el nombre de su marido como si se tratara de una tercera persona.

—No estoy autorizado a mostrártelos. Es material confidencial.

—Es decir, que tengo que creer en tu palabra y no creer a mi marido, que, por cierto, patrocina una fundación dedicada a la lucha contra la droga.

—Lo sé —confirma Michael—. Es bastante normal entre esta gente. No querrás que vayan pronunciando conferencias para hablar de los beneficios sociales de la droga o abogando por su consumo.

Patty sacude la cabeza de un lado a otro, como si le costara creer lo que está escuchando, y le desafía.

—Supongamos que es cierto lo que dices, aunque no me lo creeré mientras no me aporten pruebas irrefutables. ¿Qué debo hacer? ¿Vigilar y pasarte información? ¿Huir?

—No, no pretendo que trabajes para nosotros...

—Cuando dices nosotros —interrumpe Patty—, dan ganas de preguntarte quiénes sois vosotros. Porque los negocios de Coldwood, al menos la mayoría, están a la vista, pero vosotros, eso que tú llamas «nosotros», es lo que resulta menos transparente.

Michael asiente con la cabeza y Patty lo nota un poco abatido, pero la compasión es devorada por el enojo de un planteamiento que sigue sin comprender. Y Michael explica tranquilo y un punto solemne:

—Algunos de *nosotros* —y pronuncia «nosotros» con un intencionado subrayado— han muerto como vulgares ladrones, o sin que nadie supiera su identidad, sin poder decir que se encontraban allí por orden de su gobierno, y han sufrido tortura, y a pesar de ello han callado para no comprometer a quienes sirven con lealtad. Gracias a algunos de nosotros se puede hacer un crucero de otoño por el Mediterráneo sin temor a un ataque terrorista, o a que el barco sea abordado por unos piratas revolucionarios. Y gracias a algunos de nosotros cada año que pasa hay más países libres.

—No es mi intención restar méritos a ti y a tus compañeros, pero ponte en mi lugar. Supongamos que estás casado felizmente con una mujer y vengo yo, de repente, a decirte que tu esposa es una bruja que está haciéndose rica gracias a la droga. Y, para que sea más inverosímil, resulta que tu mujer y su familia son millonarios desde hace seis generaciones. ¿Te creerías lo que yo te dijera sin ninguna duda?

—No me lo creería —admite Michael.

Los pasajeros entran y salen de las tiendas con bolsas o estuches. Bolsas para la ropa, pequeños estuches para pulseras, pendientes, relojes y collares. Patty los mira sin verlos y vuelve a fijar la vista en Michael.

—Yo tampoco me lo creo, Michael.

Michael inicia un encogimiento de resignación y nota que, dentro de muy poco, en cuanto se haya tomado el té, se levantará y se marchará, quizá para siempre, y que no tiene ninguna razón para retenerla ni se le ocurre nada para prolongar este momento que, puede que alguna vez, sin él mismo ser consciente, lo haya ansiado con loca esperanza durante los paseos matinales por la playa de Matalascañas.

Patty se halla demasiado turbada como para detenerse en sus emociones. En realidad, más que encontrarse con un antiguo amante se ha tropezado con un antiguo espía, y el amante, aunque puede que haya sido el único hombre que ha amado en su vida, se difumina por la simiente de este recelo, que no está dispuesta a dejar crecer.

—Os habéis equivocado muchas veces. Me refiero a *vosotros* —intenta atrincherarse Patty en su defensa.

—Muchas veces, es cierto —le da la razón Michael—. La caída del Muro de Berlín nos pilló jugando a los crucigramas geopolíticos. De la invasión de Irak sobre Arabia Saudí casi nos enteramos por los periódicos. Y el ataque a las Torres Gemelas y al Pentágono lo supimos viendo la televisión. Y podría añadirte que es probable que algunos empresarios occidentales sepan más de lo que ocurre en China que *nosotros* —y subraya también el pronombre personal con una clara intención de alejamiento—. Pero no habría salido de mi retiro, de mi pequeño rincón, de no ser porque reuní documentos que me hicieron suponer que podrían involucrarte en algo peligroso.

—Y que yo no puedo ver —insiste ella en su principal argumento.

—Y que yo no puedo mostrarte, porque... —vacila un poco, intentado no ser demasiado solemne, y es Patty la que le ayuda a completar la frase:

—... porque estás de servicio.

Michael sonríe, porque le recuerda la rapidez de reflejos de ella, esa agudeza que sólo es capaz de ocultar si está en juego alguno de sus objetivos.

—Podría decirse de esa manera: estoy de servicio.

—Pues yo estoy de vacaciones —dice Patty, para dejar claro que no quiere volver sobre el asunto.

—Este barco tiene que ser un lugar muy agradable para estar de vacaciones.

—Sí, lo es. Bueno, me gustan más los pequeños yates, en un ambiente íntimo, entre unos pocos amigos.

—Se han refinado mucho tus gustos —observa Michael.

Patty nota que no ha estado delicada e intenta recomponerlo con una concesión a los recuerdos.

—No creas. Sigo siendo un pato en la nieve.

A Michael le aflige el recuerdo. Por un instante ve la suave pendiente del Kidz Terrain Park llena de principiantes y niños, y ella como una niña más, una niña con todo el esplendor de la mujer pero una niña riéndose con ingenuidad, porque devoraba cualquier inconveniente con una catarata de risas.

Patty, en cambio, no siente ningún lametón de nostalgia. Era más dulce el recuerdo de Michael sin estar él delante. No es por el deterioro de la edad, no es porque el otoño se escape y aparezca en su rostro el invierno con toda su crudeza, sino por su instinto de supervivencia, alertado ante unas informaciones que no está dispuesta a que se conviertan en un problema.

Michael decide que es mejor acelerar el término de una entrevista que tiene el peligro de convertirse en una suerte de tortura subjetiva para él. Se siente como esos pobres personajillos que llevan a los programas de televisión para que se emocionen delante del público, trayéndoles viejos amigos y familiares que desaparecieron, con el propósito de que se rompan y lloren ante las cámaras.

—Puede que no haya sido una buena idea venir hasta aquí —comenta Michael, preparando la despedida.

—Tú tienes más información que yo. Dispones de datos que yo no puedo ver. No estoy en condiciones de confirmar tu juicio —dice Patty, y toma un sorbo de té.

Michael la observa, y, recordando su ruptura, dice:

—Parece que en nuestras despedidas siempre está presente *Tea for two*.

—Es una melodía demasiado antigua.

—Bueno, para mí no tanto.

—No presumas. Es antigua incluso para ti. Y no estás tan viejo —añade ella con caridad.

—¿Cómo solías decir? «No seamos tópicos». Pues eso, Patty. No digas que me conservo muy bien.

—No lo he dicho —remarca un poco molesta.

Quedan en silencio, envueltos en el murmullo de los pasajeros que ya menudean, porque muchos de ellos se retiran para prepararse para la cena. Patty evita la grosería de mirar el reloj, pero desea marcharse. Está todavía confusa y le gustaría prescindir de la cena y quedarse a solas, pero le esperan su marido y los Hotbush.

—No quiero retenerte. Me imagino que tienes tus compromisos —le incita Michael.

Patty no se levanta con rapidez inmediata, como si hubiera sonado la palmada liberadora de la clase anunciadora del recreo, pero esta vez sí, se permite mirar el pequeño Cartier de pulsera blanca y, sin levantarse, anuncia que, en efecto, se tendrá que retirar.

Michael sofoca el vértigo ante el vacío que ya vislumbra y, para facilitarle la tarea, pone las manos sobre el borde de la mesa, en un gesto que indica que está a sus órdenes y que no puede iniciar él la despedida, pero que está presto a seguir su ejemplo.

Patty se resiste un par de minutos. Si hace un momento estaba deseosa de despedirse, intuye esa miasma de lo inevitable que parece estar sobre la mesa, e intenta ser amable con él.

—Creo que los tuyos están equivocados y que te han molestado inútilmente. Seguro que obras de buena fe, pero os habéis equivocado de objetivo.

—Bien. Al menos no has caído en la tentación de matar al mensajero.

—Es que no creo que haya mensaje. Michael. Digamos que yo no he escuchado ningún mensaje.

—Está bien —admite él, vencido.

Entonces Patty se levanta y Michael la imita. Ella acerca su cara para darle un beso en la mejilla y él nota el aroma a Dune, ese perfume de Dior que con los olores de su piel forma una mezcla irrepetible, y el reptil que duerme dentro se enrosca dolorido por los recuerdos que suscita.

—Aunque no haya que abusar de los tópicos y evitemos ser vulgares —dice él a guisa de despedida—, estás muy guapa.

—Gracias —dice ella, y levanta la mano derecha, y parece que le va a hacer una ligera caricia en la mejilla, pero se detiene arrepentida, o cambia de opinión y se vuelve, y se aleja, mientras Michael, tan impotente como derrotado, tan rendido como incapaz, se queda de pie, viendo cómo se marcha ella.

Creía que podría superar la prueba, que había pasado el tiempo suficiente para enfrentarse de nuevo a Patty, y ahora sabe que, desde que apareció Quinn con su recado, en cuanto surgió su nombre, deseaba embarcarse en esta absurda misión sólo por estos minutos, por estos veinte minutos que ha durado la conversación y que han demostrado que no ha podido superar la prueba, porque toda su indiferencia, toda la muralla displicente que había querido construir, todo el desinterés mostrado por el mundo y los seres que lo habitan, era sólo un fraude que se había hecho a sí mismo, una falsa protección que se ha mostrado tan inútil como ineficaz y que lo deja aquí, de pie, sin argumentos ni recursos, un pobre hombre desfondado, un hombrecillo incapaz de retener al único ser que le interesa de este barco, y de todos los barcos, y de todos los mares. Y de toda la Tierra.

~

A la dirección del crucero no le gusta que los tripulantes, ni el personal de servicio, ni los artistas contratados pululen por el barco más allá de la obligada presencia para llevar a cabo sus cometidos. Pero es ya más de la una de la madrugada, y hasta el casino, que es el último reducto en permanecer abierto, ha apagado sus luces; hace rato que los crupieres pusieron los paños sobres las ruletas, esas mortajas del azar, y Michael Osborne y Dusan Tripkovic, que siguen tratándose de usted, permanecen acodados en la baranda de la sexta cubierta, dando la espalda a los grandes botes salvavidas que cuelgan por encima de sus cabezas.

Tripkovic le ha sondeado para ver si pueden ir en el mismo taxi hasta el aeropuerto de El Prat, y Michael ha aceptado incluso con cierto entusiasmo, aunque le advierte que antes, por la mañana, tiene que hacer un recado cerca del puerto, pero que a primera hora de la tarde pueden tomar juntos un taxi.

Michael piensa dejar los billetes de Iberia bien visibles, en el pequeño hueco de la falsa mesilla, y se irá directamente a la estación de Sants para tomar el Ave que le llevará a Lérida, Madrid y Sevilla. A la noche siguiente verá este mismo mar, pero desde la terraza de su modesto rincón, y luego, como la temperatura todavía es suave, dejará entreabierta la puerta corrediza acristalada y se dormirá escuchando, al fondo, incansable, el rumor del mar. Si es que puede dormirse.

Como va a dejar el equipaje en el camarote, Dusan no sospechará nada, y cuando pregunte por él, inquieto y extrañado, será el momento en que se percatará del engaño, pero para entonces es posible que el tren de Michael esté llegando ya a Madrid.

A medida que se acercan hacia las proximidades del golfo de León se nota que la temperatura de las aguas es más fría. Si en Grecia es posible que superaran los veinte grados Celsius, no hace falta ayudarse de ningún termómetro para notar en la piel que, conforme se aproximan hacia las costas catalanas, puede que en la superficie del mar no se superen los quince grados.

Los cielos están limpios, dejan ver medio cuarto de luna menguante, y la superficie de mar, en la distancia, parece lisa como la pista de un aeropuerto a oscuras.

Es muy probable que, de no ser por la agitación que le ha producido la conversación con Patty, por el trastorno de una sacudida mucho más intensa de lo que esperaba, Michael se hubiera dado cuenta enseguida del detalle del paquete de tabaco que Dusan saca del bolsillo de un chubasquero rojo bastante inadecuado. Y que él, tan atento a los detalles y tan fecundo en las asociaciones, hubiese extraído las consecuencias oportunas. Pero se encontraba demasiado ensimismado, enroscado en su masoquismo ocasional que sabe que se mitigará en un par de semanas pero que se encuentra en plena vigencia, y cuando Dusan, tras intentar dos veces encender el cigarrillo, se coloca a su espalda para protegerse del viento, considera que la maniobra entra dentro de lo normal, y es entonces cuando desde las profundidades de la memoria la consciencia le recuerda que Dusan no fuma, que así se lo dijo en su primer encuentro. Un agente profesional no cometería este inmenso error, pero el error es de Michael, porque cuando se vuelve ante la alarma recibida, Dusan ya lo ha asido de los tobillos, y con una inmensa fuerza lo está alzando por encima de la barandilla, aprovechando ésta de soporte, y Michael intenta asirse, pero la superficie es demasiado ancha y está mojada, y aunque pretende hacer un último esfuerzo, la sacudida contribuye más a que se consumen los propósitos de su atacante que los suyos, porque queda más de medio cuerpo hacia el vacío y el manoteo sólo sirve para ayudar a que el último empujón de Dusan apenas haya requerido esfuerzo.

Mientras desciende hacia las aguas, prueba a lograr una posición lo más vertical posible para evitar el desvanecimiento a causa del golpe de una caída libre de más de veinte metros, pero todo sucede muy rápido, y cuando entra en contacto con el agua lo hace de lado, nota un agudo dolor en el tímpano izquierdo al reventarse a causa de la presión y, luego, pierde el conocimiento.

Dusan mira a ambos lados de la desierta cubierta, se asoma a la superficie pero sólo se ve el arremolinamiento de las aguas junto al casco. Después, se dirige hacia popa, andando muy despacio.

El agua tiene tres sonidos: el agua sobre la tierra, el agua sobre la piedra y el agua sobre el agua. Se lo dijo el viejo Abu Azham, en su jardín de Bosnia, antes de que comenzara la locura. Pero se olvidó de otros dos sonidos: el agua sobre la quilla del barco y el agua arremolinada tras acariciar la popa.

Acaba de dejar la estela blanca, cuya albura se aleja a medida que se retira el barco, como una vía láctea en la galaxia del mar, y ha bajado al camarote. Son casi las cuatro de la madrugada y nota un extraño sosiego, una calma tan intensa que le ayudará a dormir, a pesar de que acaba de matar a un hombre.

Puede que las situaciones más terribles, cuando se viven, resulten más sencillas que al imaginarlas. O puede que el odio o la eficacia profesional transformen cualquier acto, por perverso que pueda parecer a los demás, en algo rutinario.

También duermen los jueces después de condenar al acusado, y los militares tras ordenar una acción en la que morirán miles de personas, y los científicos, luego de advertir que de sus investigaciones ha salido un veneno aéreo que, con una ampolla rota en la avenida principal de una ciudad de cien mil habitantes, puede acabar con la vida de la cuarta parte de la población. Duermen con placidez los políticos que han ordenado eliminar las ayudas que salvaban de la ruina física y moral a un puñado de sus compatriotas, y se trasponen y bostezan, tras la exquisita comida, los gurús de la economía, luego de que hayan decidido sancionar con la hambruna a varios millones de personas, que han tenido la mala suerte de nacer en el seno de media docena de países situados en una dictadura antipática.

Pero estas consideraciones de manual, tan aburridas como empalagosas, tan fatigosas como ineficaces, son para los que quieren transformar el mundo, o, mejor dicho, para los que quieren transformar su situación personal y calmar su ego con un poco de admiración ajena. Él nunca ha manejado ese pringoso ideario. A él lo que le gustaría es explicarle a Abu Azham que hay otros dos sonidos: el sonido del agua sobre la quilla del barco y el sonido del agua sobre la popa, cuando se revoluciona y se altera, como si le costara despedirse. Pero a Abu Azham, con los dos destornilladores clavados en los ojos por su vecino, ya no le podía contar nada. Ni siquiera se acercó a quitárselos, no por un acto de piedad, sino de estética. Sabía que estaba muerto. Lo sabía antes de saltar la tapia medianera del jardín, porque la atrocidad se había apoderado de cualquier otro sentimiento.

Ni siquiera se da cuenta de que la litera de encima está vacía. Se desviste con cuidado, con la pulcritud de quien conoce los engorros del planchado, y se tumba desnudo en la cama, cubriéndose con la sábana hasta la cintura.

Epílogo

Dusan Tripkovic comunicó a la dirección del crucero que su compañero de camarote no había aparecido en toda la noche. Sotirios Tremonti esperó a primeras horas de la tarde, cuando ya todo el pasaje había desembarcado, para comunicarlo a la autoridad portuaria, que puso la desaparición en conocimiento de la Policía española y, al anochecer, dos jóvenes vestidos como si fueran delincuentes callejeros mostraron sus placas a la entrada del *Cosmopoly* sin que los cancerberos, dado su aspecto, se atrevieran a dejarlos pasar. Acudió el mismo Tremonti y los llevó a su despacho, donde tomaron nota de los datos del ciudadano español desaparecido.

Los Coldwood y los Hotbush pasaron esa noche en sendas *suites* del Hotel Juan Carlos I, después de una visita al Museo Picasso. Patty había estado hacía dos años en el famoso triángulo de museos de Madrid formado por el Prado, el Reina Sofía y el Thyssen, pero no conocía éste de Barcelona.

Nunca volvió a tener noticias de Michael, y siempre creyó que vivía retirado en el sur de España.

Su marido la animó para que tomara la presidencia de la fundación que había puesto en marcha para luchar contra la droga, y llevó a cabo numerosas iniciativas sociales con objeto de recaudar fondos para aplicar a las terapias de la drogadicción sobre las personas más desfavorecidas.

A la noche siguiente, Tremonti fue a recoger a su esposa, pero cenaron en el barco porque venía cansada y tenía que volver al día siguiente. Y aunque el comedor vacío no era nada romántico, tomaron la decisión de que, durante las próximas navidades, se trasladarían Cleanta, Clidia y su madre al Caribe para pasar las fiestas juntos.

Juanita no volvió a Cartagena de Indias porque su cuñado le buscó un puesto de trabajo en Miami, en un barco que hacía cabotaje y llevaba excursionistas hasta los Cayos.

Ricardo y María hicieron la temporada de invierno en el Caribe, pero fue su último viaje. Poco después romperían la pareja artística. Ricardo se marchó a trabajar a un club de jazz alemán y María volvió a España, donde da clases de música a futuras estrellas en un barrio de Madrid.

El senador, aconsejado por Nancy y debido a las advertencias de algunos personajes poderosos del Partido Demócrata, no se presentó a las primarias y siguió saliendo elegido senador por Massachusetts.

Dusan Tripkovic, por causas que se desconocen, nunca llegó a tomar el avión que le debía llevar desde Barcelona a Ginebra. Ni siquiera llegó a recoger la tarjeta de embarque.

¡Ah! El señor Fischer se dedicó a hablar a sus clientes muy bien de los cruceros y a advertirles de los peligros de una ciudad como Nápoles, donde la gente es muy engañadora.

Al año siguiente, extrañamente, a primeros del mes de octubre, el *Cosmopoly* encalló en unas rocas frente a la isla de Santorini. Pero lo que parecía un incidente de relativa importancia resultó ser algo más grave, porque se abrió una vía de agua por debajo de la línea de flotación y, en treinta horas, la orgullosa nave fue engullida por las aguas. Nadie pudo explicarse cómo disponiendo de todos los avances tecnológicos, desde el sónar al radar, amén de las cartas marinas más recientes y exactas, pudiera ocurrir semejante accidente. Fue una noticia relevante. Y el último crucero del *Cosmopoly*, su último crucero de otoño.